ullstein

Das Buch

Nina Mosley war die Ehefrau eines bestialischen Serienkillers. Jahrelang. Bis sie die grauenhafte Wahrheit realisierte und ihren Mann ans Messer lieferte. Nun sitzt Randall Roberts Mosley in der Todeszelle, und die geschiedene Nina lebt mit ihrem siebenjährigen Sohn Hayden unter falschem Namen in einer gesichtslosen Stadt. Sie hat darum gekämpft, dieses anonyme Leben zu führen.

Da lauert ihr eines Tages eines von Randalls Opfern auf – Charles Pritchett. Er kann nicht glauben, dass Nina nichts von dem Mord an seiner Tochter wusste, will sich an ihr rächen und droht ihrem Sohn. Er hetzt die Presse auf sie, und Ninas neues Leben ist abrupt zerstört. Der kleine Hayden wird in der Schule gehänselt, und Nina sieht sich gezwungen, ihm erstmals die volle Wahrheit über seinen Vater zu sagen.

Dann überschlagen sich auf einmal die Ereignisse. Hayden wird aus seiner Schule entführt, und schnell stellt sich heraus, dass nicht Charles Pritchett dahintersteckt …

Der Autor

Bill Floyd, geboren 1968, lebt als Versicherungsberater in North Carolina. *Im Auge der Finsternis* ist sein erster Roman.

IM AUGE DER FINSTERNIS

BILL FLOYD

THRILLER

Aus dem Englischen von
Barbara Ostrop

ULLSTEIN

Besuchen Sie uns im Internet:
www.ullstein-taschenbuch.de

Umwelthinweis:
Dieses Buch wurde auf chlor- und säurefreiem Papier gedruckt.

Deutsche Erstausgabe im Ullstein Taschenbuch
1. Auflage Dezember 2007
2. Auflage 2007

Titel der amerikanischen Originalausgabe: *Behind the Dark*
(St. Martin's Press, New York)
Umschlaggestaltung: HildenDesign, München
Titelabbildung: © HildenDesign, München
Satz: Pinkuin Satz und Datentechnik, Berlin
Gesetzt aus der Stempel Garamond
Druck und Bindearbeiten: Ebner & Spiegel, Ulm
Printed in Germany
ISBN 978-3-548-26792-0

1. Kapitel

<1>

»Kenne ich Sie nicht?«

Ich blickte vom Tiefkühlschrank auf, wo ich das riesige Angebot an Gerichten im Hinblick auf Haydens Vorlieben und Abneigungen gemustert hatte, und stellte fest, dass ein älterer Herr mich mit hochgezogenen Augenbrauen anstarrte. Es war ein kräftig und gesund wirkender Mann mit dichtem grau meliertem Haar, vermutlich Mitte sechzig und mit Jeans und Pullover lässig gekleidet.

In mir läuteten leise Alarmglocken.

Es war Freitagabend, fast Mitternacht, und es war meine Lieblingszeit für den Wocheneinkauf, weil ich so die größte Chance hatte, keine Bekannten zu treffen. Ich war nicht scharf auf Smalltalk mit Nachbarn oder anderen Leuten, wenn es sich vermeiden ließ. Als ich heute Abend den Harris Teeter Supermarkt betreten hatte und die großen Glastüren sich leise zischend wie die Luftschleusen eines Raumschiffs vor mir geöffnet hatten, war ich davon ausgegangen, den ganzen Laden für mich zu haben. Ich hatte jenes besondere Gefühl von Ordnung und Sicherheit empfunden, das ich nur hatte, wenn öffentliche Räume fast menschenleer vor mir lagen. Natürlich war ich nicht wirklich allein: Die jugendlichen Hilfskräfte lehnten schläfrig in den Kassengängen und ein paar Männer, die direkt von der Spätschicht gekommen zu sein schienen, schlenderten zwischen den Bierkästen hindurch, um noch ein bisschen Zeit totzuschlagen, bevor sie daheim auf dem Sofa versackten. Einer dieser Männer taxierte meinen Hintern; in einem der Parabolspiegel, die von den geweißelten Querträgern der Supermarktdecke herabhingen, sah ich, wie er hinter mir herstarrte. In meinem Alter hätte ich mich eigentlich geschmeichelt fühlen können, doch es machte mich nervös, und ich schob den Wagen ein bisschen schneller. Meistens waren die Kunden, die um diese Zeit noch einkauften, vollkommen mit sich selbst beschäftigt und mieden meinen Blick ebenso wie ich den ihren. Man ließ mich in Ruhe, und das war mir am liebsten.

Doch jetzt sah dieser ältere Herr mir direkt ins Gesicht. Seine Frage hatte nicht unhöflich geklungen, daher schüttelte ich den Kopf und antwortete höflich: »Ich glaube nicht.«

»Leigh Wren?«, tippte er.

Ich atmete auf und überlegte, wo ich ihm schon einmal begegnet sein mochte. Er kam mir bekannt vor. Irgendwo tief in mir rührte sich eine Erinnerung, aber ich kam nicht an sie heran. Ich pflegte schon seit so langem kaum mehr gesellschaftliche Kontakte, dass ich gar nicht darüber nachdenken wollte. Eigentlich gab es für mich nur Hayden und das Büro, und genau so wollte ich es. Deswegen nahm ich an, dass mir dieser Mann irgendwie im Zusammenhang mit meiner Arbeit begegnet sein musste. Einen Moment lang war es mir peinlich, dass ich ihn nicht einordnen konnte. Allerdings war er, offen gesagt, auch nicht gerade der Typ, den man in besonderer Erinnerung behält. Er sah aus wie viele Männer aus Cary. Ich hätte mir gut vorstellen können, dass er einen SUV auf dem Parkplatz stehen hatte mit einem christlichen Fischsymbol auf der einen und einem Bush/Cheney-Wahlkampfaufkleber auf der anderen Seite des Autokennzeichens.

»Richtig«, antwortete ich. »Aber verzeihen Sie, mir fällt Ihr Name nicht ein?«

Ich reichte ihm die Hand.

Er ergriff sie, und in diesem Moment änderte sein Blick sich schlagartig. Seine Augen blitzten. Er holte tief und bebend Atem und stieß hervor: »Ich heiße Charles Pritchett. Ich musste nie meinen Namen ändern lassen, denn ich musste mich meiner selbst auch niemals schämen. Sie aber heißen in Wirklichkeit Nina Mosley, und am 18. November 1997 hat Ihr Mann Randall Roberts Mosley meine Tochter Carrie ermordet.«

Die Welt schien zu einem einzigen Punkt zusammenzuschrumpfen. Meine Hand fühlte sich plötzlich genauso taub an wie meine Arme und Beine, trotzdem spürte ich noch die Kraft, mit der Charles Pritchett meine Finger und Knöchel zusammenpresste. Ich versuchte, ihm die Hand zu entziehen, doch er hielt sie fest umklammert, während seine Augen mich anblitzten. Er zitterte am ganzen Leib, und es schien ihn fast wahnsinnig zu machen, dass diese Begegnung, die er sich wohl tausendmal ausgemalt hatte, jetzt wirklich stattfand. Mr Pritchett war dermaßen außer sich, dass es mich nicht gewundert hätte, wenn er plötzlich vom Boden abgehoben hätte, denn offensichtlich machte er gerade eine Art Grenzerfahrung.

Meinen Ex-Mann meinen Sie, schoss es mir durch den Kopf.

Doch ich brachte keinen Ton heraus, irgendwie spielte meine Stimme nicht mit. Meine Kehle war wie zugeschnürt, und ich wusste, dass ich losschreien würde, falls ich es wagte, den Mund aufzumachen. Die Zähne taten mir weh, mir war schlecht vor Angst, und ich zog mich in Lichtgeschwindigkeit in mich zurück und schottete mich auf die vertraute Weise gegen die Außenwelt ab. Der halb gefüllte Einkaufswagen mit dem abgepackten Obst (grüne Trauben, weil Hayden die blauen wegen der Kerne nicht mochte), dem vakuumversiegelten Wurst- und Käseaufschnitt, den Müsliriegeln für mich und den süßen Frühstücksflocken für meinen Sohn war vergessen. Ich versuchte, mich von Pritchett loszureißen, und stieß dabei rückwärts gegen den Einkaufswagen, der auf quietschenden Rädern ein Stück weit rollte und dann zwischen meinem Hintern und der Gefrierschranktür stecken blieb. Pritchett, der meine Hand nicht losließ, folgte mir und sprach immer lauter auf mich ein.

»Es hat mich viel Zeit und viel Geld gekostet, dich zu finden, Nina. Du siehst anders aus als damals bei der Verhandlung, als ich dich zum letzten Mal sah. Die Haarfarbe ist anders, und dünn bist du auch geworden. Färbst du dir die Haare, damit man dich nicht erkennt? Ich könnte es gut verstehen, wenn du einen Schlussstrich unter die Vergangenheit ziehen möchtest. Leider kann ich mir diesen Luxus aber nicht leisten, verstehst du.« Er spuckte seine Tirade zwischen zusammengebissenen Zähnen hervor. »Seit meine Tochter nicht mehr da ist, muss ich jede Sekunde jedes neuen Tages mit der Vergangenheit leben. *Sie ist tot.* Ich weiß, die Polizei sagt, dass dein Mann allein schuldig war, aber in meinen Augen ist es alles andere als sicher, dass du wirklich unschuldig bist. Und deswegen bin ich jetzt hier, Nina. Um dich auffliegen zu lassen. Ich werde dir die Maske deines netten, bürgerlichen Lebens vom Gesicht reißen und aller Welt zeigen, wer du wirklich bist.«

»Entschuldigen Sie, ist alles in Ordnung?«

Jemand hinter mir mischte sich ein, und als ich mich umdrehte, sah ich den Hinternglotzer und schräg hinter ihm eine glupschäugige Supermarkthilfskraft Pritchett und mich irritiert betrachten. Der Supermarktboy schien richtig unter Strom zu stehen und nur einen Vorwand zu suchen, um Pritchett an die Kehle zu gehen. Wahrscheinlich sah er sich mit seiner jugendlichen Einbildungskraft gerade als Retter der Kleinen und Schwachen. Vielleicht erinnerte Pritchett ihn aber auch an irgendeinen patriarchalischen Familiendiktator aus seiner eigenen Vergangenheit. Der andere Typ war gelassener. Er hielt seinen mit Snacks und Single-Mahlzeiten gefüllten, olivgrünen Korb locker in der Hand und strahlte eine ruhige Sicherheit aus, die die Vermutung nahelegte, dass er solche Konfrontationen kannte und gewohnt war, sie erfolgreich durchzustehen. Vielleicht war er Veteran, vielleicht auch einfach nur ein Schläger, der sich in den Kneipen prügelte.

Pritchett ließ endlich meine Hand los, sprach aber weiter, wobei er sich nun an meine Möchtegern-Retter wandte. »Wissen Sie, wer das ist? Wer ihr Mann war? Ich wette, Sie können sich an seinen Namen erinnern.«

Er zeigte mit seinem mageren Finger auf mein Gesicht und die Worte brachen aus ihm heraus. »Na, sollen wir vielleicht die Polizei rufen, Nina? Willst du diesen ›Vorfall‹ anzeigen? Nur zu, das fände ich großartig. Die Gelegenheit, den Behörden klarzumachen, wer hier seit sechs Jahren unerkannt mitten unter ihnen lebt, würde ich nur zu gerne nutzen.«

Dem Hinternglotzer reichte es jetzt. Er stellte seinen Korb auf den Boden und trat zwischen Pritchett und mich. Ich versuchte noch immer zurückzuweichen, konnte aber den Blick nicht von dem Alten reißen. Tränen waren ihm in die Augen getreten; dieser Ausbruch drohte, ihn völlig aus dem Gleichgewicht zu bringen. Der Hinternglotzer sagte: »Ich weiß nicht, was für ein Problem Sie haben, Sir, aber lassen Sie die Dame jetzt bitte in Ruhe.«

Der Supermarktboy nannte Pritchett ein Schwein. Pritchett hob die geöffneten Hände und trat ein paar Schritte zurück. Mit fester Stimme schlug er noch einmal vor, die Polizei zu rufen. In der Lautsprecheranlage wurde ein Commodores-Song von dem Hit »Take on Me« abgelöst, und irgendwo in meinem Hinterkopf war mir sofort klar, dass diese triviale, synthetische Melodie mich künftig, wann immer ich sie hörte, an diese schreckliche Szene erinnern würde.

»Wo ist denn Hayden heute Nacht, Nina?«, rief Pritchett mir nach. »Du solltest ihn besser im Auge behalten. Ich habe nicht gut genug auf Carrie aufgepasst, und du weißt ja, was mit ihr passiert ist. Du weißt, was er ihr angetan hat.«

Da reichte es mir. Endlich drehte ich mich um und rannte weg, so hastig, dass ich auf dem Weg nach draußen fast auf dem glatten Boden ausrutschte. Die automatische Tür öffnete sich nicht schnell genug und ich krachte gegen das Glas. Morgen würde ich den ganzen Oberarm entlang einen dicken blauen Fleck haben. Doch in diesem Augenblick fühlte ich keinerlei Schmerz; ich spürte nur, dass die Hand, die Pritchett umklammert gehalten hatte, immer noch kribbelte und pochte.

<2>

Als sie damals das Einkaufszentrum unmittelbar neben unsere Neubausiedlung gebaut hatten, hatte ich öfter mal sarkastisch erklärt, das sei ja nun wirklich viel praktischer, als wie bisher die fünf Meilen zum nächsten Shop zu fahren. Heute Abend war ich jedoch zutiefst dankbar, dass es so nahe war. Vom Parkplatz aus nach links, dann über das Stoppzeichen an der Kensington Arbor, an dem ich vorbeibretterte, ohne die Bremse auch nur anzutippen. Danach so schnell in die Rechtskurve, dass ich die Reifen quietschen hörte. Weniger als vier Minuten nach dem Verlassen des Supermarkts parkte ich meinen Toyota Camry vor dem Haus der McPhersons.

Die Straße war ruhig, die Häuser groß, schick und geräumig, die Grundstücke dicht bebaut und die Gärten winzig. Die Feuchtigkeit der Nachtluft legte einen leuchtenden Schein um die Straßenlaternen. Bei den McPhersons brannte vorne Licht, doch alles wirkte normal. Andererseits wirkte in diesem Viertel – unserem Zufluchtsort – mit seinen Einfamilienhäusern Marke Fertigbau und seinen durchgeplanten Reihenhäusern niemals etwas anders als anständig und normal. Unsere eigene Wohnung lag drei Straßen weiter in einem Reihenhaus mit kleiner Garage und einer netten Terrasse, auf der Hayden spielen konnte. Ich erlaubte ihm nicht allzu oft, auswärts zu übernachten, aber er hatte die ganze Woche gequengelt, und da ich wusste, dass ich spätabends noch den Wocheneinkauf erledigen musste, gab ich nach und erlaubte ihm, bei seinem Freund Caleb zu schlafen. Halb auf dem Bürgersteig parkte ein weinroter Yukon. Dieser SUV war das »alte« Auto von Calebs Mutter; in der Garage stand jetzt mit Sicherheit der Cadillac Escalade, den McPherson seiner Frau zu Weihnachten geschenkt hatte.

Leise schloss ich die Wagentür, huschte durch den Vorgarten und sah mich dabei aufmerksam auf der Straße um, ob alles wie immer wirkte. Doch ich konnte es ohnehin schlecht beurteilen, da ich bisher eher selten in diesem Teil des Wohnviertels gewesen war. Hayden hatte ein Handy dabei, und schon als ich aus dem Supermarkt gerannt war, war mir der Gedanke gekommen, ihn anzurufen, aber wenn keine unmittelbare Gefahr bestand, wollte ich nicht Calebs ganze Familie wach klingeln. Auch wenn Charles Pritchett einen Groll gegen mich hegte, würde er doch nicht so weit gehen und meinem Kind etwas antun. Bestimmt hatte er seine Frage nach Hayden gar nicht so gemeint, bestimmt war es keine wirkliche Drohung gewesen. Nach allem, was seinem eigenen Kind angetan worden war, würde er doch gewiss nicht …

»Wo ist denn Hayden heute Nacht, Nina?«, hatte Pritchett mir nachgerufen. »Du solltest ihn besser im Auge behalten.«

Wieder suchte ich die Straße in beide Richtungen

mit den Augen ab. In den Seitengassen und am Rand der Hauptstraße parkten ein paar Autos, doch hinter den Windschutzscheiben waren keine dunklen Gestalten zu sehen, und auch in den beleuchteten Fenstern der Nachbarhäuser konnte ich keinen heimlichen Beobachter ausmachen. Das Viertel war so dicht bebaut, dass die Häuser wie Wachpostenketten oder die Wände eines Labyrinths wirkten. Diese Enge hatte ich durchaus einmal zu schätzen gewusst, weil sie mir das Gefühl vermittelte, eine Festung gefunden zu haben, aber mehr oder weniger unbewusst war mir gleichfalls immer klar gewesen, dass damit auch eine Gefahr verbunden war.

Der Schlag hatte mich einfach völlig unvorbereitet getroffen.

Im letzten Augenblick entschied ich mich dagegen zu klingeln. Die McPhersons hatten ohnehin schon so ihre Zweifel an mir, die sich allerdings hoffentlich auf das Übliche beschränkten, also zum Beispiel auf die Frage, warum ich eigentlich in meinem Alter keinen Mann hätte, und diese Art von Bemerkungen über mich, die ich schon oft genug aufgeschnappt hatte und um die ich mich nicht weiter scherte, wie *Sie ist immer so kühl und reserviert!* und *Wo ist nur der Vater des Jungen?* Ich kam ohne Kontakt mit anderen Erwachsenen sehr gut zurecht, ja, ich hatte meine Einsamkeit sogar zu schätzen gelernt, aber mein Sohn brauchte Freunde, und das wollte ich ihm nicht vermasseln. Er befand sich in einem Alter, in dem viele anfangen, sich zurückzuziehen, der nächste Schritt wäre dann die vollständige Isolation, und wenn er einmal im Teenageralter war, müsste ich seinen Kleiderschrank auf Waffen durchsuchen, um sicherzugehen, dass er keinen Amoklauf plante.

Es ist nicht so, dass ich mir schon immer sofort das Schlimmste ausgemalt habe. Ich hatte diese pessimistische Weltsicht auf die harte Tour gelernt und pflegte sie eher aus Notwehr.

Gabby McPherson hatte mich beim ersten Mal, als ich Hayden zum Spielen brachte, stolz durch ihr Haus geführt, aber das Grundlegende kannte ich schon; denn vor dem Kauf meiner Wohnung hatte ich mir auch die Grundrisse der anderen verfügbaren Modelle angesehen. Die Inneneinrichtung der McPhersons war nicht sonderlich originell; Möbel und Deko hätten direkt aus einer Martha-Stewart-Show stammen können, die fünf Jahre zurücklag. Das Wohnzimmer, in dem die Jungs diese Nacht ihr Lager aufschlagen sollten, lag zur Seite hin, und so schlich ich mich durch den Vorgarten, bis ich ins Fenster spähen konnte. Ich wollte lieber nicht wissen, was die Nachbarn denken würden, falls sie gerade jetzt zufällig nach draußen schauten, aber eigentlich war es mir auch ziemlich egal. Es wäre mir nur recht gewesen, wenn eine Polizeistreife vorbeigefahren wäre – ich hatte sofort daran gedacht, die Polizei anzurufen, aber andererseits hoffte ich inzwischen, dass Pritchett sich dort im Supermarkt ausreichend an mir abreagiert hatte und uns von jetzt an in Ruhe lassen würde. Allerdings glaubte ich nicht wirklich daran. Dafür schlug mein Herz einfach zu schnell; ich spürte meinen Puls bis in den Hals hinauf und hatte Mühe zu schlucken.

Als ich vor dem Fenster stand, konnte ich mich einer widerwilligen Bewunderung für Gabbys Vorhänge nicht ganz entziehen. Sie hatte irgendwo sehr schöne, hauchdünne Gardinen ergattert, und natürlich hatten die Jungs vergessen, den Rollladen herunterzulassen, sodass ich direkt ins Zimmer sehen konnte. Der Wohnzimmerboden sah typisch aus für ein Übernachtungslager für Kids; die Schlafsäcke lagen lang ausgerollt vor der Ledercouch auf dem Teppich und der Plasma-Fernseher war angeschaltet. Durch die Fensterscheibe war aber nichts zu hören, der Ton war wahrscheinlich abgeschaltet oder leise gestellt, um Calebs Eltern oben nicht zu wecken. Caleb McPherson lag leicht zusammengerollt und halb aus dem Schlafsack gerutscht mit geschlossenen Augen auf der rechten Körperseite. Vor dem Fernseher, aber viel zu dicht vor dem Bildschirm, hockte, die Ellbogen hinter sich auf den Boden gestützt, mein Söhnchen. Hayden sah sich ein Musikvideo an, auf dem Jugendliche in superknapper Kleidung Tanzbewegungen vollführten, die wie ein Fickmarathon wirkten. Zu Hause durfte er so was nicht sehen – meine Güte, er war erst sieben –, aber ich empfand nichts als eine Woge der Erleichterung, weil ihm nichts passiert war. Es war ein so intensives körperliches Gefühl, als hätte mir jemand einen Eimer kaltes Wasser über den Kopf gekippt. Als ich daran dachte, dass Hayden extra wach geblieben war, um sich dieses banale, aber verbotene Spektakel auf MTV anzusehen, hatte ich einen Frosch im Hals. Er war einfach nur ein Junge, ein ganz normaler, gesunder Junge.

Er drehte den Kopf zum Fenster, und ich duckte mich schnell. Gebückt huschte ich zum Auto zurück, so beschämt, als wäre ich ertappt worden, obwohl ich wusste, dass er mich nicht gesehen hatte und in dieser ruhigen, stillen Straße sonst anscheinend keiner wach war.

Ich setzte mich ins Auto, verriegelte die Türen und

blieb einfach sitzen. Als ich mich im Rückspiegel sah, schoss mir durch den Kopf, dass ich ziemlich daneben aussah. Mein hellbraunes, schulterlanges Haar, das ich wie viele Mütter aus den Vorstädten leicht nach innen geföhnt trug, war zerzaust und strähnig. Meine makellose Haut, die ich in puncto Attraktivität für meinen größten Pluspunkt hielt, wirkte im kalten Licht der Straßenlampe käsig und schlaff. Und die Augen, deren gedämpftes Smaragdgrün meine Freundinnen immer offen bewundert hatten, während sie mir selbst zu sanft und verletzlich vorkamen, so als ob sie den Männern eine gefügige, willenlose Frau versprächen – diese Augen waren nun vor Sorge weit aufgerissen und wirkten wie leblose Glaskugeln. Mir fiel plötzlich auf, dass ich mich zwar jeden Morgen beim Zähneputzen, Föhnen und Schminken prüfend im Spiegel betrachtete, mir aber dabei kaum je in die Augen sah. Als wenn ich nicht genug gebüßt hätte und mir immer noch nicht hätte vergeben können. Aber Pritchett hatte mir ja auch nicht vergeben. Ob es wohl noch andere Angehörige gab, deren Wunden innerlich weiter schwärten und die in den Jahren, seit Randy sie aus ihrem normalen friedlichen Leben katapultiert hatte, noch immer keinen Frieden gefunden hatten?

Ganz tief durchatmen, sagte ich mir. Ich würde die McPhersons nicht wecken, ich würde nichts tun, was einen schlechten Eindruck machte. Aber verdammt noch mal, ich würde das Haus heute Nacht auch nicht mehr aus den Augen lassen. Schließlich hatte ich in meinem früheren Leben einen viel zu hohen Preis für meine Nachlässigkeit bezahlt.

In den letzten sechs Jahren hat es zugegebenermaßen immer wieder einmal Zeiten gegeben, in denen ich praktisch vergaß, wer wir in Wirklichkeit waren. Es hatte Stunden, Tage und manchmal sogar Wochen gegeben, in denen ich loslassen konnte und praktisch glaubte, ich sei tatsächlich Leigh Wren und nicht Nina Leigh Roberts, geborene Sarbaines. Zeiten, in denen ich vollkommen vergaß, dass ich je einen anderen Namen getragen hatte als den jetzigen, den ich nach dem Vorfall mit meinem Ex-Mann mit Einwilligung der Behörden angenommen hatte.

Doch dieses tröstliche Vergessen währte niemals lange. Irgendetwas erinnerte mich dann doch immer wieder an die Vergangenheit: ein Gewaltexzess, von dem in den Abendnachrichten berichtet wurde, ein Gespräch unter Arbeitskollegen oder irgendeine nette kleine juristische Spitzfindigkeit. Doch sobald es mir wieder einfiel, sobald ich wieder die wachsame Nervosität empfand, die mein Normalzustand geworden war, rechnete ich es mir nie als etwas Positives an, dass ich mich eine Weile entspannt und die Vergangenheit vergangen hatte sein lassen. Vielmehr kam ich mir verantwortungslos, kindisch und dumm vor, und ich hatte das Gefühl, Hayden im Stich gelassen zu haben.

Charles Pritchett. Offensichtlich hatte er gewusst, wo wir wohnten. Er musste es gewusst und auf diese Gelegenheit gewartet haben, mir entgegenzutreten und meine Bestürzung zu genießen. Mein Gott, und das bedeutete, dass er es ernst meinte. Es bedeutete, dass es ihm mit Sicherheit nicht reichte, dass er mir im Supermarkt einen Heidenschreck eingejagt hatte; offensichtlich ging es ihm um mehr. Männer von seiner Art planten ihr Leben als eine Abfolge von Projekten, und das Projekt Nina Leigh Roberts stand wohl schon lange auf seinem Programm.

Als mir klar wurde, was das bedeutete, schwirrte mir der Kopf. Doch den Luxus geistiger Benommenheit konnte ich mir nicht leisten, und so fing ich an, Notizen auf den kleinen Block zu kritzeln, der immer in meinem Handschuhfach lag. Es war bedeutungsloser Unsinn, und im silbrigen Schein der Straßenlampen konnte ich kaum sehen, was ich da schrieb, aber ich musste meine Hände irgendwie beschäftigen. Ich notierte unwichtige Daten und kritzelte Worte und freie Assoziationen hin. Wenn ich das Gekritzel später anschaute, würde ich es nicht mehr lesen können, das war mir klar. Ich zerknüllte den Zettel und warf ihn auf den Wagenboden.

Dann tauchte langsam die Erinnerung an Pritchett wieder auf. Er war ein wohlhabender Mann und der einzige unter den Angehörigen der Opfer, von dem man auch vor Randys Morden vielleicht schon einmal gehört haben konnte. Er war auch derjenige gewesen, der vor der Gerichtsverhandlung Pressekonferenzen einberufen hatte, und es hatte Gerüchte darüber gegeben, dass er sogar eine PR-Agentur damit beauftragt hatte, die Medienarbeit für ihn zu erledigen. Ich konnte mich nicht daran erinnern, dass er tatsächlich bei der Verhandlung im Saal gewesen wäre, aber das bedeutete nichts, denn ich hatte von der ganzen quälenden Prozedur nur wenig behalten: ein paar Worte, die irgendwelche Leute zu mir gesagt hatten, und einige der Fragen, die der Staatsanwalt und die Verteidigung mir stellten. An meine Antworten konnte ich mich nicht mehr richtig erinnern, doch diese waren sicherlich im Protokoll festgehalten worden.

Die Erinnerungen an diese Zeit waren in meinem Kopf unter vielen Schichten begraben und hinter den über die Jahre sorgfältig errichteten Blockaden verschlossen. Damals, vor dem Gerichtsverfahren, hatte die Staatsanwaltschaft, die sich meiner bedingungslosen Unterstützung versichert hatte, mich vor den schlimmsten Zudringlichkeiten der Öffentlichkeit geschützt. Ich war schon vor dem Verfahren wieder zu meiner Mutter gezogen, sodass ich während des ganzen Medienrummels in einem anderen Bundesstaat wohnte.

Ich konnte mich nicht erinnern, den alten Herrn persönlich gesehen zu haben, hatte aber wieder seine Auftritte im Fernsehen vor Augen, als er mit dem Finger in die Kamera zeigte und es kaum schaffte, seine Gefühle zu zügeln, was unter den gegebenen Umständen nur zu verständlich war. Wie hatte ich ihn nur vergessen können? Warum hatte ich ihn nicht erkannt, als er vor mich trat, und warum hatten bei seinem Namen nicht sofort alle Warnlämpchen geblinkt? Ich konnte mich an viele Namen von Opfern erinnern, vermutlich an fast alle. Ich erinnerte mich an einen Jungen, der sich im Gästezimmer versteckt und so überlebt hatte, während der Rest seiner Familie niedergemetzelt wurde. Unmittelbar nach seiner Aussage vor Gericht hatte ich mit diesem einzigen Überlebenden gesprochen und einen gebrochenen, verwirrten Menschen erlebt, der durch das Schuldgefühl, noch am Leben zu sein, während alle, die er liebte, ermordet waren, wie gelähmt wirkte. Noch so ein Unglückseliger neben den vielen anderen, die ihre Freunde oder Verwandten an Randys grauenhaftes Triebleben verloren hatten. Die meisten hatten der Verhandlung nicht beigewohnt, was die Öffentlichkeit nur zu gut verstehen konnte. Als Randy schließlich vor Gericht stand, kam für all diese Söhne, Töchter, Mütter, Väter, Brüder, Schwestern, Ehemänner und Ehefrauen ohnehin jede Hilfe zu spät. Da war die Verhandlung schon Randys Show, die letzte Vorführung dieses Gestörten, in der er öffentlich enthüllte, wer er im Inneren stets gewesen war. Mein Partner. Mein Mann.

Randys Blutorgien hatten sich über mindestens ein Jahrzehnt hinweg entfaltet, wahrscheinlich aber sogar viel länger. Den größten Teil dieser Zeit war ich mit ihm zusammen gewesen und hatte nicht den geringsten Verdacht geschöpft. Die arme, unwissende Nina hatte mit der Bestie geschlafen und war vollkommen überrumpelt gewesen, mochten mich manche auch der Mitwisserschaft bezichtigt haben. Anfangs hatte ich sogar im Verdacht gestanden, an Randys widerlichen Morden beteiligt gewesen zu sein.

Damals schwor ich dasselbe, was ich auch heute noch sage: *Ich wusste es nicht und ich konnte es nicht wissen.*

Diese ganze Diskussion habe ich niemals laut mit jemandem geführt, ich habe mich niemals wirklich öffentlich verteidigen können, und inzwischen klangen diese Behauptungen mir selbst hohl in den Ohren. Natürlich hatte es Hinweise gegeben. Und natürlich hatte ich sie nur zu gern übersehen.

Die ganze Nacht saß ich dort im Wagen und hielt Wache. Alles war still. Bis auf das dumpfe Hämmern meines Herzens.

2. Kapitel

Etwa ein Jahr nach unserer Hochzeit beteiligten Randy und ich uns an der Suche nach einem vermissten Jungen namens Tyler Renault. Zwei Tage zuvor hatte man Tylers Mutter und seine ältere Schwester ermordet in ihren Betten gefunden, und die Gerüchteküche kochte. El Ray war eine Vorstadt von Fresno und monströse Großstadtverbrechen gab es hier normalerweise nicht. Viele waren der Meinung, der von der Familie getrennt lebende Vater habe Frau und Kind ermordet, er war auch schon mehrmals verhört, aber noch nicht festgenommen worden. Er beharrte auf seiner Unschuld, doch die meisten glaubten ihm nicht. Eine andere Theorie, die flüsternd verbreitet wurde, lautete, die Familie sei das Opfer einer religiösen Sekte geworden, deren Mitgliedschaft aus ein paar kaputten Jugendlichen bestand, die sich jenseits der Stadtgrenze auf Wohnwagenplätzen trafen und Methadon verkauften, um ihre Kicks zu finanzieren.

Wir kannten die Renaults nicht persönlich; sie hatten nicht in unserem Viertel gewohnt, sondern ein paar Meilen weiter, und wir waren seit den Flitterwochen so beschäftigt gewesen, dass wir kaum Gelegenheiten gehabt hatten, die Leute in unserer eigenen Straße kennenzulernen. In seinem Beruf als Compliance-Officer für die Jackson-Lilliard Corporation, einem international tätigen Chemieunternehmen, das von Textil- bis zu Wandfarben alle möglichen Färbemittel herstellte, war Randy viel auf Reisen. Er kontrollierte Tochterunternehmen, überprüfte, ob ihre Verfahren den Richtlinien entsprachen, und stellte sicher, dass sie den gesetzlichen und firmeninternen Vorgaben genügten. Und Shaw Associates, wo ich seit meinem Abschluss am College und unserem Umzug arbeitete, hatte mich inzwischen schon von der Assistentin des Stellvertretenden Marketingdirektors zur Business-Analytikerin befördert, die zielgruppenorientierte und käuferbezogene Entscheidungen auf Gewinnmaximierung und optimale Effizienz trimmte. So hatten wir bisher nicht viel Zeit gehabt, unsere Nachbarn kennenzulernen, und auch ein Jahr nach unserem Umzug standen noch immer einige unausgepackte Kartons in der Garage.

Doch seit dem Verbrechen hatte es überall nur noch ein einziges Gesprächsthema gegeben, und als Judy Larson von der First Methodist Church mich anrief und sagte, die Polizei suche Freiwillige, die das Gestrüpp nach Tyler absuchten, meldete ich uns natürlich auch an. Zunächst war Randy nicht gerade begeistert, aber dann schien er sich für das Vorhaben zu erwärmen. Wahrscheinlich ging er einfach nur mit, damit ich ihm keine Vorwürfe machte, und das erfüllte mich mit einer seltsamen Befriedigung.

Das uns zugeteilte Suchquadrat war eine Wiese unmittelbar östlich des Streifens, wo der Highway 1 die Ausläufer der Vorstadt durchschnitt. Zusammen mit siebzehn anderen Männern und Frauen, die wir zum größten Teil nicht kannten, gingen wir in einer unregelmäßigen Reihe durch das hüfthohe Gestrüpp aus gelblich wucherndem Unkraut und kleinen Büschen, schlugen auf die Insekten ein, die an diesem Morgen im späten Frühjahr unsere schweißnassen Gesichter umschwirrten, und hielten Ausschau nach einer Leiche oder einer anderen Spur. Die beiden uniformierten Polizisten, die unserem Suchtrupp zugeteilt worden waren, liefen an unserer Suchkette auf und ab und riefen Tylers Namen durch Megaphone.

Randy schritt selbstbewusst aus und gab in dem diesigen Licht ein beeindruckendes Bild ab. Mit seinen eins vierundneunzig war er der größte Mann in der Kette. Körperlich war er in Topform, und das Lands'-End-Shirt, das ich ihm zu seinem letzten Geburtstag geschenkt hatte, spannte um seine breiten Schultern und den mächtigen Brustkorb. Manchmal wunderte ich mich immer noch darüber, dass ich es geschafft hatte, mir so einen Prachtkerl zu schnappen; er hatte kluge braune Augen, kurz geschnittenes, schwarzes Haar, einen olivbraunen Teint und einen ausdrucksvollen Mund; er sah einfach aus, als wäre er aus einem Katalog gestiegen, und war in den Augen der meisten Frauen das Urbild eines klassisch gut aussehenden Mannes. Wenn wir essen oder einkaufen gingen, bemerkte ich immer wieder, wie Frauen – allein oder zu zweit und ältere Frauen ebenso wie Teenies – Randy mit den Augen folgten, wenn wir vorbeigingen, und dann war ich plötzlich verkrampft und unsicher. Auch ich sah durchaus gut aus oder bildete mir das zumindest ein, aber ich war klein und zierlich, und selbst unsere Freunde scherzten manchmal über unser Auftreten als Paar, wenn sie Randys mächtigen Körper und meine zierliche Gestalt nebeneinander sahen. Die Taktvollen unter ihnen sagten, wir ergänzten uns gut; die anderen sagten, wir sähen lustig aus.

Mit unseren unmittelbaren Nachbarn in der Kette waren wir entfernt bekannt, was hieß, dass wir sie schon ein- oder zweimal getroffen hatten und sie wenigstens beim Namen kannten. Roger Adler und seine Frau Georgia gehörten zu unserer Kirche. Er hatte zwanzig Jahre lang Mathematik an der Highschool unseres Wohnorts unterrichtet. Sie war Buchhalterin in Rente. Die Kinder waren erwachsen, und jeder konnte nur davon träumen, im Ruhestand einmal so aktiv und zufrieden zu sein, wie Roger und Georgia es anscheinend waren. Randy hatte irgendwann einmal gemeint, die beiden hätten sich liften lassen, aber mir war das nicht aufgefallen. Beide hatten sich gut gehalten, sie sahen aus wie eines jener älteren Paare, die in Zeitschriftenanzeigen für Vitamine oder Nahrungsmittel aus kontrolliertem Anbau warben. Anfangs ging Roger zwischen mir und seiner Frau Georgia. Er hatte einen kurzen Stock vom Boden aufgehoben und wedelte damit die Mücken weg. Oft blieb er stehen und sah aufmerksam auf leere Getränkedosen oder Verpackungen, die sich im hohen Gras verfangen hatten. Georgia hatte Shorts an und bald waren ihre kräftigen, weißen Schenkel von roten Kratzern übersät. Sie tat, als bemerke sie es nicht, aber ich hörte sie leise fluchen. Kurz darauf tauschte sie den Platz mit ihrem Mann, um sich mit mir zu unterhalten.

Auf der anderen Seite, neben Randy, ging Dalton Forte, der als juristischer Berater für eine Firma arbeitete, die ihren Sitz im gleichen Bürokomplex hatte wie

Randys Arbeitgeber. Forte war einer dieser Männer in den Vierzigern, deren ganzjährige Sonnenbankbräune samt Stachelfrisur besser zu einem Teenager in einer Reality-Show passen würden als zu einem Mann seines Alters. Je nach Sichtweise konnte man das gruselig oder einfach nur traurig finden. Er und Randy spielten in der Mittagspause manchmal Racquetball, und heute gingen sie schnell zu einem freundschaftlichen Gefrotzel über, das angesichts der Umstände völlig fehl am Platz war.

Georgia fühlte sich genötigt, die üblichen Kommentare abzugeben, wie grauenhaft das alles sei, diese Katastrophe, die den Renaults zugestoßen sei. Dieselben Phrasen hatte ich von allen gehört, mit denen ich mich in den letzten Tagen unterhalten hatte: *Es ist so tragisch, so sinnlos, der Typ war doch echt krank, den Typ sollte man an Ort und Stelle abknallen, ohne viel Federlesen, ohne Gerichtsverhandlung, da kann der Staat sparen, das zeigt, dass es in diesem modernen Leben keine Werte mehr gibt ...* und so weiter. Als ob irgendjemand den Vorfall für irgendetwas anderes als ein grauenhaftes Verbrechen hätte halten können. Aber natürlich hatte ich ebenfalls solche Versatzstücke von mir gegeben, damit alle wussten, dass auch ich Abscheu empfand. Todd Cline, ein Polizist, der in unserer Straße wohnte, war an dem Morgen, als Trudi und Dominique Renaults Leichen von keinem Geringeren als dem getrennt lebenden Ehemann entdeckt worden waren, am Tatort gewesen und hatte später einige beunruhigende Andeutungen gemacht, die über das hinausgingen, was in den Zeitungen gestanden hatte. Er sagte, mit den Leichen seien gewisse Dinge angestellt worden, Dinge, die er nicht weiter ausführen dürfe, aber in seinen acht Dienstjahren habe er persönlich so etwas Schlimmes noch nicht gesehen. Da sei etwas mit den Augen gewesen.

Dominique Renault war zehn Jahre alt gewesen.

»Ich kann das einfach nicht glauben, von niemandem, nicht einmal von dem getrennt lebenden Ehemann«, sagte Georgia und wischte sich mit dem Blusenkragen den Schweiß vom Hals. »Ich habe noch nie gehört, dass solche Dinge in einer Gegend wie dieser hier vorkommen.«

Zu meiner Rechten hörte ich plötzlich einen übertrieben theatralischen Seufzer und zuckte zusammen. Bevor ich Randy klarmachen konnte, dass er den Mund halten sollte, legte er los: »Tatsächlich passiert ›so was wie das hier‹ meistens in ›Gegenden wie dieser hier‹, wenn Sie damit unser gemütliches Mittelschichtsidyll hier meinen, das so praktisch nah am Highway und nur zwanzig Minuten vom Stadtzentrum entfernt liegt. Im letzten Jahr wurden drei von fünf Tötungsdelikten in Vorstadtsiedlungen wie unserer oder in bürgerlichen, stadtrandnahen Wohngebieten begangen. Mitten in der Stadt wohnt heute sowieso keiner mehr, und so gesehen ist ›eine Gegend wie diese hier‹ ein ziemlich schwammiger Begriff, Georgia.«

»Wie gut, dass du uns da auf die Sprünge helfen konntest, Professor«, witzelte Forte. »Deine Einsichten in Raumplanung und Kriminalitätsraten des Vorstadtgürtels sind beeindruckend. Hast mal wieder NPR im Radio gehört, stimmt's?«

Randy schenkte ihm ein abfälliges Lächeln und zeigte auf den Rand der Wiese, auf den unser Suchtrupp sich zubewegte. Dort, in fünfzig Metern Entfernung, endete die Wiese an einem mit Bäumen bewachsenen Streifen.

Bis vor ein paar Jahren hatte hier ein ziemlich dichtes Wäldchen gestanden. Doch nun konnte man durch die Lücken der Bäume auf die andere Seite mit ihren planierten und terrassierten Hängen sehen, wo im Herbst eine neue Siedlung entstehen sollte. »Ich weise nur darauf hin, dass Amerika inzwischen zum allergrößten Teil aus solchen Gegenden wie dieser hier besteht, während die Verbrechensrate seit Anfang der Achtzigerjahre ungefähr gleich geblieben ist. Wenn man von Crack einmal absieht natürlich, aber hier zweifelt wohl keiner daran, dass die Renaults nicht wegen eines schiefgegangenen Drogendeals umgebracht wurden. Ich glaube, wir haben es hier entweder mit dem klassischen Fall eines Familienmords oder aber mit der Tat eines Psychopathen zu tun, eines Irren, der noch immer frei herumläuft, wie ich hinzufügen könnte. Und in diesem Fall kann die Tatsache, dass der Junge mitgenommen und nicht ermordet wurde, darauf hindeuten, dass er noch am Leben ist. Vermutlich nicht gerade in der Nähe dieser Wiese hier, das gebe ich zu, aber die Chance besteht immer.«

Genau wie mein Mann sah ich mir häufig Kriminaldokumentationen im Fernsehen an. Zum Teufel, auf *Prime Time* liefen jede Woche drei Serien, in denen von der Entdeckung des Verbrechens bis zur Verurteilung der Täter jede Einzelheit beleuchtet wurde. Ich vermutete, dass Randy die Informationen für seine Behauptungen aus diesen Sendungen hatte. Qualitativ hochwertige Radiosender wie NPR hatte er nie im Leben gehört, da war ich mir sicher. In unserer Anfangszeit als Paar fand ich es reizvoll, dass er sich zu praktisch jedem Thema auslassen konnte, als hätte er Berge von Literatur darüber gelesen. Ich fand das erfrischend, weil so viele junge Männer nur über Sport oder Geld sprachen. Im Laufe der Zeit merkte ich allerdings, dass viele von Randys »Informationen« schlichtweg falsch waren, da er entweder etwas zitierte, was er völlig aus dem Zusammenhang aufgeschnappt hatte, oder aber nur seine eigenen vorgefassten Meinungen mit selbst gebastelten Belegen untermauerte. Doch er konnte ziemlich überzeugend klingen, und ich lernte auf die harte Tour, wie sehr er Widerspruch hasste. Dann zog er sich entweder schmollend zurück oder er stritt einfach ab, jemals etwas gesagt zu haben. Und so ließ ich es ihm normalerweise einfach durchgehen. Es spielte ja ohnehin keine große Rolle, solange er nur mich volllaberte. In Gegenwart anderer Leute war mir sein Gerede dagegen ziemlich unangenehm.

Auch dieses Mal ertrug ich es nicht. »Ich dachte, bei einer Entführung schwindet die Wahrscheinlichkeit, lebend zurückzukommen, mit jedem Tag, der vergeht«, warf ich ein, wobei ich darauf achtete, dass niemand außer unseren unmittelbaren Nachbarn mich hören konnte.

»Das stimmt natürlich«, räumte Randy ein und sah mich scharf an. »Aber wenn es sich hier um einen Psychopathen handelt, um einen Menschen, der sich nicht mehr unter Kontrolle hat, der sich sozusagen ›in den Fängen seiner Triebe‹ befindet, warum bringt er sein Opfer dann nicht an Ort und Stelle um? Ich meine, natürlich denken diese Typen nicht logisch, aber wieso schaffen sie es, ihre Mordlust zu zügeln und eines der Opfer am Leben zu lassen? Und warum sollte so ein Typ das Risiko eingehen, unterwegs mit dem Entführten gesehen zu werden?«

Georgia, die ihre Abscheu vor diesen Verbrechen angemessen zum Ausdruck gebracht hatte und für die das Thema damit erledigt war, gefiel die Richtung nicht, die das Gespräch eingeschlagen hatte. Sie schauderte leicht und sagte noch einmal: »Es ist einfach nur grauenhaft.«

Doch nun war Fortes Interesse erwacht. »Du hast selbst gesagt, ein Psychopath, der die Kontrolle über sich so weit verloren hat, dass er ein solches Verbrechen überhaupt begehen kann«, sagte er mit einer Geste, die zeigen sollte, wie wenig der Psychopath sich im Griff hatte, und lächelte dabei Randy an, »trifft seine Entscheidungen vermutlich nicht leidenschaftslos. Die Vernunft spielt hier keine Rolle mehr. Vielleicht wird er einfach nur dazu getrieben – von den Stimmen in seinem Kopf oder den kleinen grünen Männchen oder was weiß ich, was so einen Wahnsinnigen alles antreibt –, den Jungen mitzunehmen. Aber andererseits hat er ja vielleicht auch klarer gedacht, als wir ihm das zugestehen wollen, und hat vor, Tyler als Pfand zu benutzen, falls er von den Cops in die Enge getrieben wird.«

»Aber vielleicht ist er auch einfach noch nicht mit ihm fertig«, ergänzte Randy leise. Ich merkte, dass er langsam in Fahrt kam. Ich gestand mir nicht gerne ein, wie unangenehm ich es fand, wenn er so war, und deswegen verdrängte ich die Erinnerung an diese Situationen nur allzu gerne, und wenn es dann mal wieder so weit war, kam es mir vor, als würde mein Bauch von einem Schraubstock zusammengepresst. Ich sagte schnell etwas, um das Thema zu wechseln, doch Randy übertönte mich einfach.

»Wenn es der Ehemann war, könnte es schon sein, dass er das Kind als lebenden Schutzschild mitgenommen hat«, dozierte er für Forte in einem Tonfall, der für ein Streitgespräch mit einem juristischen Berater vermutlich gut gewählt war. »Doch der Mann wurde schon mehrmals verhört und bisher habe ich nichts gelesen oder gehört, das seine Schuld bestätigen würde. Statistisch gesehen wäre ein solches Vorhaben auch nicht sonderlich Erfolg versprechend, da Geiselnahmen meistens mit dem Tod von Geisel und Geiselnehmer enden. Wenn dieses Verbrechen nun tatsächlich einer emotionalen Kurzschlusshandlung des Mannes entsprungen ist, wenn bei ihm einfach die Sicherungen durchgebrannt sind, dann ist jede Vorhersage sinnlos. Das Verhalten eines hysterischen Menschen ist völlig unberechenbar. Aber wir sollten endlich einmal laut aussprechen, was hier keiner zugeben will, nämlich dass hier, in unserem sicheren Hafen, ein Serienmörder zugeschlagen hat. Nach Ansicht der Polizeipsychologen und Profiler gehen diese Verbrecher oft auf eine Weise vor, die weit weniger zufällig oder planlos ist, als man das bei Verbrechen aus Leidenschaft kennt. Die Verbrechen werden bis ins kleinste Detail und unter Berücksichtigung der absurdesten Eventualitäten, die sich in der Fantasie des Täters abspielen, geplant. Diese Menschen setzen ihre Phantasie eiskalt und berechnend ein.« Er grinste seinen Racquetball-Partner breit an. »Wie ein Anwalt.«

Forte sah ihn von der Seite an. Ob sein Blick Verlegenheit oder eine Art Bewunderung zeigte, war mir nicht klar. »Danke, Dr. Lecter«, sagte er und trat plötzlich auf einen mittelgroßen Ast, der im hohen Gras versteckt lag. Der wippte hoch und hätte ihn fast im Gesicht getroffen. Er schlug ihn wütend weg und ich freute mich heimlich.

»Wir schauen zu viele Krimis im Fernsehen«, erklärte ich Georgia, die uns inzwischen schon seltsam ansah. Offensichtlich war sie zu dem Schluss gekommen, dass sie die Ansichten meines Mannes zu diesem Thema lieber nicht genauer kennenlernen wollte, und so fragte sie mich, ob wir Kinder geplant hätten. Ich sagte das übliche Sprüchlein auf, dass mein Mann und ich uns erst einmal einleben müssten und dass wir beide beruflich auch sehr engagiert seien und so weiter. Randy nahm sich die Zeit, mir einen ärgerlichen Blick zuzuwerfen, und sprach dann wieder auf Forte ein.

»Serienmörder begehen ihre Verbrechen üblicherweise in einem gewissen Umkreis um ihr eigenes Heim, vielleicht noch im Nachbarstaat, aber selten weiter. Für so jemanden liegt ein Teil des Kicks vielleicht gerade darin, den Menschen in seiner direkten Umgebung Angst zu machen.« Er hielt kurz inne und sah in den frühlingshaft blauen Himmel hinauf. »All die Gerüchte, die Aufmerksamkeit der Medien, die Tatsache, dass wir dieses Feld hier absuchen, und vielleicht sogar das Gespräch, das wir gerade führen, all das könnte für ihn eine Befriedigung darstellen. Allein die Möglichkeit, dass irgendjemand, den man auf der Straße sieht, dieser Mörder sein könnte, bringt eine surreale Note in unser Alltagsleben und macht uns, ob wir das wollen oder nicht, unsere eigene Sterblichkeit bewusst. Wir alle haben in den letzten Tagen darüber nachgedacht, da gehe ich jede Wette ein.«

Roger Adler, Georgias Mann, der langsam und schwer atmend hinter uns herkam, hatte schweigend zugehört. Jetzt aber sagte er: »Nehmen Sie es mir nicht krumm, Randy, aber da muss ich mal nachhaken. Ich kann mich nicht erinnern, dass wir früher Morde um ihrer kathartischen Wirkung wegen schätzten. Die Opfer waren Kinder.«

»O nein, so hat er es bestimmt nicht gemeint …«, fiel seine Frau ihm ins Wort.

»Nein«, erwiderte Randy rasch und ging ein bisschen langsamer, damit der alte Mann nachkam. »Ich muss Roger recht geben und mich für meine Wortwahl entschuldigen. Ich weiß, dass es hier um Menschen geht und dass das alles grausam real ist. Ich wollte nur sagen, dass wir vielleicht unwissentlich und unwillentlich das Ego dieses Mörders aufpolieren.« Er wandte sich wieder Forte zu. »Der Mörder könnte sich an der ganzen Aufregung, die er verursacht hat, ergötzen. Er würde jeden Artikel lesen und jede Nachricht im Fernsehen verfolgen. Dabei wüsste er die ganze Zeit, dass er seinen Ruhm nur insgeheim genießen darf, denn wenn man ihn schnappte, wäre das sein Tod und damit auch das Ende seiner Fantasien. Wenn er aber sein Bedürfnis nach Anerkennung zügeln kann, hält sein Alltagsleben die vollendete Belohnung für ihn bereit … Bei der Arbeit, in der Kirche, in der Familie, jeden Tag, den er mit Frau und Kindern und Nachbarn verbringt, überall geht es um das Verbrechen, und doch weiß keiner außer ihm Bescheid. Wenn er einigermaßen gut ist, wird niemand auch nur einen Verdacht hegen, oder allenfalls in einer so tiefen Schicht des Unbewussten, dass diese Person es sich nicht eingestehen kann, denn dann würde sie sofort zum Komplizen … Überlegt doch mal, wie allmächtig dieser Wahnsinnige sich fühlen muss. In seinem Kopf finden Schlachten und Kriege statt, gegen die er sich wehrt, bis sie am Ende so mächtig werden, dass er seine Fantasien verwirklichen muss. Und die ganze Zeit sieht es für die Außenwelt so aus, als wäre er ein ganz normaler Mann wie du und ich. Ach verdammt, du bist ja Anwalt und daran gewöhnt, so zu tun, als glaubtest du an Sachen, die nachweislich falsch sind. Jetzt stell dir mal eine Aufgabe auf diesem Niveau mit einem so hohen Einsatz vor. Ein scheußliches Szenario, mein Freund.«

Forte suchte meinen Blick, weil ihm das die Möglichkeit verschaffte, an meinem Mann vorbeizusehen. »Randy ist ein zwanghafter Spieler, nicht wahr?«, fragte er.

»Seh ich so aus, als würde ich ihm das durchgehen lassen?«, fragte ich bemüht forsch, doch in Wirklichkeit war mir kalt, und ich war peinlich berührt von Randys Worten. Inzwischen waren wir fast bei dem Wäldchen angekommen. Wir alle trugen Wanderschuhe, die in all den Jahren, die wir sie besaßen, noch nie richtig zum Einsatz gekommen waren. Meine hatte ich noch in meiner College-Zeit gekauft, kurz bevor ich Randy kennenlernte. Damals fand ich, dass meine Beine darin länger wirkten. »Ich mach ihm ja schon die Hölle heiß, weil er auf den Ausgang eurer Racquetball-Spiele wettet.«

»Aber er gewinnt immer.«

Randy hätte gerne noch mehr gesagt, damit alle merkten, dass er mit seinem scharfen Verstand fähig war, auch die schlimmsten Horrorszenarien kühl zu analysieren. In seinem Beruf als Compliance-Officer hatte er die Aufgabe, auf kleinste Einzelheiten zu achten und alle Verantwortlichen auf deren Bedeutung aufmerksam zu machen. Wenn die Produktionsprozesse, die er überprüfte, auch nur minimal gegen die Vorgaben verstießen, konnte es zu Gerichtsverfahren und Kontrollen der Bundesbehörden kommen, die Jackson-Lilliard Strafbeträge in Millionenhöhe kosten mochten.

Vielleicht liebte er es deshalb, sich diese Schreckensszenarien bis ins Kleinste auszumalen. Aber an diesem Tag ging mir sein Gelaber ganz besonders auf die Nerven. In Wahrheit war ich so sauer, dass ich ihn am liebsten angebrüllt hätte, den Mund zu halten. Ich konnte mich nur mit Mühe beherrschen, doch ich wollte keine Szene, weil ich mir nur zu genau vorstellen konnte, wie die anderen Teilnehmer des Suchtrupps sich nach uns umdrehen und unseren Ehekrach miterleben würden. Also schluckte ich meinen Ärger herunter, und auch Randy riss sich zusammen und ließ das Thema endlich fallen.

Wir durchsuchten die ganze Wiese und den schmalen Waldstreifen dahinter, den ganzen Hang hinauf bis fast an den Rand des Bereichs, wo die Erdarbeiten für die Bebauung schon im Gang waren. Aber wir fanden nichts, nicht den geringsten Hinweis auf das vermisste Kind; das Interessanteste, was überhaupt gefunden wurde, waren eine leere Patronenhülse und das Kleid eines kleinen Mädchens, das für einen siebenjährigen Jungen wie Tyler Renault viel zu klein und auch zu abgetragen war.

Seine Leiche wurde einen Monat später zwanzig Meilen westlich von El Ray gefunden, wo sie in eine Schlucht am Rand des Highways geworfen worden war. Der Vater der Familie Renault wurde nicht angeklagt; unser Nachbar, der Polizeibeamte Todd Cline, erzählte, die am Tatort gefundenen DNA-Spuren hätten Mr Renault als Mörder ausgeschlossen. In der Zeitung fand man nie wieder etwas über den Fall, kein Wort über neue Erkenntnisse oder irgendeinen Fortschritt. Zu einer Anklage kam es in diesem Fall erst viele Jahre später.

3. Kapitel

<1>

Ich erwachte davon, dass jemand an die Windschutzscheibe klopfte.

Wie peinlich. Da stand Doug McPherson in einem Penn-State-Sweatshirt und Shorts, startbereit für seine morgendliche Joggingrunde. Er trug Shorts, obwohl die Wagenfenster mit Raureif bedeckt waren und es eiskalt war. Ich fror und war ziemlich verlegen, weil er mich schlafend im Auto erwischt hatte.

Ich wollte das Seitenfenster herunterlassen, aber der Wagen lief ja nicht, und so öffnete ich die Tür, um Doug zu begrüßen. Erst hatte er ziemlich besorgt gewirkt, doch jetzt sah er mich eher fragend an. »Wir wollten Hayden bei Ihnen vorbeibringen, nachdem ich gejoggt habe«, sagte er. »Aber Sie wollten ihn wohl früh abholen. Ist alles in Ordnung mit Ihnen?«

Wahrscheinlich dachte er, dass ich einen Rausch ausschlief, aber er war viel zu taktvoll, um nachzufragen, und eine Woge schuldbewusster warmer Dankbarkeit stieg in mir auf.

Ich nickte. »Alles bestens. Aber ich wollte noch ein paar Einkäufe mit ihm erledigen, bevor es in den Shopping-Malls zu voll wird.« Ich warf einen Blick auf die Uhr; es war halb sieben und gerade erst hell geworden. Ich hatte das Gefühl, Sand in meinen Augen zu haben, und wahrscheinlich war mein Gesicht vom Schlaf zerknautscht. Ich lachte, um meine Verlegenheit zu überspielen. »Ich bin gerade erst aufgestanden und sofort losgefahren. Ich hätte wohl besser erst mal einen Kaffee getrunken.«

Doug lächelte wohlwollend und sah zum Haus hinüber. Gabby stand in der Haustür, neben sich Caleb, der sich an ihrem Morgenmantel festhielt und gedankenverloren am Ohr kratzte. Hinter den beiden spähte Hayden hervor und blinzelte in den jungen Tag. »Guten Morgen allerseits«, rief ich. »Ich dachte mir, ich hol Hayden schon mal ab, damit wir nicht in den Samstagvormittagstrubel geraten.«

»Was für einen Trubel denn?«, fragte Hayden.

Ich war immer noch benommen vom Schlaf. Da fiel mir die Begegnung mit Pritchett wieder ein, und meine Blicke suchten die Straße rasch ab. Alles wirkte genauso normal wie gestern Nacht, als ich eingenickt war. »Es soll eine Überraschung sein«, improvisierte ich, wobei mir klar war, dass ich später dafür bezahlen würde. »Je schneller du fertig bist, desto eher findest du es heraus.«

Doug machte Dehnübungen. Er stand mit einem nach hinten angewinkelten Bein am Stoßdämpfer, hüpfte ein bisschen herum und wechselte dann auf das andere Bein. Die Jungen verschwanden im Haus und Doug sagte: »Gehen Sie doch solange rein. Dann wird Gabby Ihnen alles über die lange Nacht der beiden erzählen.« Er zeigte auf mein Auto. »Anscheinend hat Ihnen jemand einen Zettel hinter den Scheibenwischer gesteckt.

Sie waren wohl so in Eile, dass Sie ihn noch gar nicht bemerkt haben.« Noch immer lieferte er mir die Ausreden. Er warf mir einen letzten, verwunderten Blick zu und joggte dann auf der Straße davon.

Zwischen Windschutzscheibe und Scheibenwischer hatte jemand einen kleinen, weißen Umschlag gesteckt. Ich hatte ihn nicht bemerkt. Die Morgenluft kam mir plötzlich noch viel kälter vor. Ich schnappte mir den Umschlag und steckte ihn schnell in meine Jeans, weil es mir schon Angst machte, ihn nur in der Hand zu halten.

Gabbys Küche war kanariengelb gestrichen, viel zu knallig, fast wie ein Osterei. Mich würde es wahnsinnig machen, diesem knalligen Gelb länger ausgesetzt zu sein, aber der Kaffee roch großartig, und ich nahm gerne eine Tasse, während Gabby Speckstreifen auf ein Papiertuch legte und in die Mikrowelle schob. »Die beiden sind die ganze Nacht wach geblieben und haben ferngesehen, soweit ich das beurteilen kann«, meinte sie gähnend. »Als wir heute Morgen nach unten kamen, lief der Fernseher immer noch. Keine Sorge, wir haben einen Kinderfilter.«

Als wenn ich mir Sorgen machte. Etwas Härteres als MTV war auf ihrem Plasmabildschirm wahrscheinlich nie zu sehen. Gabby und Doug waren typische Vertreter der Mittelschichtfamilien dieser Stadt: konservativ, über alle möglichen Themen im besten Glauben völlig fehlinformiert; außerdem nett, großzügig und weitgehend blind für ihren Snobismus. Mit einem Wort, es waren liebenswerte Leute, die sich in keinster Weise von den anderen Bewohnern der Siedlung unterschieden. Seit Hayden Caleb letzten Herbst im Schulbus kennengelernt hatte, hatte ich diese Freundschaft immer unterstützt. Ich wollte, dass Hayden sich an seinem Wohnort wohlfühlte, wie auch immer der aussehen mochte; ich wollte eine normale sichere Zukunft für ihn.

Hayden hatte seine Sachen aus seiner Schlafhöhle geholt und kam nun in die Küche, in der Hand seinen Schlafsack und einen Minikoffer, in den ich ihm eine Zahnbürste und Kleidung zum Wechseln gepackt hatte. Offensichtlich würde er weder das eine noch das andere benutzen, aber er hatte ja auch nicht damit gerechnet, so früh abgeholt zu werden. Beim Anblick seines zerzausten Haares wurde es mir warm ums Herz. Hayden und Caleb schienen eine Art Geheimcode entwickelt zu haben, und nun gaben sie eine Folge stotternder, hupender und summender Töne von sich, nickten dann und verstummten, als hätten sie einander perfekt verstanden.

»Ich hab euch doch gesagt, Jungs, ich will diesen Quatsch nicht, wenn ihr hier im Haus seid«, erklärte Gabby geistesabwesend. Härter sprang sie bestimmt nie mit ihrem Sohn um, was ich beruhigend fand. Sie massierte sich die Schläfen und sagte: »Sich freitags abends ein wenig gehen zu lassen ist ja gut und schön, aber gestern war es doch ein Glas zu viel. Wann werde ich endlich kapieren, dass ich nicht mehr so über die Stränge schlagen kann wie mit fünfundzwanzig?«

»Ich war auch viel zu lange auf«, gab ich zurück. »Hören Sie, vielen Dank nochmals, dass Hayden bei Ihnen übernachten durfte.« Ich stellte die Kaffeetasse auf den Tisch, beugte mich vor, stützte die Hände auf meine Beine und sah meinen Sohn an: »Wie sagst du zu Mrs McPherson?«

»Vielen Dank, Mrs McPherson.«

Sie streckte die Hand aus und wuschelte Hayden durchs Haar, und ich musste dem Impuls widerstehen, ihre Hand wegzuschlagen. Ich wusste, dass ich überreagierte, aber wenn es um Hayden ging, konnte ich ziemlich besitzergreifend sein. Das hätte niemand so leicht vermutet, und man konnte es nur merken, wenn man mich ganz genau beobachtete … Na ja, niemand außer Hayden, denn er bekam mehr mit, als mir lieb war.

Wir traten in die kalte Morgenluft und ich ließ den Motor kurz warm laufen. Dabei fragte ich Hayden, wie die Nacht gewesen sei.

»Cool«, antwortete er, inzwischen hellwach und voller Energie und Ungeduld. »Wir haben mit Calebs Playstation gespielt, und sein Dad ist bis elf Uhr mit uns aufgeblieben.«

»Du solltest nicht so spät ins Bett gehen.«

»Was ist denn die Überraschung? Welchen Trubel hast du gemeint?«

Da ich keine Überraschung geplant hatte, musste ich schnell etwas aus dem Hut zaubern. Nachdem wir im Bad waren und gefrühstückt hatten, tigerte ich noch eine Weile nervös durchs Haus. Dann fuhren wir zur Southpoint Mall, um eine Kino-Matinee zu besuchen. Ebenso wie jedes andere Kind hier in der Triangle-Gegend – dem Großraum Raleigh-Durham – hatte auch Hayden seiner Mom schon die ganze Woche über in den Ohren gelegen, mit ihm in den jüngsten Disney-Film zu gehen. Scharen von Eltern und Kindern gingen quasselnd in der Eingangshalle herum und redeten viel zu laut, andere Kinder standen einfach nur da und staunten mit weit aufgerissenen Augen. Es war der übliche familientaugliche Kitsch, einfach ein weiterer jener unzähligen Streifen mit sprechenden Tieren, der die jugendlichen Platzanweiser anödete, den Eltern und Kindern aber die beruhigende, vertraute Leinwaldwelt lieferte. Ich sah ein paar Bekannte von der Arbeit und wir tauschten uns höflich über Belanglosigkeiten aus. Hätte mich jemand fünf Minuten später gefragt, hätte ich kein Wort von dem wiedergeben können, was gesagt worden war.

Der Plot des Films war ein alter Hut. Im Prinzip schien es der gleiche Film zu sein, den wir uns seit Haydens fünftem Geburtstag ansahen. Sogar die Stimmen stammten zum Teil von denselben prominenten Sprechern. Trotzdem war es irgendwie nett, einfach abzuschalten und mich neben Hayden, der nach den ersten paar Minuten kaum noch zappelte, in den Polstersessel sinken zu lassen.

Doch als der Film noch nicht einmal halb durch war, wurde mir schwindlig und die kleinen Lämpchen, die im Mittelgang den Weg markierten, kamen mir plötzlich wie die Befeuerung einer Landebahn vor. Ich verlor das Interesse an dem Film und musste wieder an den Umschlag denken, den mir jemand unter den Scheibenwischer gesteckt hatte. Als ich mit Hayden zu Hause war, hatte ich schließlich hineingeschaut. Der Inhalt des Umschlags hatte mich so abgestoßen, dass mir schlagartig kalt wurde. Ich hatte das Papier zerknüllt und es in eine Schublade geworfen.

In dem Umschlag hatten zwei Seiten gesteckt. Die erste war eine aus der Zeitung ausgeschnittene Schlagzeile: LAUT POLIZEI NOCH IMMER KEINE SPUR IM MORDFALL. Am Untertitel konnte man erkennen, dass es um Memphis, Tennessee, ging und dass der Artikel zwei Monate alt war.

Mir wollte einfach nicht mehr warm werden, und so fuhr ich den PC hoch und ging online, während Hayden in der Badewanne saß. In der Lokalzeitung von Memphis fand ich zum angegebenen Datum einen Artikel über eine junge Frau, die tot in ihrer Wohnung aufgefunden worden war. Alle Hinweise auf den Täter fehlten und es gab auch keine Zeugen, die auf dem Parkplatz des Wohnblocks ein verdächtiges Fahrzeug gesehen hätten. Der verzweifelte Freund der Ermordeten schied inzwischen als Verdächtiger aus. Die Polizei bat um Hinweise aus der Bevölkerung. In diesem Zusammenhang wurde eine Verstümmelung der Leiche erwähnt.

Zu dem Artikel gehörte auch ein Foto des Opfers, einer zwanzigjährigen Frau namens Julie Craven. Ich betrachtete ihr Gesicht, so lange ich es ertragen konnte: ein pausbäckiges Gesicht, von einem Pagenkopf umrahmt, der schon seit fünf Jahren nicht mehr in Mode war, volle Lippen und ein braves Lächeln. Das Besondere an ihr waren die leuchtend grünen, mandelförmigen Augen, die so schön waren, dass ihr Anblick fast schmerzte. Unwillkürlich musste ich mir vorstellen, sie wären ausgestochen und stattdessen irgendein billiger Nippes in die Höhlen gesteckt worden. Doch in dem Artikel gab es keine Hinweise auf nähere Einzelheiten.

An der Zeitungsüberschrift war mit einer Briefklammer eine zweite Seite befestigt gewesen. Darauf war von einem Vermögen die Rede, das man in den Glückskeksen eines China-Restaurants finden könne. In Blockbuchstaben war quer darüber gekritzelt: »Na, waren Sie beschäftigt?«

Er war da gewesen und hatte den Umschlag an meine Windschutzscheibe gesteckt, während ich schlief. Kaum auf Armlänge Abstand war er an mich herangekommen. Hatte er mir ins Gesicht gesehen, hatte er etwas gesagt?

Ich spreizte die Finger und spürte noch immer, wie er meine Hand gepackt hatte, während ich versuchte, mich loszureißen. All diese unterdrückten Gefühle, mit denen er auf mich losgegangen war. Wahrscheinlich erinnerte auch er sich genau in diesem Moment an seinen Ausbruch, aber im Gegensatz zu mir wohl mit Befriedigung. Oder war er enttäuscht, wie man es oft ist, wenn man allzu lange auf etwas gewartet hat? War die Show nicht so gelaufen, wie er es sich vorgestellt hatte? Hatte sie ihm doch nicht die wohlverdiente, selbstgerechte Befriedigung verschafft, die er sich all die Jahre Abend für Abend vor dem Einschlafen davon erhofft hatte?

Und plötzlich – hier in diesem Kino, umgeben von selbstvergessenen Zuschauern, inmitten all dieser Kinder, die noch keine Ahnung davon hatten, welch grenzenlose Vielfalt von Gefahren sie in ihrem aufblühenden Leben erwartete – war mir klar, dass Charles Pritchett mich, den Gegenstand seiner Verachtung, schon seit *Jahren* gesucht hatte. Plötzlich kapierte ich, dass ich gefunden worden war.

<2>

Vor beinahe sechs Jahren hatte ich im *National Geographic* zum ersten Mal etwas über Cary gelesen. Es war in der Artikelserie »US-Stadt der Woche« oder so ähnlich. Damals, kurz nach dem Gerichtsverfahren, als ich noch gar nicht wusste, wie es weitergehen sollte, wohnte ich bei meiner Mutter, und Mom hätte uns auch gerne erst einmal bei sich behalten. Aber es war klar, dass wir nicht in Tapersville bleiben konnten. Die Leute auf der Straße starrten uns an, und alte Freunde, mit denen ich aufgewachsen war, redeten entweder betont forsch oder befangen mit mir. Die Holzfällerstadt in Oregon, aus der ich stammte und in der meine Mutter noch immer lebte, war zu klein und zu vertraut – aber leider nicht mehr auf eine angenehme Weise. Man hielt sich dort zwar viel auf die eigene stoische Toleranz zugute, doch meine Geschichte war so aufregend und sexuell aufgeladen, dass die übliche Zurückhaltung weggespült wurde. Wenn man sich nur die endlosen Regen- und Nebeltage vor Augen führte, den knurrigen, alten Wald auf den Bergen, die unseren Talkessel umgaben, und die Holzwagen, die Tag und Nacht über die Umgehungsstraße rumpelten, dann war verständlich, dass meine Story wie eine Bombe einschlug. Die Bewohner von Kleinstädten blühten auf, wenn es Tragödien und Skandale gab, das war in Tapersville nicht anders als in der Vorstadt von El Ray, aus der ich nach der Gerichtsverhandlung geflohen war.

Der Artikel über Cary klang vielversprechend: Firmen wie SAS oder IBM, die ihren Sitz im Research Triangle Park, dem nahe gelegenen Hightech-Gewerbegebiet, hatten, sorgten für den Zuzug von Akademikern aus dem Nordosten; Häuser und Wohnungen waren nicht überteuert, die Schulen gut, die Kriminalitätsrate niedrig und drei Universitäten lagen in nächster Nähe. Die Einheimischen schienen die neu Zugezogenen, wenn auch zähneknirschend, willkommen zu heißen, da diese viel Geld in die Region brachten. Mir war sofort klar, dass dies ein geeigneter Ort für mich war, in den Schutz einer gesichtslosen Anonymität unterzutauchen, ohne Hayden damit automatisch zu demselben Schicksal zu verdammen.

Damals machte ich eine Psychotherapie. Mom fuhr mich immer zu den Sitzungen und wartete im Auto, während ich mit Frau Dr. Cannell über meine Probleme sprach. Bestimmt war Frau Dr. Cannell eine professionell arbeitende Therapeutin, die durchaus das Zeug dazu hatte, mit Suchtverhalten, Depressionen oder Ehebrüchen umzugehen. Doch in unseren Sitzungen schaffte sie es meistens nur, mich wütend zu machen, und noch mehr Wut konnte ich in der damaligen Lebensphase wirklich nicht vertragen. Als ich ihr von meinen Umzugsplänen erzählte, sagte sie: »Sie suchen eine geographische Lösung für ein psychisches Problem.«

»Dahaben Sie verdammt recht«, antwortete ich.

»Solange Sie mit Ihren Schuldgefühlen nicht fertig geworden sind, wird Ihnen das auch nicht weiterhelfen.«

»Um *meine* Gefühle geht es mir nicht.«

Und das stimmte. Nachdem Randys Verhandlung abgeschlossen war und der Schuldspruch der Geschworenen ihm die Chance nahm, je wieder jemanden außerhalb des kalifornischen Strafvollzugs quälen zu können, hatte derselbe Richter, der mir das Recht auf sofortige Scheidung und Namensänderung erteilt hatte, mir auch das gesamte Ehevermögen zugesprochen. Es würde eine Weile dauern, bevor ich wieder arbeiten musste. Aber da, wo ich damals war, konnte ich nicht länger bleiben.

Als ich hierher zog, fiel mir dann all das auf, was nicht in dem Artikel gestanden hatte. Dass die neu Zugezogenen nicht nur aus dem Nordosten kamen, sondern auch aus Ländern wie Indien, Korea oder Kenia. Ich mochte die Akzente dieser Menschen, und die meisten schienen promoviert zu haben und mehreren Beschäftigungen nachzugehen. Ein Vorstellungsgespräch für einen Job war leicht zu bekommen, doch mit den Immobilien sah es schon schwieriger aus. Einheimische wie neu Zugezogene waren häufig zynisch und unhöflich, und die Stadt selbst war kaum mehr als eine endlose Wiederholung der immergleichen beigen oder gedeckt weißen Häuser (es gab sogar eine Gemeindeverordnung, die auffällige Architektur innerhalb der Stadtgrenzen verbot), Neubausiedlung reihte sich an Neubausiedlung, und dazwischen fanden sich nur ein paar letzte, verschwindende Wäldchen. Es war eine Gegend, in der der typische Autofahrer beim Abbiegen noch nicht einmal seinen Blinker betätigte, obwohl es ihn nicht mehr als eine Fingerbewegung kostete. Anders ausgedrückt, es war eine Stadt, die sich kaum von El Ray unterschied.

Aber immerhin war ich spurlos untergetaucht, oder ich war zumindest davon ausgegangen, bis Charles Pritchett auf der Bildfläche erschien. Mein Arbeitgeber, Data Managers Enterprises Inc., machte die Datenverarbeitung für mehrere große amerikanische Unternehmen: Batch-Processing von Versuchsergebnissen neuer Produkte, Abgleich von Telefondaten, Auswertung von Umfrageergebnissen und so weiter. Ich hatte im Großraumbüro angefangen und war innerhalb von zwei Jahren zur Teamchefin aufgestiegen. Jetzt hatte ich acht Leute unter mir. Obwohl ich den Job nicht so interessant wie meine vorherige Stelle als Business-Analytikerin fand, war er doch auch nicht langweilig, und ich hatte genug Luft, mir jederzeit frei zu nehmen, wenn mit Hayden irgendetwas zu regeln war. Außerdem war ich hier weit weg von El Ray, Randy und der Vergangenheit, so weit weg, wie das innerhalb der Vereinigten Staaten überhaupt möglich war.

Aber anscheinend war es immer noch nicht weit genug. Montagnachmittag, kurz bevor ich gehen wollte, rief der Pförtner mich an und sagte, jemand wolle mich sprechen. Auf meine Nachfrage nannte der Mann vom Sicherheitsdienst mir einen unbekannten Namen und meinte: »Sie sagt, dass sie vom *News and Observer* kommt.«

»Sagen Sie ihr, dass ich schon weg bin.« Ich legte auf und schnappte mir meine Jacke. Meine Leute waren zum größten Teil schon gegangen. Hayden war mit Caleb bei den McPhersons. Ich musste noch ein paar Berichte schreiben, aber nach dem Anruf kam mir das nicht mehr so wichtig vor. Wenn eine Reporterin nach mir gefragt hatte, konnte es dafür nur einen einzigen Grund geben: Pritchett hatte seine Drohung wahr gemacht und verbreitet, wo ich mich aufhielt. Und das bedeutete, dass Hayden es bald mitkriegen würde – o Gott.

Auf dem Parkplatz lief mir auf dem Weg zu meinem Camry eine Frau nach und rief mich beim Namen. Ein Mann mit einer Kamera um den Hals folgte ihr dicht auf den Fersen und blieb immer wieder stehen, um Bilder von mir zu schießen. Ich stieg ins Auto und verriegelte die Türen von innen, bevor sie bei mir waren. Die Frau blieb ein paar Schritte entfernt stehen. Der Mann machte noch ein paar Aufnahmen. Die Frau begann zu reden, und ich hörte durchs geschlossene Fenster, dass sie erklärte, sie würden die Story so oder so bringen, aber vielleicht würde ich ja auch meine eigene Sicht der Dinge schildern wollen. Ich stellte das Radio laut und fuhr eilig los. Dabei rammte ich sie fast mit dem Seitenspiegel.

Damals, als Randy angeklagt wurde, sorgte die Story in allen Medien für Schlagzeilen. Ja, er war *dieser* Randall Roberts Mosley. Bei Arschlöchern wie ihm schreiben die Zeitungen immer den vollen Namen, während sie den Opfern niemals dieselbe Achtung erweisen. Mörder und Psychopathen sind es anscheinend wert, mit Namen und Titel genannt zu werden, die Opfer dagegen nicht. Randy hatte in einem Zeitraum von zehn Jahren mindestens zwölf Menschen getötet. Der Sender A&E widmete ihm eine ganze Folge von *American Justice*. Ich habe mir die Sendungen nicht angesehen, aber gelegentlich die Hinweise in der Fernsehzeitschrift oder der digitalen Programmanzeige gelesen. Ich wollte lieber gar nicht darüber nachdenken, wie ich selbst in der einstündigen Zusammenfassung des unfassbaren Grauens wegkam, das mein Mann angerichtet hatte; anfangs, als der Volkszorn noch kochte, war ich jedenfalls alles andere als ein Liebling der Medien. Vielleicht lag das auch daran, wie ich die beiden bekannten Journalisten abgewimmelt hatte, die »meine Seite der Story« hören wollten. Lane Dockery und Ronald Person und ihre Agenten und Verlage hatten mich mehrmals angerufen; alle wollten, dass ich mich zu dem Fall äußere. Aber ich bereute meine Verweigerung nicht. Ich schützte ja nicht nur mich selbst.

Durch ein Nachrichtenband, das in einer Endlosschleife unter dem Nachrichtensprecher ablief, erfuhr ich, dass Randy im Gefängnis ein weiteres Mal getötet hatte. Er hatte einen Mitgefangenen erwürgt. Die Medien deuteten vage einen sexuellen Übergriff an. Anfangs beachtete ich die vorbeigleitenden Worte gar nicht, doch als ich plötzlich kapierte, was da stand, war mir, als hätte ich einen Stromschlag erhalten. Ich stürzte mich an meinen PC und las die Story auf der Website von CNN. Ich erinnere mich noch genau an den ersten Gedanken, der mir damals durch den Kopf schoss und der bis heute meine Meinung zu diesem Thema gut auf den Punkt brachte: *Es hat den Falschen erwischt. Verdammt, Randy hätte sterben sollen, nicht der andere.* Damals waren seit dem Schuldspruch vier Jahre vergangen, und es war anzunehmen, dass die Berufungen die Hinrichtung um weitere zehn Jahre hinauszögern würden. Der Staat Kalifornien war bekannt dafür, dass er sich Zeit damit ließ, die zum Tode Verurteilten hinzurichten. Nun hatte also ein anderer Gefängnisinsasse versucht, die Sache zu beschleunigen und dem Steuerzahler weitere Unkosten zu ersparen. Stattdessen hatte nun Randy, ohne es zu wollen, jene Opfer gerächt, die von der Hand seines Angreifers gestorben waren. Ich zitterte wie Espenlaub, bevor ich es auch nur schaffte, den Computer auszuschalten. Dann hatte ich mich im Badezimmer eingeschlossen und dort eine Art lautlosen Nervenzusammenbruch erlitten, bei dem ich mir Handtücher in den Mund stopfte, damit mein Sohn nicht von meinen Schreien erwachte.

Damals hatte ich beschlossen, Hayden die größte aller Lügen zu erzählen. Den Schlussstein für all die vielen kleinen Lügen, mit denen ich ihn über die Jahre schon abgespeist hatte. Denn die Wahrheit hatte ich ihm vorenthalten, seit er alt genug war, Fragen zu stellen.

<3>

Dienstagvormittag versuchten alle in der Firma, mich zu übersehen. Die ganze Atmosphäre kam mir verändert vor: Die langen Reihen von Computerarbeitsplätzen wirkten gefängnisartig, das gedämpfte Telefongeklingel erinnerte an eine Notrufzentrale und das allgegenwärtige Klappern der Tastaturen ließ mich an auffliegende Vogelschwärme denken.

Am Vorabend war ich zu Hause geblieben. Hayden hatte sich normal verhalten, als ich ihn abgeholt hatte, und deswegen nahm ich an, dass die Presse ihn noch nicht ins Visier genommen hatte. Ich hatte fest vor, alles mit ihm zu besprechen, wirklich, aber irgendwie fand ich die Worte nicht. Daher brachte ich ihn früh zu Bett, nahm eine Beruhigungstablette, legte mich hin und sah fern. An den Lokalnachrichten um zweiundzwanzig Uhr zappte ich vorbei, weil ich mich vor dem fürchtete, was ich zu sehen bekäme.

Aber daran, wie die Leute jetzt meinem Blick auswichen, erkannte ich, was dort zu den brandneuen Nachrichten gehört hatte. Um neun Uhr war eine Teambesprechung angesetzt, doch um Viertel vor rief mein Chef mich zu sich ins Büro. Jim Pendergast war ein netter Kerl, einigermaßen attraktiv und seit einigen Jahren geschieden. Er hatte mir in der Vergangenheit dezent angedeutet, dass er zu haben wäre, aber eine Beziehung mit jemandem aus der Firma konnte ich mir nicht vorstellen. Auch sonst war ich schon lange mit niemandem mehr ausgegangen. Ein paar Jahre nach unserem Umzug nach Cary war ich eine Zeit lang zu Singles-Treffen gegangen, aber da kam ich mir immer albern vor. Die Männer waren entweder jämmerlich oder einschüchternd. Und was sich so im Internet in Partnerbörsen tummelte, fand ich einfach nur beängstigend. Seit vier Jahren hatte ich keinen Finger mehr gerührt, um einen Partner zu finden. Ich brauchte Zeit für Hayden, und dass es ihm gut ging, war mir Befriedigung genug; das versicherte ich mir zumindest, wenn ich in langen Nächten keinen Schlaf fand. Ich sagte mir, dass ich die Welt der Liebe und die damit verbundenen Befriedigungen und Enttäuschungen nicht vermisste, zumindest nicht in einem Maße, das mich wirklich beeinträchtigte. Falls ich mich jemals wieder auf eine Beziehung einlassen würde, wäre Jim sicherlich einer der Favoriten. Genauer gesagt, der einzige Favorit. Er stammte ursprünglich aus dieser Gegend, und ich mochte seinen Akzent und seine komischen Ausdrücke; ich war mir darüber bewusst, dass ich ihn eher witzig fand, und hatte deswegen ein schlechtes Gewissen. Jim war häufig nicht im Büro, meist wegen seines dreizehnjährigen Sohnes, der eine Lernbehinderung hatte, die von einer Kinderkrankheit herrührte, deren Namen ich mir nie merken konnte. Noch ein Grund für ein schlechtes Gewissen.

Doch jetzt war Jim da und bei ihm war eine Vertreterin der Personalabteilung, eine dieser makellos gekleideten jungen Frauen, die erst vor ein paar Jahren ihren College-Abschluss gemacht hatten. Sie stellte sich als Susan Myers vor. Ich schüttelte ihr die Hand und staunte, wie wunderbar glatt und kühl sie sich anfühlte. Ich selbst bekam schon beim ersten Anflug von winterlicher Kälte schuppige, rissige Knöchel, und jetzt war schon Ende Januar.

Jim bat mich, mich doch zu setzen.

»Ich glaube, ich weiß, worum es sich handelt«, begann ich.

Jim hob die Augenbrauen und nahm die Morgenausgabe des *News and Observer* von seinem Schreibtisch. »Sie haben es schon gelesen?«

Ich schüttelte den Kopf und er reichte mir die Zeitung.

Der Artikel stand nicht ganz oben, hatte es aber auf die erste Seite geschafft, unmittelbar unter ein Foto von Soldaten, die nach einem Einsatz in Übersee nach Fort Bragg zurückkehrten. Das dazugehörige Bild war eines der gestrigen Fotos, und es zeigte mich, wie ich mit halb verdecktem Gesicht in mein Auto einstieg. Ich sah gehetzt aus und schuldig. Die Überschrift lautete: EX-FRAU VON SERIENMÖRDER LEBT IM TRIANGLE. Darunter stand: *Noch immer bestehen Zweifel darüber, wie viel sie wirklich wusste und seit wann sie Bescheid wusste*. Ich merkte, dass meine Hände zitterten.

»Möchten Sie sich den Artikel vielleicht gerne erst einmal in Ruhe durchlesen?«, fragte Susan Myers.

Ich legte die Zeitung auf Jims Schreibtisch zurück und strich mir den Rock glatt. »Das Wesentliche dürfte mir bekannt sein.«

»Wie ich gehört habe, haben gestern zwei Leute vom *News and Observer* nach Ihnen gefragt«, sagte Jim.

»Jim, ich habe nie über diese Sache geredet, weil sie zu einem Kapitel meines Lebens gehört, das ich gerne abschließen wollte. Es tut mir schrecklich leid, wenn dadurch irgendjemand hier Unannehmlichkeiten bekommt.«

Susan Myers wollte etwas sagen, doch Jim schnitt ihr das Wort ab. »Es kommt überhaupt nicht in Frage, dass Sie sich jetzt bei mir entschuldigen. Sie haben hier fünf Jahre lang großartige Arbeit geleistet und waren für mich persönlich und auch für die Firma ein echter Gewinn. Sie werden hier immer einen Platz haben, und wenn irgendjemand weiter oben das anders sieht, werde ich mich für Sie einsetzen. Aber dieser Kerl da …« Er deutete mit einer abschätzigen Geste auf die Zeitung. »Dieser Pritchett. Der scheint sich auf so einer Art Kreuzzug zu befinden. Ich schlage Ihnen vor, dass Sie eine Woche Urlaub nehmen, aus der Stadt verschwinden und abwarten, bis sich die ganze Aufregung gelegt hat. Es wird nicht lange dauern, bis die Leute etwas anderes gefunden haben, worüber sie sich das Maul zerreißen können.«

Susan Myers, die geduldig gewartet hatte, bis Jim ausgeredet hatte, sagte jetzt: »Wir sind alle der Meinung, dass man einfach nur abwarten sollte, bis die Luft aus der Sache raus ist. Wir haben dem Sicherheitsdienst Anweisung gegeben, Mr Pritchett und alle Medienvertreter, die Ihnen hier lästig werden wollen, abzuweisen. Aber wir können sicherlich einiges an Aufregung vermeiden, wenn Sie Jims Rat befolgen.«

Plötzlich – und zum ersten Mal seit der Begegnung mit Pritchett im Supermarkt – begann ich zu weinen. Nicht wegen der schrecklichen Dinge, die ich erlebt hatte, oder des Grauens, das mir in nächster Zeit bevorstehen mochte, sondern ganz einfach, weil mein Trampel von Chef und diese Kleine, die noch keine dreißig war, freundlich und respektvoll mit mir umgingen. Sie sagten nicht: *Glauben Sie wirklich, irgendjemand nimmt Ihnen ab, dass Sie keine Ahnung davon hatten, wie Ihr Ex-Mann …* Sie sagten nicht: *Sie müssen doch irgendwas bemerkt haben …*

Beide waren taktvolle Menschen, und die Tränen, die ich nicht mehr zurückhalten konnte, brachten sie offensichtlich in Verlegenheit. Jim begann eifrig nach Papiertaschentüchern zu suchen, fand aber keine und reichte mir schließlich die Papierserviette von seinem Frühstück. Er hatte *Biscuit and Gravy*, und in der Styroporschachtel auf seinem Schreibtisch schwamm noch immer ein Rest des Biskuitbrötchens in dicker Sauce. Er hatte noch nicht einmal Zeit gehabt, zu Ende zu essen, bevor er mich zu sich rief. Aus irgendeinem Grund brachte mich das fast noch mehr zum Weinen, doch ich schaffte es, die Tränen zu unterdrücken, und trocknete meine Augen, wobei ich darauf achtete, mein Make-up nicht vollständig zu ramponieren. Ich entschuldigte mich mehrfach und beide sagten, ich solle damit aufhören. Ich sagte, ich würde wenigstens diesen Arbeitstag noch gerne abschließen, und sei es auch nur, um mich abzulenken. Susan Myers zögerte zunächst, stimmte aber schließlich zu. Sie riet mir, gut auf mich aufzupassen und »etwas Nettes« zu machen.

Eine Weile arbeitete ich recht zügig, doch irgendwann konnte ich das Gerede der Angestellten meiner Abteilung nicht mehr überhören. Wieso denken die Leute in Großraumbüros eigentlich immer, nur weil die Arbeitsplätze durch halbhohe Trennwände abgeteilt sind, könne man sie nicht hören? Diese Trennwände sind einfach ein riesiger Schwindel. Die sieben Frauen und der eine Mann in meiner Abteilung waren alle zuverlässige, nette und hart arbeitende Menschen, aber leider auch gnadenlose Klatschbasen. Prominente, Mitglieder aus den jeweiligen Kirchengemeinden, die Nachbarn oder Kollegen, alle wurden sie hier durchgehechelt. Gerüchte und Andeutungen schossen hier wie wild ins Kraut und den ganzen Morgen lang schnappte ich Bruchstücke auf: *In Wirklichkeit heißt sie gar nicht Leigh ... Na ja, aber es ist immerhin ihr zweiter Vorname ... Nina passt auch viel besser zu ihr ... Hast du gesehen, wie sie damals aussah, ist das nicht unglaublich? Und ihr Mann erst, ich meine, nach allem, was er getan hat, sage ich das nicht gerne, aber der war schon ein verdammt scharfes Mannsbild ...* Das brachte das Fass zum Überlaufen, und ich eilte hastig zur Toilette, wobei ich im Rücken die Blicke meiner Kollegen spürte, die hinter ihren Trennwänden hervorlugten und mir nachsahen. Ich flüchtete mich in die hinterste Kabine, weil ich merkte, wie mir die Sicherungen durchbrannten.

Jemand hatte den ersten Teil der Tageszeitung neben dem Toilettenpapierspender über den Handgriff für Behinderte gehängt, und obgleich das nichts Ungewöhnliches war, interpretierte ich es unwillkürlich als persönlichen Angriff. Nach langem Zögern nahm ich die Zeitung schließlich doch zur Hand.

Der größte Teil des Artikels war einfach nur eine Zusammenfassung von Randys grauenhaften Verbrechen. Es wurden die Horrornamen verwendet, mit denen der Mörder vor der Lösung des Falles bedacht worden war: Der Schielaugenmörder. Der Schlächter. In einem Kasten am Rand stand eine Liste der Opfer und ihrer

Todestage, beziehungsweise bei Wendy Pugh und Tyler Renault das jeweilige Datum, an dem die Leiche entdeckt worden war. Der Artikel schilderte, wie Randall Roberts Mosley schließlich unter den Augen seiner Frau und seines kleinen Sohns in seinem eigenen Vorgarten angeschossen und festgenommen worden war.

Sensationell.

Es war ein Schnappschuss von mir abgedruckt, den ich meines Wissens noch nie gesehen hatte; er musste aus der Zeit kurz nach unserer Hochzeit stammen, auf jeden Fall aber noch vor meiner Schwangerschaft gemacht worden sein, denn ich sah wirklich und wahrhaftig zwanzig Jahre jünger aus. Tatsächlich war seitdem kaum mehr als die Hälfte dieser Zeit vergangen, aber mir war seit langem klar, dass es so etwas wie »die tatsächliche Zeit« in Wirklichkeit gar nicht gab. Man muss sich doch nur mein sorgenfreies Lächeln anschauen, dann weiß man schon, was für ein dummes Küken ich war, ein albernes kleines Mädchen, das nicht die geringste Vorstellung davon hatte, wie die Zeit sich plötzlich beschleunigen oder aber vollkommen stillstehen konnte. In dem Artikel wurde erwähnt, die Polizei sei »durch einen Anruf von Mrs Mosley alarmiert worden, die grauenhafte Beweise der Schuld ihres Mannes entdeckt« habe. Reizenderweise hatten sie noch ein weiteres Foto von mir abgebildet, diesmal stammte es vom Tag meiner ersten Vorladung als Zeugin und war vor dem Gerichtsgebäude aufgenommen. Der Artikel berichtete, dass die Polizei auch mich anfangs verdächtigt hatte, weil mein Foto auf einigen der falschen Ausweispapiere gefunden worden war, die Randy gehortet hatte. Auch Spuren meiner DNA waren an zwei Tatorten aufgetaucht. Man hatte dort Haare von mir gefunden, doch die Polizei war rasch zu dem Schluss gekommen, dass sie vermutlich von Randys Kleidung stammten. Ich wurde niemals angeklagt, doch das hinderte die Medien nicht daran, weiter Vermutungen anzustellen.

Am liebsten hätte ich die Zeitung geschüttelt und geschrien: *Er wollte es doch so! Er hat alles absichtlich so arrangiert, dass auch Verdacht auf mich fällt!* Aber das hätte natürlich gar nichts gebracht, und so vergoss ich stattdessen noch ein paar Tränen. Heiße Tränen der Scham, die mich nicht im Geringsten erleichterten.

Der letzte Teil des Artikels befasste sich mit Charles Pritchett und schilderte knapp den Tod seiner Tochter durch Randys Hand. »Nina Mosleys Verwicklung in die Verbrechen, die vor Gericht niemals zufriedenstellend behandelt wurde, lässt mir bis heute keine Ruhe«, wurde Pritchett zitiert. Mit beredten Worten schilderte er seine jahrelange Trauer. Mit Hilfe einer Privatdetektei habe er meine Spur schließlich gefunden. Nun werde er vor Ort bleiben, bis er die Antwort auf seine Fragen habe. »Der Gedanke, dass mitten in dieser Gemeinde eine Frau mit dieser Geschichte lebt, ohne dass die Menschen hier bis heute auch nur etwas davon geahnt haben, ist mir unerträglich«, wurde Pritchett abschließend zitiert. »Schließlich gibt es hier viele Familien mit Kindern.«

Ich hätte ihn so gerne gehasst. Höchstwahrscheinlich würde er alles kaputt machen, was ich in der Schneise der Verwüstung, die Randy hinter sich zurückgelassen hatte, mühsam neu aufgebaut hatte. Aber zum Zeitpunkt ihrer Ermordung war Carrie Pritchett erst zweiundzwanzig gewesen, genauso alt wie ich damals.

Randy hatte ihr die Augen ausgestochen, sie durch geschliffene Achate ersetzt und die verstümmelte Leiche auf dem Boden ihrer Wohnung liegen lassen, wo sie am nächsten Vormittag von Freunden aufgefunden wurde. Weil Carrie eine Prüfung versäumt hatte, hatten ihre Freunde sofort nach ihr gesehen.

Ich hörte, wie die Tür zu den Toiletten aufging. Dann erkannte ich die Stimmen zweier meiner Mitarbeiterinnen, Betsy und LaTonya.

»Ich fände es nicht so schlimm, wenn sie uns nicht belogen hätte«, sagte Betsy gerade. »Ich meine, wenn sie nichts dafür konnte und so, das hätte doch jeder verstanden. Aber diese Täuschung, ich weiß nicht recht.«

»Scheiße verdammt, sie hat ein Kind. Hättest du da nicht deinen Namen geändert?«

»Doch, wohl schon. Mein Gott, kannst du dir das vorstellen? Plötzlich erfährst du, dass der Mann, mit dem du seit Jahren das Bett teilst, ein Mörder ist?«

»Und zwar ein Serienmörder, Mädchen, nicht einfach nur ein Raubmörder. So schlimm wie Ted Bundy, heißt es.«

Ich hatte versucht, mich zu beherrschen, doch jetzt entschlüpfte mir ein Schluchzer, ein gepresster Laut, der von den gekachelten Wänden widerhallte. Fast meinte ich, die beiden vor mir zu sehen, wie sie auf die verschlossene Kabine zeigten, in der ich mich versteckte, und lautlos »O Gott« flüsterten, ganz rot im Gesicht. Danach sagten sie fast gar nichts mehr, spülten nur noch, flüsterten etwas Unverständliches und verschwanden dann schnell.

4. Kapitel

<1>

Randy kam oft mit allen möglichen Kratzern und blauen Flecken nach Hause, manchmal von seinen Geschäftsreisen, manchmal aber auch, wenn er am Nachmittag nur kurz weg gewesen war. Er mochte es, wenn ich die Spuren dieser Wunden nach der Liebe mit den Fingernägeln nachzeichnete, während der Fernseher lief und wir beide keine Lust auf eine Unterhaltung hatten. In den ersten Jahren reichte es, uns nur zu berühren, damit wir uns verbunden fühlten. Ich ließ die Finger auf diesen kleinen Verletzungen verweilen. Es waren eindeutig keine Liebesspuren, doch seine Ausflüchte beunruhigten mich irgendwo in den tieferen Schichten meines Bewusstseins.

»In Los Angeles haben sie gerade den Maschinenpark umgebaut, als ich da war, und da hab ich einen Kratzer abbekommen«, antwortete er einmal auf meine Nachfrage. »An diesem Standort wird alles nach irgend so einem Plan umorganisiert, den Drew Holloway sich aus dem Arsch gezogen hat. Soll angeblich die Effizienz um vier Prozent steigern oder irgend so'n Scheiß. Drew ist den Technikern anscheinend einen ganzen Monat lang auf Schritt und Tritt gefolgt und hat ihre Schritte gezählt oder so. Auf gut Glück dürften sie so was wohl kaum anfangen.«

Was aber nicht wirklich erklärte, warum mein Mann eine tiefe Schramme hatte, die von der Halsgrube übers linke Schulterblatt führte. Oder warum er, ein Compliance-Officer, der sich nur mit Regeln und Gesetzen beschäftigte und nie länger vor Ort blieb, als nötig war, um die Maschinen zu kalibrieren und die Arbeitsberichte zu überprüfen, nun ausgerechnet beim Verrücken der Maschinen mit angepackt hatte.

Die Wahrheit ist, dass Randy den letzten Abend seiner Inspektionsreise zum Jackson-Lilliard-Produktionsstandort in Los Angeles dazu genutzt hat, um Carrie Pritchett zu quälen und anschließend zu ermorden. Sie war eines von mehreren Opfern, die sich ernsthaft gewehrt hatten, und Jahre später würde man die Hautfetzen, die unter drei Fingernägeln ihrer rechten Hand gefunden wurden, als Beweis gegen Randy verwenden.

Ich liebkoste seine Wunden. Manchmal küsste ich sie auch. Das erregte ihn, und dann drehte er sich um und umschlang mich mit seinen mächtigen Armen, die kräftigen Hände auf meine Brüste gelegt. Damals erregte mich dieses Gefühl, verschleppt zu werden.

Bei einer anderen Gelegenheit sah es so aus, als hätte ihn jemand auf den Brustkorb geboxt. Er erzählte, vor dem Abflug vom SeaTac-Airport habe irgend so ein Drecksack, der sich mit seinem übergroßen Handgepäck rücksichtslos durch den Mittelgang drängte, ihn beim Einsteigen zu Boden gestoßen. Randy und noch ein paar andere Passagiere hätten sich fast mit dem Arschloch geprügelt, und die Stewardess habe schließlich veranlasst, dass man den Typen aus dem Flugzeug schaffte. »Du kannst froh sein, dass du nicht beruflich reisen musst«, sagte er. »Du glaubst nicht, was für unterbelichtete Volldeppen man heutzutage in die Flieger lässt. Dieser Trottel war so ein Loser von Vertretertyp aus Omaha, der seine beste Zeit schon seit zwanzig Jahren hinter sich hat und fest entschlossen ist, sich dafür an der ganzen Welt zu rächen.«

Er malte seine Geschichten immer aus bis in alle Einzelheiten. Damals hatte er gerade seine erste Reise nach Kanada hinter sich und war aus Calgary zurückgekommen. Während seines Aufenthalts verschwanden dort zwei junge Frauen, doch in den Zeitungsberichten, die ich darüber später auftreiben konnte, wurde nie über irgendwelche Verdächtige oder eine Lösung der Fälle berichtet. Von Randys vermuteten oder bewiesenen Opfern stammte keines aus diesem Teil der Welt.

Aber bis heute kann ich die Prellung vor mir sehen; sie begann unmittelbar unterhalb der rechten Achselhöhle, zog sich über drei oder vier Rippen herunter und war in der Mitte, die etwa die Größe einer Faust hatte, purpurrot und gelb gefärbt.

<2>

Als ich mit Hayden schwanger war, ahnte ich schon, dass etwas nicht stimmte, aber damals war ich insgeheim schon so tief verängstigt, dass meine Furcht etwas Zwanghaftes annahm. Wahre Angst bringt einen nicht zum Schreien – sie lähmt einen, bis man Angst hat, auch nur zu atmen. Man kann nur noch beten, von dem, was man fürchtet, übersehen zu werden, seine Aufmerksamkeit nicht zu erregen – das ist die letzte verbliebene Hoffnung. Stellen Sie sich Ihre schlimmsten Albträume vor, aus denen Sie mit hämmerndem Herzen im dunklen Schlafzimmer keuchend hochfahren; da werden Sie nicht von Ihren eigenen Schreien geweckt, sondern davon, dass Sie nach Luft ringen.

Als wir merkten, dass ich guter Hoffnung war, brachte Randy mich dazu, meine Stelle bei Shaw Associates zu kündigen; ich machte ein bisschen Theater, weil man mir kurz zuvor eine weitere Beförderung vorgeschlagen hatte, diesmal von der Business-Analytikerin zu einer Spitzenposition in der Marketingabteilung. Es war eine Stelle, mit der ich schon eine ganze Weile geliebäugelt hatte, doch Randy erinnerte mich daran, dass wir das Thema schon vor der Hochzeit besprochen hatten, und ich musste ihm recht geben. Randy hatte immer klargemacht, dass er das »traditionelle Familienmodell« anstrebte. Er wollte das Geld verdienen und ich sollte mich um die Kinder kümmern. In unserer Verlobungszeit klang das irgendwie nett und idyllisch, aber damals hatte ich auch noch nicht entdeckt, wie gut ich in meinem Job war und wie viel Befriedigung es mir verschaffte, wenn ich meiner Firma wieder einmal bares Geld sparte, indem ich unsere Abrechnungen vereinfachte oder für etwas einen billigeren Anbieter fand. Ich hatte mich ziemlich gewehrt, doch Randy hatte nicht lockergelassen und mich schließlich überzeugt, dass eine Bilderbuchfamilie für unser Kind das Beste wäre.

Er führte Zitate aus entwicklungspsychologischen Artikeln verschiedener Zeitschriften an, die vermutlich frei erfunden waren, doch schließlich kam es mir einfacher vor, ihm seinen Willen zu lassen. Er versprach mir, dass ich meine Karriere fortsetzen könnte, sobald unser Kind in die Schule ginge.

Also blieb ich zu Hause und die viele freie Zeit füllte sich zunehmend mit Angst. Anfangs konnte ich mir noch einreden, ich hätte einfach nur zu viel Zeit. Unser Haus war inzwischen makellos sauber, nicht das kleinste Stäubchen konnte sich auf ein Möbelstück legen, ohne dass ich sofort aufsprang und anfing zu putzen. Im sechsten Monat war ich langsam mit den Nerven am Ende. Das fiel auch Randy auf, und er riet mir zum Arzt zu gehen, weil ich ihm mit meinem ständigen Staubwischen, Wienern und Staubsaugen allmählich ganz schön auf die Nerven ging. »Es kommt mir so vor, als würdest du mich auf Schritt und Tritt verfolgen«, schimpfte er. »Und das macht mich total *nervös*. Kannst du das verstehen?«

Ich bejahte und entschuldigte mich mit der Hormonumstellung. Damals neigte ich mehr zum Duckmäusertum als jemals zuvor in meinem Leben. *Nur keine Aufmerksamkeit erregen.* Ich versprach Randy, den Arzt darauf anzusprechen, und zog mich dann nach oben in das Zimmer zurück, das einmal Randys Büro- und Vorratsraum gewesen war, nun aber gerade zu einem Kinderzimmer umfunktioniert wurde. Neben dem neuen Kinderbett stand noch immer unser PC. Ich fuhr ihn hoch, ging online und las die neuesten Nachrichten über den bisher noch nicht aufgeklärten Mord an dem Ehepaar Keith und Leslie Hughes. Sie hatten in Bakersfield gelebt, einer Stadt, die mit dem Auto nur wenige Stunden entfernt lag. Der Mord lag schon sechs Monate zurück, aber aus irgendeinem Grund verfolgte ich die Sache immer noch. In den ersten Artikeln hatte ich gelesen, die Leichen seien verstümmelt worden, ohne dass irgendetwas Genaueres erwähnt wurde. Ich spielte mit dem Gedanken an einen anonymen Anruf bei der Polizei von Bakersfield. »Waren es die Augen?«, hätte ich gerne gefragt. »Hat der Mörder sich an den Augen zu schaffen gemacht?«

Doch ich rief niemals dort an. Ein leichtes Zittern hatte meine Nerven erfasst, sie bebten Tag und Nacht. Ich hätte gerne Beruhigungsmittel genommen, Alkohol oder Schlaftabletten; aber das ging nicht, weil es dem Ungeborenen geschadet hätte. So blieb das Putzen mein einziges Beruhigungsmittel, diese stetig wiederholten, kreisförmigen Bewegungen, mit denen ich mich betäubte. Dagegen machte es mich unglaublich nervös, wenn ich versuchte, mir die Zeit nach der Geburt vorzustellen.

Eines Tages beobachtete ich Randy dabei, wie er vor dem Badezimmerspiegel posierte. In unserem zweiten Haus ging das größere Badezimmer direkt vom Schlafzimmer ab, und wenn ich still im Bett lag und er nicht merkte, dass ich ihn beobachtete, oder später, als es ihm schon egal war, was ich von ihm dachte, stand er vor dem Spiegel, ließ die Muskeln spielen und warf sich in die Brust. Er trug das schwarze Haar kurz geschnitten und sah etwas konservativer aus als in unserer Verlobungszeit. Ich nahm an, dass er im Schuppen hinter dem Haus mit Hanteln trainierte, denn im Verlauf der

Jahre erschlafften seine Muskeln nicht, sondern wölbten sich immer stärker hervor, so als verliefe der Alterungsprozess bei ihm umgekehrt. Wahrscheinlich machte ihm einfach der Gedanke zu schaffen, dass er sich den mittleren Jahren näherte, und er arbeitete hart daran, alle äußeren Anzeichen zu vertuschen. Gegen ein bisschen gesunde Eitelkeit ist ja nichts einzuwenden, aber bei ihm war es schon verdammt nahe am Narzissmus, besonders wenn es um seine Kratzer und blauen Flecken ging. Gegenüber der Dusche hing ein hoher Spiegel, und er betrachtete seine Wunden, als führe er Buch über sie. Mit glänzenden Augen folgte er ihren Konturen. Ich kann mich genau an die Form jeder dieser Quetschungen und blauen Flecken erinnern, und an die winzigen Narben, die einige der tieferen Verletzungen zurückgelassen hatten. Irgendwann gab ich es auf, ihn zu fragen, woher sie stammten. Ich registrierte sie, speicherte sie irgendwo in den Tiefen meines Bewusstseins, und verdrängte alles, worauf sie hinweisen mochten.

Drei flache Kratzer über dem linken Auge. Die schmale, weiße Linie, die vom Hals über die Schulter nach hinten führte – wenn er ein Hemd mit Kragen trug, war sie nicht einmal zu sehen. Weitere Schrammen zogen sich über den Bauch und die Brust. Meistens waren die Wunden nicht sehr tief und verheilten schnell, doch einige wenige Narben blieben dauerhaft zurück.

Die Opfer, die sich gewehrt hatten, hatten tüchtig gekämpft. Keith Hughes erlitt fünfzig Messerstiche, bevor er schließlich seinen Wunden erlag. Die unter seinen Fingernägeln gefundene DNA erwies sich vor Gericht ebenfalls als eindeutig belastend für Randy. Jamie Hefner, Buddy Beckman und Daphne Snyder, alle konnten sie einen Schlag landen, bevor Randy sie endgültig niederstreckte. Manchmal stelle ich mir wider Willen vor, wie er wie ein Vampir über ihnen hing und sich daran weidete, wie ihre Lebenskraft verebbte. Ich sah ihn vor mir, wie er sich keuchend und erschöpft an seinen Untaten berauschte, während direkt vor ihm das Lebenslicht eines Menschen erlosch. Eines Menschen, den *er* mit eigener Hand umgebracht hatte.

Und wenn sie dann endlich tot vor ihm lagen, legte er richtig los.

Er kam zu mir ins Bett, und ich hatte pflichtschuldig Sex mit ihm und dachte dabei daran, dass ich noch das Linoleum verlegen wollte. Woran er dachte, weiß ich nicht. Kurz bevor er seinen Orgasmus bekam, legte er mir immer die Hand auf die Augen und drückte so fest zu, dass ich explodierende Sterne, Kometenschweife und leuchtende Lava sah, die sich unter meinen Lidern ergoss. Anfangs machte mich das verrückt, und kurz bevor ich schwanger wurde, machte es mich auch eine Weile irgendwie an. Einmal versuchte ich, mit ihm das Gleiche zu machen, doch da schob er energisch meine Hand weg und hielt sie fest, während er sich noch fester in mich rammte, so fest, dass unsere Oberschenkel laut gegeneinanderklatschten. Mit der Zeit wurde mir das Dunkel immer willkommener, bis ich mich irgendwann danach sehnte und zuließ, dass es mich überwältigte, alles andere auslöschte und – *gib es zu, gib das Schlimmste zu, sag es doch* – hoffte, dass das Licht eines Tages für immer verlöschen würde. Zu vieles lag inzwischen deutlich sichtbar im Licht, zu vieles, das mich von allen

Seiten bedrängte und das mir ins Auge stach, wohin ich den Blick auch wandte.

Narben. Er liebte seine Narben und hegte und pflegte sie. Die meinen gestand er mir nur notgedrungen zu, die inneren Narben und Wunden, die seine kleinen Ausflüchte und seine herablassende Art in mir hinterließen und die meine Selbstachtung und meinen Seelenfrieden untergruben. Es war, als wenn ein Prinz achtlos einem Mädchen aus dem Volk in einer riesigen Zuschauermenge einen Kuss zuwirft und sie sofort wieder vergisst, während das Mädchen sich sein ganzes Leben lang in schlaflosen Nächten nach diesem winzigen Augenblick sehnen wird.

5. Kapitel

<1>

Seit er alt genug war, um zu begreifen, dass die meisten Kinder einen Vater hatten, hatte Hayden oft nach seinem Vater gefragt. Als er noch sehr klein war, wich ich der Frage aus, indem ich erklärte, dass ich es ihm erzählen würde, wenn er alt genug wäre, es zu verstehen. Aber wie das nun mal mit Kindern ist: Bevor man es sich auch nur eingestehen will, sind sie plötzlich längst alt genug. In dieser frühen Phase hatte ich vielleicht wirklich noch die Absicht, ihm die Wahrheit zu sagen.

Unmittelbar nach seiner Verhaftung hatte Randy aus dem Gefängnis heraus mehrere Versuche unternommen, uns zu finden. Bei meiner Mutter trafen Briefe von ihm ein, die nicht an mich adressiert waren, sondern immer an Hayden. Ich trug Mom auf, sie ungeöffnet wegzuwerfen, aber sie machte sie natürlich auf und las sie. Es sei einfach gruselig, erzählte sie, Randy wolle eine Beziehung zu seinem Sohn aufbauen. Er berief sich auf seine gesetzlich garantierten Rechte, und möglicherweise hatte er sogar das Recht dazu.

Daher änderte ich meinen Namen und zog weit weg. Hayden wusste nicht einmal, dass sein ursprünglicher

Name Mosley war. Als er drei Jahre alt war, hatte ich begriffen, dass er die Wahrheit niemals erfahren durfte, oder jedenfalls erst, wenn er alt genug war, damit fertig zu werden. Ich meine, wie hätte ich ihm denn sagen können: *Dein Vater war ein Mörder, der ein Dutzend Menschen geschändet und ermordet hat?* Aber irgendetwas musste ich ihm schließlich erzählen. Wenn wir unterwegs waren, ging er andauernd hinter erwachsenen Männern her, manchmal griff er im Supermarkt sogar nach ihrem Mantelsaum. Ich konnte sehen, wie seine Augen schmal wurden, wenn er im Park beobachtete, wie Väter ihre Kinder auf den Schultern trugen; es schien ihn sogar zu faszinieren, wenn Männer im Restaurant in aller Öffentlichkeit ihre Kinder ausschimpften.

Irgendwann lösten meine Ausflüchte richtige Wutanfälle bei ihm aus. Und so entschloss ich mich zu einer Notlüge. Ich erzählte ihm, er habe tatsächlich einen Vater, dieser habe aber einige sehr schlimme Dinge gemacht, derentwegen Mommy und Daddy nicht mehr zusammenleben könnten. Ich sagte, sein Vater habe Geld gestohlen, und erklärte Hayden, warum man nicht stehlen darf. Ich sagte, sein Vater sei ein gefährlicher Mensch, der niemals an unserem Leben teilhaben werde. Ich sah den tiefen Schmerz in den Augen meines Sohns und wusste doch, dass das, was ich ihm erzählt hatte, längst nicht an die Wirklichkeit heranreichte.

Dann kam diese Nachricht auf CNN, dass ein Mitgefangener, der versucht habe, Randy zu töten, stattdessen von Randy getötet worden sei.

Als Hayden das nächste Mal auf seinen Vater zu sprechen kam, bat ich ihn, sich zu setzen, und erzählte ihm von dem Vorfall in dem Gefängnis, in dem sein Vater saß. Ich sagte ihm, sein Vater sei tot.

Ich hatte es besser machen wollen. Ich dachte, damit wäre das Thema ein für alle Mal erledigt. Doch als diese Riesenlüge über meine Lippen kam, hörte ich selbst, wie bitter meine Stimme klang. Ich hatte gehofft, damit weiteren Fragen vorzubauen, und es schien auch zu funktionieren. Aber in jener Nacht hörte ich Hayden im Bett weinen, und ich konnte mich nicht überwinden, zu ihm zu gehen und ihn zu trösten. Ich hatte mich immer gefragt, ob jene Schüsse, die in El Ray in unserem Vorgarten gefallen waren, noch immer in seinem Unbewussten nachhallten. Als es passiert war, war er noch nicht einmal ein Jahr alt gewesen, aber irgendwo musste es gespeichert sein, irgendwo in jener Tiefe, aus der die Träume aufsteigen. Er war immer ein leichter Schläfer gewesen, und er sprach im Schlaf, kindischen Quatsch, den ich nicht verstehen konnte, der mir aber trotzdem Schauder den Rücken hinunterjagte, wenn ich einsam und schlaflos im Nachbarzimmer lag.

Natürlich wusste ich, dass er irgendwann in der Zukunft die Wahrheit herausfinden würde. Natürlich hatte ich mir seit jeher eingestanden, dass der Tag kommen würde, vielleicht wenn er achtzehn, neunzehn oder schon Anfang zwanzig wäre, an dem er mir erklären würde: »Mom, ich weiß, dass das, was du mir von Dad erzählt hast, nur Scheiße war. Ich will, dass du mir jetzt die Wahrheit sagst.« Aber bis dahin hätte er sich schon zu einem stabilen, ausgeglichenen jungen Mann entwickelt, der mit diesem Realitätsschock umgehen könnte, ohne dadurch aus der Bahn geworfen oder für immer beschädigt zu werden.

Doch Charles Pritchett und die Lokalmedien hatten ohne mein Zutun entschieden, dass dieser Tag heute sein würde, ohne jede Rücksicht darauf, dass ich nicht vorbereitet und nicht bereit dafür war, auch wenn man die Definition von »bereit sein« noch so sehr ausdehnen mochte. Und ohne Rücksicht darauf, dass auch mein Sohn nicht bereit war.

<2>

Die Bushaltestelle lag eine Kreuzung von unserem Haus entfernt. Normalerweise hatte Hayden die strenge Anweisung, direkt nach Hause zu gehen und die Wohnungstür hinter sich abzuschließen, bis ich nach Hause kam. In letzter Zeit war er häufig bei den McPhersons gewesen, aber heute stellte ich meinen Wagen am Straßenrand ab und wartete darauf, dass der Bus kam und ihn absetzte.

Nachdem ich das Gespräch in der Damentoilette mit angehört hatte, nahm ich mir sofort den Rest des Tages frei. Jim hatte mir klar und deutlich gesagt, vor Ablauf von mindestens einer Woche wolle er mich nicht wieder im Büro sehen. Außerdem hatte er mich gebeten, ihn anzurufen, wann immer ich ein mitfühlendes Ohr brauchte. Er hatte mir seine Privatnummer und seine Handynummer gegeben, und ich hatte sie brav in mein Handy eingetippt.

Trotz der knallgelben Lackierung war unübersehbar, dass der Schulbus ein ausrangierter alter Gefangenentransporter war; im Vorjahr hatte die Schulbusgesellschaft dem Staat North Carolina einen Teil dieser

Busflotte zum Schnäppchenpreis abgekauft. Der Transporter hatte eine dieser hässlichen, stumpfen Schnauzen, die es damals in Oregon, wo ich als Kind den Schulbus genommen hatte, nicht gegeben hatte. Man hatte sich nicht einmal die Mühe gemacht, die Gitter von den Fenstern zu entfernen, vielleicht weil man dachte, die Kinder seien so bei einem Unfall besser geschützt. Diese Busse erzielten durch die Verbindung von nackter Funktionalität und der Abgrenzung durch die vergitterten Fenster eine seltsame Wirkung.

Die Türen öffneten sich mit dem typischen pneumatischen Zischen. Sieben oder acht Kinder stiegen aus. Sie trugen viel zu große Schulrucksäcke auf ihren Rücken, und ein paar von ihnen, eine Gruppe Mädchen, die auf dem Bürgersteig an meinem Wagen vorbeikamen, diskutierten aufgeregt darüber, was Kevin in der dritten Stunde angestellt hatte. Dann stieg noch ein einzelner Junge aus, der in ein Handy sprach. Älter als acht konnte er nicht sein. Noch immer war von Hayden nichts zu sehen, und vor Sorge schnürte sich mir die Kehle zusammen. Doch dann kam er als Letzter, torkelte fast die drei Stufen des Busses hinunter, so offensichtlich traurig und mutlos, dass es ihm schwerzufallen schien, sich auch nur auf den Beinen zu halten. Als ich ihn so sah, zog sich mein Herz zusammen, denn schon bevor er den Kopf hob und ich die Rotzspuren auf seinen vom Weinen verquollenen Wangen entdeckte, wusste ich, was sein unsicherer Gang zu bedeuten hatte.

Der Busfahrer beobachtete ihn einen Moment lang, blickte dann auf und entdeckte meinen Wagen am Straßenrand, während ich die Hintertür öffnete und Hayden zum Einsteigen aufforderte. Er starrte mich die ganze Zeit an, selbst noch, als er einen Schalter betätigte und die Bustüren schloss.

»Hallo, Schatz«, sagte ich, als Hayden hinten einstieg. Er musste beide Hände nehmen, um die Tür zuzubekommen. Ich bat ihn, sich anzuschnallen, und er gehorchte mit den automatischen Bewegungen eines Roboters. Die Tränen blieben mir in der Kehle stecken. *Sei stark, sei jetzt vor allen Dingen stark, er braucht dich dringender, als du irgendwas brauchst, du bist alles, was er noch hat, und wenn du jetzt zusammenbrichst, wird keiner dir helfen, aber was das bei ihm für langfristige Schäden auslösen könnte, kann man gar nicht sagen …* »Wie geht's?«

Er sah mich im Rückspiegel an, und sein Blick war so kalt, wie ich ihn noch nie zuvor gesehen hatte. Bodenlos und wie aus schwarzem Glas. Ich schluckte, zwang mich zu einem Lächeln und fuhr langsam zu unserem Haus zurück. Als die Garagentür hinter uns zuging, drehte ich mich um, um seine Hand zu ergreifen, doch da stieg er schon aus. Er hielt seinen eigenen Haustürschlüssel bereit und war durch die Tür und die Treppe hinauf, bevor ich auch nur meine Notebooktasche vom Beifahrersitz geholt hatte.

Ich fand ihn in seinem Zimmer, wo er mit dem Gesicht nach unten auf dem Bett lag und haltlos weinte. Die Vorhänge waren zugezogen und das einzige Licht kam vom Bildschirmschoner seines Kindercomputers, der ein sanft pulsierendes geometrisches blaues Muster zeigte. Ich setzte mich zu Hayden und strich ihm durchs Haar. »Liebling«, begann ich.

»Es stimmt, oder?«, sagte er in sein Kissen. Es war beinahe ein Schrei. »Er lebt und er ist nicht einfach nur ein Dieb. Das, was alle in der Schule über meinen Dad sagen, das st…stimmt?«

Es gab keine Ausflüchte mehr. »Ja.«

Er drehte sich um, und sein Gesichtsausdruck war plötzlich viel erwachsener. Diese plötzlichen Veränderungen haben für Eltern immer etwas Irritierendes, aber in diesem Fall war es noch schlimmer, es war schrecklich, weil Haydens Miene deutlich zeigte, dass er sich verkauft und verraten fühlte. Wäre er ein Erwachsener, hätte dasselbe Gefühl ihn wahrscheinlich wie ein Kind aussehen lassen. Unwillkürlich spürte ich Tränen aufsteigen und schluckte. Sein wütender Blick war gnadenlos. »Du hast mir gesagt, Daddy ist tot. Wie konntest du mich so anlügen?«, brach es aus ihm heraus. »D-du-du hast mir gesagt, dass man nicht lügen darf.«

»Liebling, es tut mir schrecklich leid.« Ich zog ihn an mich, und er wehrte sich nicht, doch seine Arme hingen schlaff herab. Wie oft sollte mein Herz denn noch brechen? Wie lange konnte Randy, der doch durch dicke Gitterstäbe aus Stahl unschädlich gemacht worden war, uns immer wieder solche Dinge antun? »Ich wusste nicht, wie ich es dir sagen sollte.«

»Daddy hat Menschen *umgebracht?* Ohne irgendeinen Grund?« Er löste sich von mir und wiederholte die Frage.

»Für Mord gibt es nie einen Grund«, antwortete ich rasch. »Hör mir zu, Hayden, das hier ist wichtig. Dein Vater ist ein sehr kranker Mensch. Weißt du noch, wie krank du damals warst, als du im Kindergarten die Windpocken bekommen hast?«

Er nickte ernst.

»Dein Vater war auch krank, aber anders. Er war im

Kopf krank. Als ich ihn kennenlernte, habe ich es nicht gemerkt, weil er so tat, als wäre er gesund. Und wer im Kopf krank ist, kann das leichter verbergen als jemand, der körperlich krank ist. So jemand hat keine Pusteln oder so, die einen auf die richtige Spur bringen. Herausgefunden habe ich es erst Jahre später, und damals warst du schon da und ich konnte nichts von dem ungeschehen machen, was dein Vater angerichtet hatte. Aber ich verhinderte, dass er weiter mordete, weil ich die Polizei rief, sobald ich merkte, was los war.«

Es klang wie das Echo meiner Verteidigung gegenüber Charles Pritchett und kam mir genauso unglaubwürdig vor. *Ich kann nichts dafür, nicht ich, wie kann man denn von der Frau, die Tag für Tag an der Seite des Verrückten lebte, erwarten, dass sie irgendetwas über das wahre Gesicht ihres Mannes weiß, sein eigentliches Wesen kennt? Ich meine, so einen Maßstab können Sie nicht anlegen, das ist einfach unrealistisch, zu viel …*

Aber hier sprach ich mit meinem Sohn, und in diesem schrecklichen Moment der Klarheit begriff ich, dass ich ihm schon die ganze Zeit nur eines schuldete, nämlich die traurige Wahrheit. »Ich hatte Angst vor ihm, Schätzchen. Ich hatte Angst, mir einzugestehen, wie krank dein Vater war und was er anderen Menschen angetan hatte, weil ich dann dich hätte aufgeben müssen, und alles andere, wofür wir … wofür ich so lange gearbeitet hatte. Und später, als du nach ihm gefragt hast, da hatte ich Angst vor dem, was er dir antun könnte, wenn man ihn ließe. Er ist nun mal sehr krank, und da dachte ich, es wäre für alle das Beste, wenn du glaubst, er sei tot.«

Hayden hielt Abstand und beobachtete mich genau, noch immer den Groll über den Verrat im Gesicht. Aber er hatte aufgehört zu weinen, hörte mir aufmerksam zu und dachte über diese für ihn vollkommen neuen Kategorien von psychischer Krankheit und persönlicher Verantwortung nach. Normalerweise würde man sich nicht damit abmühen, einen Siebenjährigen mit solchen abstrakten Begriffen vertraut zu machen. Plötzlich begriff ich, dass er mich heute zum ersten Mal bei einer Lüge ertappt hatte. Er würde mich nie wieder so vertrauensvoll ansehen wie noch heute Morgen. Ich konnte mich noch an das erste Mal erinnern, als ich meine Eltern bei einer Lüge erwischt hatte. Meine Lippe zitterte. Ich schluckte, holte tief Atem und konzentrierte mich.

»Liebling«, sagte ich, »erinnerst du dich daran, wie dieser gemeine Junge dir letztes Jahr in der ersten Klasse deinen Baseball geklaut hat und wie die Lehrerin dann fragte, wer es gewesen ist, und der Junge es nicht zugeben wollte? Und wie sie den Ball dann doch in seinem Schulrucksack gefunden hat?«

»Brian Carter.« Der kleine Mann war jetzt ganz Ohr. Er wartete ab, ob das, was ich zu sagen hatte, sich auch anderweitig überprüfen lassen würde.

»Brian, genau. Also, du erinnerst dich, wie ich dir damals gesagt habe, dass das Stehlen böse war, aber nicht so schlimm wie das Lügen? Und dass die Lehrerin ihn vielleicht nicht bestraft hätte, wenn er den Diebstahl einfach gleich zugegeben hätte?«

Hayden nickte.

»Also … ich dachte, es wäre weniger schmerzhaft für dich, wenn ich dich wegen Dad belüge. So was will doch keiner über seinen Vater erfahren, und ich hasse deinen Dad, weil er uns das angetan hat, und ich werde ihn bis zu seinem Tod hassen, das ist die Wahrheit.«

Hayden war die Kinnlade heruntergefallen; er wusste, dass HASSEN ein schlimmes Wort war. Ich konzentrierte mich wieder ganz auf ihn. »Ich wollte dir einfach nicht wehtun. Aber du siehst ja, dass die Wahrheit trotzdem herausgekommen ist, genau wie damals, als Brian deinen Baseball gestohlen hat? So geht es immer, und deswegen ist es das Beste, von Anfang an die Wahrheit zu sagen, selbst wenn es um etwas Schlimmes geht. Ich weiß, dass ich dich belogen und damit enttäuscht habe. Es tut mir leid. Das war falsch von mir. Von jetzt an verspreche ich dir, so etwas nicht mehr zu machen.«

Ich sah seinen Zweifel und die Skepsis, die sich zu seinem Schmerz und seiner Verwirrung gesellte. *Sie hat mich mein ganzes Leben belogen, wie soll ich ihr jetzt noch etwas glauben? Was für Lügen mag sie mir sonst noch aufgetischt haben?* Ich hatte meinen Vertrauensbonus bei ihm verspielt.

Es war mir unheimlich, wie er mich so schweigend abschätzte. Ich versuchte, zumindest einen Teil meiner Ehre zu retten, weil ich wirklich Angst hatte, sein Vertrauen für immer zu verlieren. »Wie oft habe ich dich schon belogen?«

»Das weiß ich nicht, jetzt nicht mehr.«

»Okay, da hast du recht. Aber du erinnerst dich bestimmt, wie ich dir letzten Sommer gesagt habe, dass Mr Donahue hier in der Straße gegen das Gesetz verstoßen hat, als er in der langen Trockenperiode seinen Rasen bewässerte? Das wolltest du mir damals nicht glauben. Du sagtest, er sei doch so ein netter alter Mann, und es sei schließlich nur Wasser. Aber dann hast du selbst gesehen, dass die Polizei gekommen ist, sich mit ihm gestritten und ihn schließlich vorgeladen hat?«

»Mhm.«

»Und damals, als ich dir erklärt habe, dass der Junge in *Hey, Simon* sich gar nicht wirklich im Wald verirrt hat, sondern nur ein Fernsehschauspieler ist? Und dann war er hier in der Mall, hat Autogramme gegeben, und du hast selber auch eins bekommen? Beide Male hatte ich dir die Wahrheit gesagt, oder?«

»Okay«, antwortete Hayden, »ich kapier, was du meinst, Mom, aber das ist nicht dasselbe.«

»Ich weiß.«

»Und in der Schule hat Ashton gesagt, wenn mein Daddy ein Verbrecher gewesen ist, dann werde ich auch einer, weil das generisch ist.«

Ich schluckte die Wut herunter, die in mir hochkochte, und nahm mir vor, bei nächster Gelegenheit einmal mit Ashton Hales Mutter zu reden. Vorausgesetzt, sie ließ sich überhaupt noch dazu herab, mit mir zu sprechen. »Ashton hat wohl ›genetisch‹ gemeint, Liebling, und ich hab dir schon öfter gesagt, dass du nichts auf sein Geschwätz geben sollst. Er irrt sich wie üblich. Genetisch vererbbar sind die körperlichen Merkmale, die Mütter und Väter an ihre Kinder weitergeben. Viele Kinder haben einen kriminellen Elternteil und manchmal sogar zwei, werden aber trotzdem später ordentliche Erwachsene. Und manche Eltern, die nie etwas Böses getan haben, haben trotzdem ganz schlimme Kinder. Die Genetik bezieht sich darauf, dass man vielleicht die Haarfarbe von seinen Eltern erbt oder genauso groß wie sie wird, aber es bedeutet nicht, dass man sich später genau wie die Eltern verhält. Wie man sich verhält, entscheidet man *immer* selbst.«

Mir fiel ein, wie meine Mutter immer die Augen vor

der Untreue meines Vaters verschlossen hatte. Wie sie sich selbst und mich belogen hatte.

»Sehe ich ihm ähnlich?«, fragte Hayden.

Damit brachte er mich wirklich in Verlegenheit, denn natürlich sah er ihm ähnlich. Hayden hatte mein dünnes, braunes Haar geerbt, und falls das nicht Babyspeck war, der noch verschwinden würde, würde er auch meine Pausbacken behalten, aber davon abgesehen war er Randy wie aus dem Gesicht geschnitten. Das scharfe Kinn und die dunklen Augen, die eher schwarz als braun waren. Die olivbraune Haut und das bereitwillige Lächeln, bei dem er zu viele Zähne zeigte, wenn es nicht ganz ehrlich war. Seine Art, den Kopf schief zu legen, wenn er über etwas nachdachte.

»Nicht sehr«, antwortete ich.

»Hast du Fotos von ihm?«

»Die hab ich weggeworfen. Und jetzt hör mir zu. Dein Vater hat etwas sehr Schlimmes gemacht, das Allerschlimmste, was ein Mensch überhaupt tun kann. Und zwar mehr als einmal. Er hat mich und alle Menschen um ihn herum belogen, aber schließlich wurde er erwischt, und die Polizei hat ihn zur Strafe ins Gefängnis gesperrt. Dort wird er für den Rest seines Lebens bleiben und nie wieder herauskommen.« Ich überlegte, ob ich Hayden erklären sollte, dass sein Vater zum Tode verurteilt war, sagte mir aber, dass wir für einen einzigen Nachmittag schon mehr als genug hinter uns hatten. Ich wusste, was ich sonst gesagt hätte, und zuckte zum Teil davor zurück, obgleich ich in Haydens Augen jetzt Randy sah, ihn glasklar erkannte – *o nein* –, und es war mir fast, als redete ich mit meinem Ex-Mann und prangerte in meinem armen, unschuldigen Kleinen den Vater an. »Meiner Meinung nach ist es genau das, was er verdient hat. Und die meisten andern Menschen sehen das genauso.«

»Aber wenn er krank ist, kann er dann nicht einfach wieder gesund werden? Kann er denn nicht zum Arzt gehen?«

»Es gibt Krankheiten, die die Ärzte nicht heilen können, Hayden. Seine Krankheit hätte ich ihm auch verzeihen können, wenn er versucht hätte, wieder gesund zu werden. Er wusste, dass diese Krankheit ihn veranlasste, böse Dinge zu tun, aber er hat nie etwas dagegen unternommen. Du solltest nicht oder so wenig wie möglich über ihn nachdenken. Ich weiß, dass Ashton und einige andere von deinen Schulkameraden vielleicht wieder mit dieser Geschichte anfangen werden, aber du musst das einfach so gut es geht überhören. Die werden bald ein anderes Gesprächsthema finden, und du bist dann immer noch derselbe liebe Junge, der du immer warst. Du wirst nie so werden wie dein Vater, okay? Das verspreche ich dir.«

Anscheinend glaubte er mir doch noch ein bisschen, denn jetzt weinte er richtig los, und diesmal drückte er sich an mich und umklammerte mich mit seinen dünnen Ärmchen.

<3>

Ich brachte ihn früh ins Bett. Statt des üblichen Gutenachtkusses drehte er sich mit dem Gesicht zur Wand und murmelte: »Ich hab dich lieb, Mom.« Es klang längst nicht so überzeugend wie sonst.

Vielleicht würde er eines Tages lernen, genauso mühelos zu lügen wie die Erwachsenen.

Ich war immer noch zittrig auf den Beinen, wollte aber keine Tabletten mehr nehmen. Also lenkte ich mich damit ab, dass ich ins Internet ging und mir die jüngste Online-Ausgabe der Zeitschrift *Memphis Star* ansah. Über die weiterhin ungeklärte Ermordung Julie Cravens, die einige Wochen zurücklag, gab es nur einen kurzen Artikel, der nichts Neues enthielt: Die Polizei bat noch immer um Zeugenmeldungen. Ein Sprecher erklärte, die Bewohner des Wohnkomplexes, in dem das Opfer gelebt hatte, würden weiterhin befragt, doch bisher gebe es keine Verdächtigen. Nicht zum ersten Mal überlegte ich, ob ich auf der Polizeiwache in Cary anrufen sollte. Vielleicht könnte ich die Beamten ja überzeugen, dass Pritchett mich in gewisser Weise bedroht hatte, als er den Artikel an meine Windschutzscheibe klemmte. Offensichtlich ging er von irgendeiner Verbindung zwischen dem jüngst begangenen Mord, Randys Verbrechen und mir aus, was ich überhaupt nicht nachvollziehen konnte. Es wurden ständig Menschen ermordet, aber Randy saß dreitausend Meilen vom Tatort entfernt unter strengen Sicherheitsvorkehrungen in einer Todeszelle.

Als ich die Zweiundzwanzig-Uhr-Nachrichten einschaltete, sah ich Pritchett in einem Interview auf Channel 11. Die Redakteurin, eine attraktive junge Frau namens Jennifer McLean, die früher eine Verbrauchershow moderiert hatte, bevor sie die Karriereleiter hinaufgeklettert war, stellte ihm Fragen zu seiner öffentlichen Hetzkampagne gegen mich. Geduldig und tapfer erzählte er, was mit seiner Tochter passiert war, während auf dem Bildschirm eine Archivaufnahme von Randys Gerichtsverhandlung lief. Es wurde auch eine Außenaufnahme der Wohnung gezeigt, in der Carrie Pritchetts Leiche gefunden worden war. Ich suchte nach irgendeiner Ähnlichkeit mit dem Schauplatz des Verbrechens in Memphis, konnte aber auf den ersten Blick keine Gemeinsamkeiten entdecken. Pritchett wiederholte, die Ansicht der kalifornischen Polizei, dass ich an Randys Verbrechen keinen Anteil gehabt habe, habe ihn nie überzeugt. Jennifer McLean wirkte ihm gegenüber recht skeptisch, und sie hatte sich offensichtlich ziemlich gut vorbereitet. Sie erklärte, sie habe mit den hiesigen Behörden gesprochen und es lägen keinerlei Beschwerden gegen mich vor. Es war merkwürdig, zu sehen, wie leicht mein Name ihnen über die Lippen ging, dieser Name, den ich seit Jahren nicht mehr verwendete; es kam mir alles so unwirklich vor, dass ich das Verlangen hatte, mich zu kneifen. Die Redakteurin fragte Pritchett, warum er so viel Zeit und Geld darauf verwandt habe, jemanden zu verfolgen, der hier vor Ort noch nie Probleme gemacht habe.

»Sie hat ihren Namen geändert und versucht, sich zu verstecken«, sagte Pritchett mit der selbstgerechten Empörung eines religiösen Fundamentalisten. »Ich kann nicht weglaufen vor dem, was geschehen ist. Und sie soll es auch nicht dürfen.«

Allmählich platzte mir der Kragen. Am Ende des Interviews berichtete McLean, dass Pritchett mit der Organisation und dem Catering von Prominentenfeten in Los Angeles Millionen verdient, nach dem Tod seiner Tochter aber sein Unternehmen verkauft habe. Als sie von Pritchetts »Kreuzzug« gegen mich sprach, war ihre

Kritik an seinem Vorgehen deutlich herauszuhören, und die junge Frau wurde mir zunehmend sympathisch. Pritchetts Motive wurden in der Berichterstattung sonst nur äußerst selten hinterfragt, denn schließlich war er ein Opfer.

Zum ersten Mal seit Jahren hatte ich plötzlich eine fast unwiderstehliche Lust auf eine Zigarette. Das Bedürfnis war so stark, dass ich geradezu meinte, die Zigarette zwischen den Fingern zu spüren und Rauch zu schmecken. In ein paar Minuten könnte ich im Laden und wieder zurück sein, ohne dass Hayden auch nur merkte, dass ich weg war.

Doch ich hatte wegen meines Sohnes mit dem Rauchen aufgehört. Nicht aus den üblichen Gründen, sondern weil ich einmal ein Streichholzheftchen in einer seiner Hosentaschen gefunden hatte, als ich Wäsche in die Maschine gesteckt hatte. Auch Feuerzeuge hatte ich gefunden, in seiner Schreibtischschublade versteckt. Er hatte sie sich also nicht nur irgendwie besorgt, sondern sie auch noch versteckt. Er wusste, dass er nicht mit Feuer spielen durfte; ich hatte ihm klargemacht, dass das gefährlich war. Als Hayden vier war, hatte ich ihn einmal dabei erwischt, wie er mit Streichhölzern spielte und in unserer Zufahrt ein ganzes Streichholzheftchen verbrannte, und das war eine der seltenen Gelegenheiten, bei denen ich ihm tatsächlich den Hintern versohlt hatte. Von der Schwangerschaft abgesehen, hatte ich seit ich fünfzehn war geraucht und nicht einmal einen Monat nach Haydens Geburt wieder damit angefangen. Endgültig aufgehört hatte ich erst, als ich Hayden beim Abfackeln des Streichholzheftchens erwischte und sah, wie gebannt er aus schmalen Augen das Feuer beobachtete.

Ich versuchte zu vergessen, dass Hayden auch Randys Kind war. In seinen Adern floss Randys Blut. In seinem jungen Gehirn bildeten sich die Synapsen nach genetischer Verwandtschaft.

Alle Bücher, die ich während meiner Schwangerschaft gelesen hatte, jede einzelne von Randys grässlichen Verbrechensdokumentationen, die ich in einer Kiste in seinem Büro gefunden hatte und nicht wieder aus der Hand legen konnte, bis ich sie zu Ende gelesen hatte, sie alle legten auf die eine oder andere Weise den Gedanken nahe, dass Psychosen eine genetische Ursache hatten. Viele der Täter waren als Kinder misshandelt oder missbraucht worden, was von raffinierten Anwälten immer als Grund für mildernde Umstände vorgetragen wurde. Schreckliche Kindheitserlebnisse, in denen die Täter sexuelle Perversionen oder grausame Züchtigungen ertragen mussten, die von tyrannischen Müttern oder betrunkenen Vätern ausgeübt wurden. Doch die Autoren der Verbrechensdokumentationen versäumten nie, den Leser darauf hinzuweisen, dass dies nur die Vermutung einer physiologisch bedingten Abartigkeit der Täter bestärke, die sich in deren mangelnder Selbstbeherrschung zeige, im Hören nicht existenter Stimmen, in all diesen Fantasien, die diese Psychopathen nicht auf dieselbe Weise abblocken konnten wie psychisch gesunde Menschen, die diese schrecklichen Bilder, die auch ihre Fantasie in manchen müßigen Momenten zu ihrer Überraschung erzeugt, energisch beiseiteschieben können.

Frühe Warnzeichen sind Brandstiftung, Bettnässen und das Töten oder Quälen von Tieren. Als das Thema längst hätte erledigt sein müssen, entdeckte ich von Zeit zu Zeit immer noch feuchte Stellen in Haydens Bett.

Soweit ich wusste, waren bisher in der Nachbarschaft keine Haustiere auf mysteriöse Weise verschwunden. Aber was, wenn es irgendwann doch geschah? Würde ich meinem Sohn dann noch in die Augen sehen können, ohne das Schlimmste zu befürchten?

Die Schüsse in unserem Vorgarten in El Ray, während ich Hayden, unter den Augen der Nachbarn und von Polizisten umzingelt, schreiend im Arm hielt. Das Blut, das durch Haydens Herzkammern floss. Echos.

6. Kapitel

<1>

Als ich das Foto zum ersten Mal sah, hingen wir in seiner Wohnung herum, er in einem T-Shirt und Boxershorts, ich nur mit einem seiner T-Shirts bekleidet. Wir hatten gerade unser erstes Mal richtigen Sex hinter uns. Vorher waren wir immer nur zu ein bisschen Gefummel und Petting gekommen, aber an jenem Abend hatte ich eine ganze Menge Wein getrunken, und es kam mir so vor, als ob ich uns unnötig das Leben schwer machte, wenn ich mich weiter zurückhielt. Der Sex war ein bisschen peinlich, wie das beim ersten Mal mit einem neuen Mann meistens der Fall ist; wir machten es dicht aneinandergeschmiegt und sahen uns die ganze Zeit nicht an, aber wir hielten uns eng umarmt, wirklich eng, und das war ein schönes Gefühl. Er versprach mir, nächstes Mal würde es besser werden, und ich gab zurück, er könne ganz unbesorgt sein. Diese gegenseitigen Versicherungen hatten etwas Floskelhaftes, dabei fand ich diesen Mann wirklich sehr nett, was mir schon lange nicht mehr passiert war, und auch er schien mich zu mögen. Wir hatten beide begriffen, dass dieser Abend wohl kein One-Night-Stand war, sondern nur die erste von vielen Nächten. Tief in mir drin fühlte ich mich sofort wohl bei ihm, und selbst der etwas peinliche Nachgeschmack des ersten gemeinsamen Sex wich schnell einem angenehmen Geplauder, einem entspannten Hin und Her, bei dem wir beide ganz locker waren, insgeheim erleichtert, dass der Sex nicht enttäuschender gewesen war als erwartet.

Er wohnte allein, was in unserer spießigen, kleinen Collegestadt für einen Dreiundzwanzigjährigen recht ungewöhnlich war. Die meisten Studenten seines Alters teilten ihr Zimmer mit einem Zimmergenossen, entweder aus finanziellen Gründen oder einfach, weil es ihnen so lieber war. Meine Freundinnen und ich kamen zu dem Schluss, dass den meisten Männern die seelische Befähigung zum Alleinleben abging; sie mussten irgendjemanden mit ihren stumpfsinnigen Sprüchen volllabern, sonst wurden sie seltsam und stumpfsinnig. Randy dagegen schaffte es anscheinend nicht nur, mit dem Alleinsein fertig zu werden, sondern nutzte die Zeit auch für eine beeindruckende Persönlichkeitsentwicklung. Er war das, was man im Personalmanagement »zielstrebig und gut organisiert« nennt. Seine Wohnung war schick und ordentlich, ohne zu weiblich oder pedantisch zu wirken; es gab einen Gas-Kaminofen und ein paar hübsche Bilder an den Wänden, impressionistische Seelandschaften und rustikale Landschaftsszenen. Er war ein Jahr vor dem Abschluss von der Highschool abgegangen, aber nicht, weil er die Nase voll gehabt, sondern weil er ein Praktikum bei Jackson-Lilliard gemacht hatte, einer internationalen Chemiefirma, die einen lokalen Firmensitz in Albany unterhielt, eine Stunde von unserer Collegestadt Corvallis entfernt.

Dort hatte man ihm eine so gut bezahlte Ganztagsstelle angeboten, dass kein vernünftiger Mann seines Alters hätte ablehnen können. Was mit einem unbezahlten Praktikum begann, nahm eine verdammt ungewöhnliche Entwicklung; offensichtlich hatte Randy seinen Betreuer mit seinem Arbeitsethos und seinem Engagement sehr beeindruckt.

Er war wirklich ein beeindruckender Mann.

Als Dana mich zwei Wochen zuvor an der Theke von Happy Sam's auf ihn aufmerksam gemacht hatte, war mir sofort klar, dass er anders war als die Burschenschaftler, Punker und sonstigen Selbstdarsteller, die damals die Klassenzimmer und Pausenhöfe des Colleges füllten. Das sah man an seiner Körperhaltung, seiner zurückhaltenden Art und der Gelassenheit, mit der er reagierte, als Dana uns miteinander bekannt machte. Selbst im Lärm und Getümmel der Bar konnte man ihn deutlich verstehen, ohne dass er die Stimme heben musste. Er war schick gekleidet, nicht wie jemand, der auf Anmache aus ist, sondern einfach gut. Über dem muskulösen Bizeps und der mächtigen Brust trug er ein geschmackvolles Ralph-Lauren-Hemd. Er schien genau zu wissen, dass er es nicht nötig hatte, Aufmerksamkeit zu schinden, und er trug keinen Schmuck, wenn man von seiner Uhr absah, die eine echte Rolex zu sein schien. Als Dana ihn aufforderte, sich doch zu uns zu setzen, spendierte er nicht allen, sondern nur mir einen Drink.

Jetzt kam er aus der Küche zurück, um mir Wein nachzuschenken. Ich zeigte ihm das gerahmte Foto, das ich auf dem Couchtisch entdeckt hatte: »Bist du das?«

Er reichte mir das volle Weinglas und nahm mir dafür

das Bild aus der Hand, ein nostalgisches Lächeln im Gesicht. »Das war in Alaska«, erzählte er und setzte sich neben mich auf die Couch. »In meinem zweiten Jahr hab ich dort Urlaub gemacht. Ein paar Jungs aus dem Wohnheim reisten hin, und obwohl ich mir das eigentlich nicht leisten konnte, sagte ich mir schließlich, was soll's. Ich meine, wann würde sich so eine Gelegenheit wieder bieten?«

Das Foto war von ziemlich weit unten aufgenommen, etwa Hüfthöhe, und man sah die gesichtslose Silhouette einer Gestalt, die von der Kamera weg und auf den Horizont blickte. Der Horizont war das, was an dem Bild am meisten ins Auge fiel: ein bewaldeter Hang bei Einbruch der Dunkelheit, über dem schon die ersten Sterne aufgehen, während in weiter Ferne noch die Andeutung von letztem Abendrot zu sehen ist wie ein orangeroter Saum von Lichtsprenkeln.

»Sehr majestätisch«, neckte ich ihn sanft. »Aber du hättest dich umdrehen und lächeln sollen oder so. So wirkt es ein bisschen streng.«

»Es geht um die dramatische Wirkung«, wehrte er sich. »Die einsame Gestalt vor der hereinbrechenden Nacht. Wenn die Sonne untergeht, also zu dieser Jahreszeit praktisch am Nachmittag, bleibt nicht mehr viel Zeit bis zum Einbruch totaler Finsternis. Und finster wird es dann, finsterer, als du es jemals erlebt hast.« Er klang sehnsüchtig und nachdenklich, und ich fand, dass er ziemlich beeindruckend wirkte. »Da oben am Ende der Welt wird es wirklich vollkommen finster.«

Auch wenn das nicht genau der Moment war, in dem ich mich in ihn verliebte, so spürte ich in diesem Augenblick doch ein starkes Gefühl. Natürlich hätte dieser

Moment absichtlich in Szene gesetzt sein können, genau wie das Foto, aber ich empfand es nicht so. Es klang wie etwas, worüber er schon früher nachgedacht hatte, und ich war in diesem Moment kurz nach unserem ersten Sex einfach glücklich, dass er diesen Gedanken mit mir teilte. Ich kuschelte mich an ihn. Er roch gut, und ich küsste seinen Hals, der nach Seife und Salz schmeckte, dann legten wir ein zweites Mal los. Diesmal war es eindeutig besser. Und danach wurde es lange, lange Zeit, bis zu unserer Hochzeit, von Mal zu Mal besser.

<2>

Also stellen Sie sich einmal vor, Sie wären die kleine Nina Leigh Sarbaines aus Tapersville, Oregon, einer Holzfällerstadt im Osten des Bundesstaates, wo große mit Holz beladene Lastwagen durch schmale Straßen ins Tal herabdonnern und ständig Nebel in der Luft hängt, der diese verschwommene Düsterkeit schafft. Die Landschaft ist moosgrün und schiefergrau und der Geruch der Papierfabrik ist so allgegenwärtig, dass wir Einheimischen ihn erst wieder wahrnehmen, wenn wir eine Weile von zu Hause weg waren. Ich trug Flanellsachen und hatte drei Piercings im Ohr; auf den Fußknöchel ließ ich mir eine Schmetterlingstätowierung stechen. Mit fünfzehn rauchte ich, wo ich ging und stand, mit sechzehn war ich sexuell aktiv, schwärmte für Prominente und gab das Geld, das ich nebenher mit einem Job im Drugstore verdiente, für Klatschzeitungen, Jeansjacken, Taschen und Schmuck aus; aber ich schaffte es, Speed und all den Problemen, die mit der Einnahme von Drogen verbunden waren, aus dem Weg zu gehen, zumindest meistens. Einige aus meiner Clique erlagen der Versuchung, aber ich hatte schon damals ziemlich strahlende Augen und wollte meine Chancen, aus unserem Kaff rauszukommen, nicht mehr gefährden, als unbedingt nötig war.

Dad war der Geschäftsführer eines der Transportunternehmen, sodass wir besser gestellt waren als einige meiner Freundinnen, deren Eltern Arbeiter in der Papierfabrik oder Holzfäller in den scheinbar endlosen Wäldern waren (auch wenn die aus Seattle oder Kalifornien bei uns einfallenden Umweltschützer uns ständig daran erinnerten, dass auch unsere Wälder von Tag zu Tag kleiner wurden). Unser Haus war dennoch zu eng, vor allem dann, wenn Mom Dad bei einem seiner zahlreichen Seitensprünge ertappt hatte und die Wände wochenlang von ihrem Schweigen widerhallten. Ich schloss mich in mein Zimmer ein, telefonierte stundenlang mit meinen Freundinnen, hing vor der Glotze oder hörte über Kopfhörer den ganzen überreizten Grunge, den ich durch meinen Discman jagte. Mom verließ meinen Vater nie; er starb in meinem letzten Highschooljahr an Leberversagen. Er war kein Alkoholiker gewesen, und er hatte mich auch nicht sonderlich vernachlässigt; tatsächlich erinnere ich mich seiner vorwiegend liebevoll, denn er behandelte mich, als wäre ich aus reinem Gold, und verwöhnte mich so sehr, wie er es sich nur leisten konnte. Er schenkte mir Ohrringe, CDs und mein erstes Auto, einen VW-Käfer. Wenn er mit jemandem zusammen war, stand man im Mittelpunkt seiner Aufmerksamkeit; wahrscheinlich war es das, was ihn für Frauen so attraktiv machte.

Ich gab Mom die Schuld für seine Untreue, schließlich hätte sie ihn ja jederzeit verlassen können. Meiner Ansicht nach hatte sie sich ihr Unglück einfach selbst zuzuschreiben.

Als ich einen Studienplatz an der Oregon State University erhielt, kam mir das vor wie der Fahrschein in die große weite Welt.

Als ich Randy kennenlernte, hatte ich meine erste »erwachsene« Beziehung gerade ein halbes Jahr hinter mir. Die Beziehung war dann doch nicht so erwachsen gewesen. Brad studierte in einem höheren Semester englische Literatur. Er war einer dieser typischen schlaksigen Bücherwürmer, groß und schmal mit Drahtgestellbrille, in Gruppen eher schüchtern und zurückhaltend, aber ein großer Redner, wenn wir allein waren. Später dachte ich oft, dass ich mich unter anderem deswegen sofort zu Randy hingezogen gefühlt hatte, weil er rein körperlich praktisch das Gegenteil von Brad war. Als ich Brad kennenlernte, hatte ich mich allerdings noch nicht ganz von der pubertären Grunge-Rock-Romantik meiner Schulzeit verabschiedet, und die Intensität dieses bleichen Jünglings ließ mich erschauern. Wir lernten uns durch gemeinsame Bekannte kennen, als ich im zweiten Collegejahr war. Es folgten neun stürmische Monate einer ungesund überspannten Liebesbeziehung: Anfangs hielten wir uns praktisch nur in Brads Schlafgalerie auf, während sein Zimmergenosse unten Gitarre übte. Wir gingen kaum aus, verloren den Kontakt zu Freunden und scherten uns nicht darum; wir wollten es so und versanken in unserer Zweisamkeit. Die Gefühle waren stark und für mich auch sehr neu. In meiner Highschoolzeit hatte ich zwar wie im Taumel ein paar Beziehungen gelebt, aber die Rücksichtnahme auf Elternhaus und Freundeskreis und meine heimliche Überzeugung, dass ich unserer Stadt den Rücken kehren würde, sobald es finanziell machbar war, hatten mich immer gebremst. Bei Brad hatte ich das Gefühl, dass wir wie füreinander geschaffen waren. Die Intimität kam völlig zwanglos und der Sex war so wahnsinnig gut, dass ich noch Stunden hinterher völlig benommen war.

Dann kamen die nervigen Streitereien, die Eifersucht und eine unbestimmte, nicht recht greifbare Unzufriedenheit, die sich leider nur allzu bald deutlich äußerte: Wir schrien uns an, stichelten aneinander herum, betranken uns und feierten danach rührselig Versöhnung in endlosen nächtlichen Telefongesprächen mit sentimentalen Bekenntnissen. Die beiden Mädchen, die damals meine Zimmergenossinnen waren, gaben mir den unmissverständlichen Rat, dem Scheißkerl einen Tritt in den Arsch zu geben. Und obwohl ich mich innerlich heftig dagegen wehrte, kam ich irgendwann zu der Erkenntnis, dass es vorbei war und nie wieder gut werden würde, dass die ersten leidenschaftlichen Monate endgültig vorüber waren und dass von der Glut nur noch Asche blieb. Brad war offensichtlich im Herzen noch immer ein Kind, ein Romantiker, der in einer Beziehung völlig mit seiner Partnerin verschmelzen wollte. Wenn wir so weitermachten, würden wir einander irgendwann wahrscheinlich etwas wirklich Schlimmes antun, was bleibende Schäden nach sich ziehen konnte.

Die Trennungsphase dauerte nochmals ein paar Monate, in welchen wir mehrere Annäherungsversuche unternahmen, die von meiner Seite immer halbherziger, von seiner immer verzweifelter ausfielen. Vor ein paar

Jahren, kurz nach meinem Umzug nach Cary, als ich noch große Angst davor hatte, mein altes Leben komplett hinter mir zu lassen (was ich – als es dann passierte – gar nicht mehr so schlimm fand, weil es auch klare Vorteile bringt), habe ich im Internet nach Brad gesucht und ihn auch gefunden. Er ist verheiratet, hat zwei Kinder und ist Dozent an einem städtischen College in Nebraska. Ich wünsche ihm alles Gute und hoffe, dass er noch hin und wieder an mich denkt und dass ihm das genau wie mir ein bisschen ins Herz schneidet. Es ist nicht wirklich Sehnsucht, was ich empfinde, aber mehr als ein bloßes liebevolles Erinnern. Es ist ein schöner Schmerz, falls es so etwas geben kann.

Also stellen Sie sich vor, Sie wären ich, hätten gerade Ihren Bachelor in Marketing gemacht und überhaupt keine Ahnung, wie es jetzt weitergehen sollte. Hin und wieder verlören Sie die Kontrolle über sich und landeten dann im Suff mit Unisportlern oder irgendwelchen Studienabbrechern im Bett. Ich machte da keine großen Unterschiede, aber hinterher fühlte ich mich dann immer noch schlechter als vorher, irgendwie leerer.

Und dann trat Randy Mosley in mein Leben. Zuerst waren es nur die Blicke über die Theke hinweg, die paar Zungenküsse und der Austausch der Telefonnummern, aber dann rief er mich immer wieder an, und ich ging mit ihm aus. Und was meinen Sie, was sich herausstellte? Er war ein einfallsreicher, beeindruckend selbstsicherer Mann und, wie es schien, auf zahlreichen Wissensfeldern wohlbewandert. Als wir zum dritten Mal miteinander ausgingen, gab er mir eine Bleistiftskizze, die er von meinem Gesicht gemacht hatte; doch in den

Augen fehlte etwas, und das Bild sah irgendwie unfertig aus. Ich schrieb es Randys mangelnder künstlerischer Ausbildung zu und war gerührt, dass er sich so viel Mühe gegeben hatte. Ich hätte nie solch eine künstlerische Ader bei ihm vermutet. Was mich aber am meisten beeindruckte war wahrscheinlich seine Reaktion, als ich einmal ein bisschen zu viel getrunken hatte und ihn mit meinen Geständnissen überschüttete. Wir kannten uns gerade mal zwei Monate, und bis dahin hatte ich so getan, als wäre das mit Brad eher ein Flirt als eine richtige Beziehung gewesen, aber eines Nachts, als wir bei der zweiten Flasche Wein angelangt waren, brach alles aus mir heraus. Doch Randy gab mir nicht den Laufpass und hörte nicht auf, mich anzurufen, sondern schimpfte einfach mit mir auf Brad, was mir damals unglaublich guttat. Er fragte mich nie, was ich denn mit so einem Loser überhaupt gewollt hatte; er urteilte ihn kurzerhand ab und vergaß das Ganze. Bevor ich mich versah, schlief ich bei ihm zu Hause, lieh mir seine Klamotten und ließ mich von ihm aushalten.

Nachdem der Damm einmal gebrochen war und er die Geschichte mit Brad kannte, vertraute ich ihm auch allen möglichen anderen Mist an, den ich noch nie jemandem erzählt hatte, nicht einmal meinen Freundinnen. Einmal verbrachten wir ein Wochenende auf einer Hütte in den Bergen, und als wir nackt auf den prallen Matratzen lagen, erzählte ich ihm von einer Freundin, die gestorben war, als ich noch in der Highschool war. »Ich erinnere mich genau, wie meine Mutter mir davon erzählt hat. Es war so typisch für sie, Mom nannte sie nicht einmal Jessica, sondern ›Kay Flythes Tochter‹, ungefähr so: ›Mrs Stancil hat gerade angerufen und erzählt, dass Kay Flythes Tochter bei einem Autounfall auf der Old Bridge Road gestorben ist. Du hast sie ziemlich gut gekannt, Liebling?‹ Als hätte sie Jessica nicht selbst schon ein Dutzend Mal gesehen.« Tatsächlich hatte ich gerade am Tag davor noch mit Jessica und ihrem Freund Greg hinter dem Jugendzentrum heimlich geraucht. Greg hatte die Kontrolle über seinen Jeep verloren, der Wagen hatte sich überschlagen, und Jessica war nicht angeschnallt gewesen. »Das hat Mom natürlich auch erwähnt, ›sie war nicht angeschnallt‹, damit ich auch bestimmt etwas daraus lernte.« Randy streichelte mein Haar und hörte mir schweigend zu.

Von seiner eigenen Vergangenheit erzählte er nicht viel, nur die eine oder andere Anekdote, die jeder Jugendliche irgendwo erlebt haben könnte: Ein bester Freund hatte ihn mit seinem Mädchen betrogen, irgendwelche Kinder hatten ihn gehänselt, weil er klüger war als sie, und Randy hatte sich weiter zurückgezogen. Irgendwann war sein Lieblingshund verschwunden und wurde dann tot aufgefunden, wahrscheinlich war er das Opfer eines sadistischen Nachbarn geworden. Randy erwähnte, dass er nicht bei seinen Eltern, sondern in verschiedenen Pflegefamilien aufgewachsen und in einigen von ihnen misshandelt worden war. Seine knappen Andeutungen über Weihnachtsfeste, bei denen er nur Gebrauchtes geschenkt bekommen hatte, oder seine Geschichte darüber, wie er in der sechsten Klasse ein Referat halten musste und alle das blaue Auge sehen konnten, das seine Pflegemutter ihm geschlagen hatte, reichten aus, um mir klarzumachen, dass er eine ungewöhnlich harte Kindheit und Jugend hinter sich hatte, und so stocherte ich nicht in seiner Vergangenheit herum. Doch ich wunderte mich, dass er das alles so gut überstanden hatte.

Jessica Flythe. Das war mein erster Vorgeschmack, das erste Mal, dass ich begriff, wie schnell der Tod kommen kann und alles vorbei ist. Es war schrecklich real und gleichzeitig kam es mir total unwirklich vor, so als hätte jemand einen Schalter umgelegt und jetzt hätte ich immer so einen tiefen Summton im Hinterkopf, der es mir unmöglich machte, zu begreifen, dass dieses Mädchen mich nie wieder eine Zigarette schnorren lassen würde und mir auch nie wieder helfen würde, mein Top so zurechtzurücken, dass Gregs Freund Zac es absolut super fand. Sie war *gestorben*; sie würde nie wieder irgendwo hingehen, niemals älter werden, niemals doch noch die bessere Note schaffen und niemals erfahren, ob man sie im College annehmen würde.

Am Tag nach Jessicas Begräbnis fand Dad mich weinend in der Garage. Er setzte sich neben mich und tätschelte mir hilflos den Rücken, während ich weiterschluchzte. Er versuchte nicht, mich mit irgendwelchen billigen Sprüchen zu trösten. Er schnorrte eine Zigarette von mir und sagte, er würde mich bei Mom nicht verpfeifen, wenn ich ihn auch nicht verpfiff.

<3>

Victor Haddock war ein Wohnheim-Tutor, einer dieser Studenten, die sich ein bisschen um die Erstsemester kümmern, wenn diese frisch ans College kommen. Er war zwanzig, als ein siebzehnjähriger Student namens Randy Mosley in das Wohnheim Freedom Hall des

Oregon-State-Campus zog. Randy studierte mit einem Stipendium für Härtefälle, um das er sich nach dem Tod seiner Pflegeeltern beworben hatte. Sie waren ein Jahr zuvor bei einem Hausbrand ums Leben gekommen.

Nach allem, was man so hörte, war Victor ein guter und freundlicher Tutor, der mehreren jüngeren Studenten bei ihren Anpassungsproblemen an den Druck des Collegelebens half. Er war sportlich ziemlich aktiv, fuhr begeistert Kajak, wanderte gern und war in den Sommerferien oft in der Snake-River-Schlucht oder der kargen Wildnis Utahs unterwegs. Im Jahr, bevor Randy in sein Leben trat, war Victor einen Monat in der Gegend des North Slope, eines Nationalparks in Alaska, gewandert.

Einer der ersten Reporter, die mich in der ersten Woche nach Randys Verhaftung, die ich noch in El Ray verbrachte, bevor Mom mich dann in die Zwangsisolation nach Tapersville brachte, aufspürten, war ein freundlicher, respektvoller Mann meines Alters, der mir seine Fragen höflich stellte, statt sie mir ins Gesicht zu schreien. Daher ließ ich ihn herein und unterhielt mich etwa eine Stunde lang ernsthaft mit ihm, bevor Mom vom Supermarkt zurückkam und ihn vor die Tür setzte. Ich überließ dem Reporter ein Familienalbum mit einigen Fotos. Ich dachte mir damals, dass es ohnehin kaum Fotos in dem Album gab, weil wir ja nur ein paar Jahre verheiratet gewesen waren. Außerdem wollte ich die Fotos nicht mehr. Vielleicht spielte es auch eine Rolle, dass ich damals ziemlich viele Beruhigungsmittel nahm.

In dem Album war auch Randys Alaska-Foto, und anscheinend ließ es bei den Zeitungsleuten eine ganz ähnliche Saite erklingen wie bei mir einige Jahre zuvor. Genau die Wirkung, die Randy hatte erreichen wollen. Die Zeitung veröffentlichte das Foto also zusammen mit einem Hintergrundartikel über Randy, und dort sah ihn zufällig jemand von CNN und brachte das Foto in den US-Nachrichten.

Victor Haddocks Eltern erkannten das Bild und riefen die Polizei an. Sie versicherten, einen Abzug eben dieses Fotos zu besitzen, und sagten, die Gestalt darauf sei gar nicht Randy. Victor war im Herbstsemester des Jahres nach Randys Einzug in Freedom Hall verschwunden. Er hatte nach Denver fliegen wollen, um einen Monat bei Freunden zu verbringen, war dort aber niemals aufgetaucht. Randy hatte in den Sommerferien einen Wiederholungskurs in Physik belegt, da er die Prüfung des Einführungskurses im Frühjahrssemester verhauen hatte. Nach einem Anruf von Victors Eltern hatte die Polizei von Corvallis nach Victor gesucht; ein paar Wochen lang hatten überall auf dem Campus Suchanzeigen gehangen mit einer Kopie seines Ausweisfotos, der Vermisstenanzeige und einer Liste von Ansprechpartnern. Doch im Herbst kamen die Studenten zurück, es gab wieder einen neuen Jahrgang Erstsemester, und die Polizei hatte bald alle Hände voll mit alkoholisierten Fahrern, der Unterscheidung zwischen freiwilligem Beischlaf und Vergewaltigung und all den anderen Problemen zu tun, die auftreten, wenn junge Leute zum ersten Mal auf sich selbst gestellt sind und über die Stränge schlagen. Victors Akte wurde nicht geschlossen. Die Haddocks gaben nicht auf, aber Victors Leiche wurde nie gefunden, und bis heute weiß keiner, was aus ihm geworden ist. Während all der Verhöre, die

die Polizei vor und nach der Verhandlung mit Randy führte, hat er sich niemals zu Victors Verschwinden geäußert.

Es war finster dort oben im Norden am Ende der Welt. Wo Randy nur in seiner Fantasie gewesen war.

7. Kapitel

<1>

Ich nahm das Telefon fast gar nicht mehr ab. Es klingelte, ich hörte mir die Nachrichten an, die auf den Anrufbeantworter gesprochen wurden, und dann löschte ich sie. Es war traurig und komisch zugleich, weil ich früher immer freudig zusammengezuckt war, sobald das Telefon läutete, und dann aufgeregt aufs Display geschaut hatte, ob jemand Bekanntes anrief. In den letzten Jahren hatte die Anzeige fast immer UNBEKANNT gelautet, was bedeutete, dass es bei dem Anruf um Telefonwerbung oder eine Kundenbefragung ging. Oft hatte ich den Hörer trotzdem abgenommen und mich eine Weile mit dem Anrufer unterhalten, nur um mal wieder mit einem Erwachsenen zu reden, auch wenn das, was er im Angebot hatte, für mich überhaupt nicht in Frage kam. Diese Leute scherten sich nie darum, ob sie einem die Zeit stahlen, aber wenn sie merkten, dass man ihre Zeit verschwendete, konnten sie ganz schön biestig werden.

Jetzt dagegen hörte das Telefon gar nicht mehr auf zu läuten. Die Zeitungen riefen an und die Fernsehsender. Sie wollten meine Seite der Geschichte hören. Ich hätte ihnen knapp und präzise sagen können, dass meine Seite der Geschichte ›ICH SCHEISS AUF EUCH‹ lautete, aber das hätte mir wohl nicht viel geholfen. Jim rief mich zweimal vom Büro aus an. »Wollte nur mal hören, wie's dir geht. Damit du weißt, dass du das nicht alles allein durchstehen musst.« Aber es machte mich wütend, weil mir klar wurde, wie abhängig ich von ihm war, und was hatte er mir denn schon anzubieten? Ein geduldiges Ohr und eine Runde peinlichen Sex? Als wenn er mich auch nur ansatzweise verstehen könnte. Dann fiel mir ein, dass er es auch nicht gerade leicht hatte mit seinem behinderten Kind und seiner untreuen Ex-Frau, und ich ärgerte mich über meine ungerechtfertigte Wut auf ihn. Aber ich rief ihn nicht zurück.

Und dann, Donnerstagvormittag:

»Guten Tag, Ms Wren? Mein Name ist Carolyn Rowe. Mein Mann Duane und ich betreiben hier in Ihrer Nähe eine Privatdetektei, und ich muss Ihnen leider sagen, dass wir die Leute sind, die Sie in Mr Pritchetts Auftrag aufgespürt haben. Wir hatten den Auftrag von einer Partnerdetektei erhalten, die in Kalifornien von Mr Pritchett engagiert worden war, und nun hat sich ja leider herausgestellt, dass man uns die Gründe, weshalb Sie gesucht wurden, alles andere als richtig mitgeteilt hat. Ich möchte mich hiermit ganz aufrichtig bei Ihnen entschuldigen. Eigentlich haben wir ein recht zuverlässiges Prüfsystem, das uns genau vor solchen Problemen bewahrt, aber anscheinend hat es diesmal versagt, und nun müssen Sie es ausbaden. Ich kann vollkommen verstehen, dass Sie vermutlich nicht mit uns sprechen wollen, aber wir haben hier einige Informationen über Mr Pritchett, die wir Ihnen gerne zukommen lassen würden, ein paar sehr interessante Details, die Ihnen vielleicht helfen könnten, ihm das Maul zu stopfen. Es tut uns wirklich schrecklich leid, was Ihnen da passiert ist, und ... na ja, mehr kann ich nicht sagen. Ich gebe Ihnen unsere Telefonnummer ...« Ich erkannte die Vorwahl von Clayton, einer kleinen Schlafstadt östlich von Raleigh.

Ehrlich gesagt war ich neugierig, wie Pritchett es geschafft hatte, mich aufzuspüren. In seinem Zeitungsinterview hatte er die Privatdetektei in Los Angeles erwähnt, und ich hatte mir Männer mit schwarzen Sonnenbrillen, Funkgeräten und Satellitenzugang vorgestellt. Aber das war natürlich Quatsch. Abgesehen von der Namensänderung und dem Umzug in einen weit entfernten Bundesstaat hatte ich ja keine besonderen Vorsichtsmaßnahmen getroffen, um nicht entdeckt zu werden: Ich hatte einfach nur verhindern wollen, dass Randy uns fand, und war dabei davon ausgegangen, dass seine Mittel sehr begrenzt waren. Und plötzlich war mir klar, dass man mich, wenn man auf den richtigen Internetseiten suchte, in einer halben Stunde finden konnte.

Doch die Nachricht konnte getürkt sein, es konnte eine Falle sein von Leuten, die es in Wahrheit alles andere als gut mit mir meinten.

Ich schlug im Telefonbuch unter Privatdetekteien nach (wer hätte gedacht, dass für so was sogar geworben wurde?), und tatsächlich, da stand die Nummer neben dem Eintrag ROWE INVESTIGATIONS. Keine weitere Werbung, einfach nur der Name. Das beruhigte mich, aber ich sah keinen Sinn darin, sie zurückzurufen. Pritchett hatte Geld und wegen der Ermordung seiner Tochter jedes Recht auf seine Erbitterung. Ich musste das hier wie einen Sturm durchstehen, und wenn das

Unwetter weitergezogen war, würde ich den Kopf wieder herausstrecken.

Wenn ich nicht vorher verrückt wurde.

Dann kam Hayden von der Schule nach Hause und wieder war alles anders. Er weinte nicht, aber seine Lippen waren so fest zusammengepresst, dass ich sofort merkte, wie fertig er war. Ich umarmte ihn und seufzte. »Ich dachte, du wärst heute bei Caleb eingeladen.«

»Seine Mom will mich nicht mehr zu ihm nach Hause kommen lassen«, sagte er, und seinen Augen sah man an, wie sehr diese Zurückweisung ihn verletzt hatte, dieser schlimmste aller Schmerzen. »Sie sagt, dass er nicht mehr mein Freund sein darf.«

Irgendetwas in mir verhärtete sich. Die nächsten Stunden versuchte ich ziemlich erfolglos, Hayden aufzuheitern. Am liebsten hätte ich Gabby McPherson angerufen und ihr gesagt, was ich von ihrem Sohn, ihrem Mann und ihrem Haus samt seiner beschissenen Einrichtung hielt. Stattdessen griff ich zum Hörer und wählte die Nummer, die Carolyn Rowe mir auf den Anrufbeantworter gesprochen hatte.

<2>

Wir trafen uns Samstagnachmittag im Pullen Park, einem öffentlichen Park in Raleigh mit Spielplätzen, Teichen und einem Karussell. Es war ein strahlender Sonnentag mit einem klaren, winterlich blauen Himmel und Temperaturen knapp über zehn Grad. Das schöne Wetter hatte die Leute nach draußen gelockt und der Park war rappelvoll. Ich sicherte mir einen Tisch mit

Sonnenschirm neben der Rutsche und den Schaukeln, damit ich Hayden im Auge behalten konnte. Als die Rowes eintrafen, erwähnten sie, dass sie keine Kinder hatten, womit sie vermutlich erklären wollten, warum sie jedes Mal zusammenzuckten, wenn in der Nähe eine Gruppe von Kindern in Geschrei oder lautes Gelächter ausbrach. Ich hatte ganz vergessen, wie schrill und laut solche Ansammlungen von Kindern auf jemanden wirken mussten, der nicht daran gewöhnt war. Duane Rowe scherzte, das erinnere ihn an die Partys in seiner Zeit als uniformierter Polizist, als er noch Razzien durchführte.

Er war ein kleiner, untersetzter Typ mit einer Figur wie ein Ringer. Auf seinem Kopf saß eine Baseball-Kappe mit dem Logo der Durham Bulls, die er abnahm, als er mir die Hand reichte, um sie sofort danach wieder aufzusetzen. Einen Moment lang blickte ich auf frühzeitig ergrautes, kurz geschnittenes Bürstenhaar, das an manchen Stellen schon schütter war. Die Kappe trug er vermutlich immer. Mit seiner Kordjacke und den verblichenen Bluejeans sah er genauso aus wie ungefähr die Hälfte der Männer mittleren Alters im Park. Seine Frau war körperlich gesehen das genaue Gegenteil von ihm, sie war schlank und athletisch, wasserstoffblond und gut erhalten, wobei ihre Augen verrieten, dass sie ein wenig älter war, als sie wirken wollte. Dennoch konnte ich mir gut vorstellen, dass sowohl Zwanzigjährige als auch Fünfzigjährige noch scharf auf sie waren, und das schafften nicht viele Frauen. Mrs Rowe konnte diese tief sitzenden Jeans, in denen sonst nur Mädchen oder ganz junge Frauen herumliefen, tragen, ohne darin irgendwie komisch zu wirken. Unter dem Vorwand, ihre Kinder zu beaufsichtigen, drückten einige Väter sich in unserer Nähe herum, und mehr als einer drehte sich öfter nach Carolyn um. Duane schien das gar nicht aufzufallen.

Außerdem war Carolyn eine dieser Südstaatenschönheiten, die anscheinend nicht anders können, als sich immer ein bisschen zu vertraulich zu geben; sie schüttelte mir nicht die Hand, sondern umarmte mich. »Ach, Sie Arme, ich kann Ihnen gar nicht sagen, wie leid es uns tut«, sprudelte es aus ihr heraus, und ihre Augen glänzten verräterisch, als wäre sie drauf und dran, hier an Ort und Stelle loszuheulen. »Sie dürfen uns ohrfeigen, uns Drinks ins Haar kippen, was immer Sie wollen.«

»Muss nicht unbedingt sein«, antwortete ich. Wir setzten uns an den Tisch, nachdem ich noch einmal nach Hayden gesehen hatte. Er spielte mit ein paar Kindern bei den Schaukeln; sie unterhielten sich nett und lachten. Ich sagte mir, dass sie ihn vermutlich nicht kannten und nicht wussten, wer seine Mutter war.

»Ihre neue Frisur gefällt mir«, sagte Duane.

»Danke.« Ich hatte mein Haar am Vortag schneiden und dunkler färben lassen, während Hayden in der Schule war. Außerdem trug ich eine große Sonnenbrille, und bisher hatte mich noch niemand angestarrt. »Also …«

Carolyn setzte sich neben mich und holte einen Aktenordner aus einer Ledertasche, die so aussah, als trüge sie sie seit ihrer Jugend mit sich herum. »Am besten erzählen wir Ihnen erst einmal ein bisschen von uns. Duane hat sechs Jahre lang als Polizist in Baltimore gearbeitet und dann weitere acht Jahre im Bundesstaat Virginia, in einer Stadt namens Reston. Ich arbeitete damals als Reporterin für die Tageszeitung von Reston und so haben wir uns kennengelernt. Als Duane beschloss, aus dem Dienst auszuscheiden, zogen wir hierher, weil ich hier aufgewachsen bin und meine Mom damals krank war. Inzwischen geht es ihr wieder besser, aber uns gefiel es hier und so machten wir uns hier selbständig. In unserer Detektei haben wir meistens mit Scheidungen, Versicherungsbetrug und dergleichen zu tun.«

»Anderen Leuten nachspionieren«, bemerkte ich.

Duane lachte.

»Stimmt genau«, erwiderte Carolyn. »Es ist weniger romantisch, als die meisten Leute meinen, aber wie ich sehe, brauchen wir Sie da nicht weiter aufzuklären. Gut. Was nun Ihren Fall angeht, so hatten wir vor fünf Monaten den Anruf einer Detektei von der Westküste erhalten …«

»Das hatten Sie mir schon auf den Anrufbeantworter gesprochen.«

»Ich glaube, Ms Wren würde es zu schätzen wissen, wenn du zur Sache kommst, Darling«, sagte Duane.

»Nein, schon gut«, gab ich zurück. »Nur finde ich im Moment alles einfach ein bisschen surreal.«

»Na ja, jedenfalls, Duane und ich sammeln normalerweise genug Hintergrundinformationen, um Geschäfte mit Klienten zu vermeiden, die aus den falschen Gründen nach jemandem suchen. Wir arbeiten nicht für Stalker und lehnen sogar Aufträge von Versicherungsgesellschaften ab, wenn diese einen schlechten Ruf haben.«

»Was unsere Klientel ganz schön einschränkt«, meinte Duane lächelnd.

Carolyn gab ihm einen Klaps auf den Arm. »Ich versuche nur, ihr alles zu berichten, was sie wissen muss.« Sie sah mich an. »Eben hat er mir noch gesagt, ich soll mich beeilen, oder?«

Ich nickte, wider Willen belustigt.

»Siehst du?«, wandte sie sich wieder an ihren Mann. »Und jetzt lass mich mal ausreden. Okay. Also, in seiner Zeit in Reston hatte Duane einen Partner, einen Kollegen, der später an die Westküste gezogen ist. Dieser Mann arbeitet jetzt für die Detektei, die ich eben erwähnt habe. Es ist ein wesentlich größeres Unternehmen als unseres, die haben bestimmt zwanzig Detektive und ein riesiges Budget und so. Also, dieser alte Kumpel von Duane hat angerufen, und bei ihm klang es so, als wären Sie in ein Zivilverfahren verwickelt und hätten sich eine neue Identität zugelegt, um einer Vorladung zu entgehen. Die andere Detektei kannte schon Ihren Namen und alles und sogar Ihre Adresse. Von uns wollte man nur die Bestätigung, dass Sie die Gesuchte sind, und einen Bericht über Ihren Tagesablauf. Wir hatten im Internet recherchiert und wussten daher ungefähr über Ihre Vorgeschichte Bescheid, und ich kann Ihnen sagen, dass ich schon von Anfang an gewisse Zweifel hatte, aber dann haben wir den Auftrag doch angenommen. Ich sagte mir, dass Sie ja vielleicht erst nach dem Vorfall mit Ihrem Mann in diese Zivilsache hineingeraten waren. Dann hat Mr Pritchett unsere Aufzeichnungen über Sie abgeholt und diese vermutlich benutzt, um sich an Sie ranzumachen. Wie ich hörte, hat er Sie beim Einkaufen belästigt?«

»Woher wissen Sie das denn?«

»Ach, wir hatten eine nette kleine Unterredung mit Mr Pritchett«, antwortete Duane. »Wir haben ihn angerufen und ihm unser Missfallen an seiner Rufmordkampagne ziemlich deutlich klargemacht. Aber der Laden von meinem Freund hatte uns schon den Honorarscheck geschickt, und Pritchett erklärte uns ganz einfach, unsere Dienste seien nicht länger vonnöten. Er hat tatsächlich mitten im Gespräch aufgelegt.«

»Ich finde es sehr sympathisch, dass Sie spätnachts einkaufen«, sagte Carolyn vertraulich, beugte sich vor und legte mir die Hand auf die Schulter. Ich musste mich beherrschen, um nicht zurückzuzucken. »Es geht doch nichts über einen einsamen Supermarkt, in dem man alleine mit dieser MUZAK ist. Oder nennt man diese Musikberieselung heutzutage nicht mehr so? Egal, jedenfalls finde ich es schrecklich, wie Pritchett Sie angemacht hat. So etwas haben wir nicht gewollt. Duane hat sich auch seinen Freund in Los Angeles gründlich zur Brust genommen.«

»Dieser Fall hat leider einige finanziell sehr einträgliche Beziehungen beendet«, ergänzte Duane bedauernd.

Ich mochte die beiden, aber als ich das hörte, sagte ich ganz spontan: »Ich musste meinem Sohn vorgestern Abend die Wahrheit über seinen Vater sagen. Bis dahin hatte ich Randy immer als einen Kleinkriminellen dargestellt und Hayden gesagt, sein Vater sei tot.«

Da waren beide eine Weile still und wir sahen zur Schaukel hinüber. Hayden schaukelte wie wild. Bei jedem Zurückschaukeln zog er die Beine weit nach hinten, um das Maximum an Schwung herauszuholen, und die Haare flogen ihm um den Kopf. Der Himmel zog sich allmählich zu, und vor den Mündern der Kinder bildeten sich kleine Atemwölkchen, die einen Moment lang in der Luft standen, wenn die Kinder vorbeirannten.

»Was für ein süßer Junge«, sagte Carolyn Rowe gerührt. Aber als sie mir ihr Gesicht zuwandte, hatte sie die Lippen zusammengepresst und ihre Augen waren kalt. »Nachdem uns klar geworden war, an was für einer schmutzigen Geschichte wir da beteiligt waren, haben wir unsererseits ein bisschen in Mr Pritchetts Vergangenheit herumgewühlt. Und wir haben da jetzt so ein paar Ideen, wie Sie ihn wieder loswerden könnten.«

»Aber erst einmal müssen Sie sich der Presse stellen«, erklärte Duane. »Ich weiß, dass das beschissen klingt, aber wenn die Leute Ihre Seite der Geschichte nicht zu hören bekommen, gehen sie einfach davon aus, dass all diese Verleumdungen der Wahrheit entsprechen. Die ausführlichste Berichterstattung hier vor Ort hat Jennifer McLean geleistet, und sie ist auch die Einzige, die ein richtiges Interview mit Pritchett gemacht hat. Daher wäre es vermutlich am wirkungsvollsten, wenn wir Ms McLean dazu bewegen könnten, nun auch Sie zu interviewen. Das wird natürlich hart für Sie, aber wenn Sie erklären könnten, dass Sie ebenso sehr Opfer sind wie Pritchett, wird man Ihnen wesentlich mehr Mitgefühl entgegenbringen.«

»Moment mal«, pfiff ich ihn zurück. »Erzählen Sie mir erst einmal, wie Ihr Freund in Los Angeles mich gefunden hat. Wissen Sie das?«

Carolyn seufzte und Duane nickte. »Ihre Mutter ist letztes Jahr verstorben?«, fragte Duane.

Verdammt. Hatte ich's doch gewusst. »Letzten Winter. Sie hatte mir nie gesagt, wie krank sie war, und nur gemeint, das wären so die üblichen Alterswehwehchen. Es war aber Magenkrebs. Sie hatte schriftlich festgehalten, dass sie keine Beerdigungsfeier möchte, um zu vermeiden, dass ich nach Tapersville komme und die Aufmerksamkeit auf mich lenke.«

»Sie muss es gut gemeint haben«, sagte Duane freundlich. »Aber das Testament lautete nicht nur auf Ihren angenommenen, sondern auch auf Ihren ursprünglichen Namen, und nach dem Verkauf des Hauses floss der Erlös auf Ihr persönliches Konto. Sie haben mit Ihrem alten Namen unterschrieben.«

Das Ganze hatte mich zwei Wochen gekostet. Ich hatte alles, was im Haus war, in Kartons verpackt und den Transport an die Goodwill-Stiftung für Arbeitslose organisiert. Dabei hatte ich alle alten Freunde gemieden und das Haus nur wenige Male verlassen. Hayden war mit weit aufgerissenen Augen durch die Zimmer gewandert. Er hatte gespürt, wie entwurzelt und fremd ich mich fühlte, und war mir so weit wie möglich aus dem Weg gegangen. Er hatte in den leer geräumten Zimmern gesessen und mit dem Gameboy gespielt oder sich die Fotos an den Wänden angesehen, bis ich sie wegpackte. Er hatte sich nach den Leuten auf den Fotos erkundigt, und ich war ihm ausgewichen und hatte gesagt, ich müsse mich aufs Packen konzentrieren. Ich verkaufte das Haus weit unter Wert an die Bank und behielt nur drei Kartons mit Erinnerungsstücken, wichtigen Dokumenten, Fotos und Moms Ordner mit den Artikeln, die sie für Zeitungen geschrieben hatte. An Mom dachte ich in dieser Zeit so gut wie gar nicht, denn ich verwandte meine ganze psychische Energie darauf, Randy wieder und wieder zu verfluchen.

Jetzt sah ich die Rowes an und sagte: »Das war ein Fehler. Ich hatte geglaubt, dass kein Mensch mehr an mich denkt. Aber ich hab ja immer gewusst, dass meine Mutter das Geheimnis früher oder später auffliegen lassen würde.«

8. Kapitel

Anfangs wirkte Mom nicht gerade überwältigt von der freudigen Nachricht. »Hast du gehört, was ich gerade gesagt habe?«, fragte ich. »Du wirst Großmutter.«

»Ja, ja. ich freu mich für euch«, sagte sie, aber selbst durchs Telefon hörte man, dass sie nicht recht bei der Sache war. »Sag das auch Randy. Aber ich dachte, du hättest vorgehabt, noch ein paar Jahre zu warten. Hast du es schon auf der Arbeit erzählt?«

»Mom, ich weiß es selbst erst seit gestern.« Ich stand in der Küche unseres neuen Hauses, einer voll unterkellerten dreihundert Quadratmeter großen Villa im Kolonialstil mit zwei Garagen; abgesehen von seiner Lage als letztes Haus in einer Sackgasse (was uns nochmals zwanzigtausend Dollar zusätzlich gekostet hatte) sah unser Haus ungefähr genauso aus wie die Nachbarhäuser, und es lag mit dem Auto nur zehn Minuten von dem Haus entfernt, in dem wir die vergangenen Jahre gelebt hatten und das wir jetzt unser »Einsteigerhaus« nannten. Unser neues Zuhause war enorm groß, mit gewölbten Decken und einem supermodernen Treppenhaus, das in den Keller und ins Obergeschoss führte. Die Küche war so groß, dass ich mich fast darin verlaufen konnte, und die Speisekammer hatte eher die

Größe eines Schlafzimmers als die eines Wandschranks. Wir hatten beide nicht mehr in dem alten Haus bleiben wollen; dort war uns alles so eng vorgekommen, dass wir ganz nervös wurden. Sobald Randy dann zum Chef seines Bezirks befördert worden war, sagte er, er wolle jetzt Nägel mit Köpfen machen. Es kam mir so vor, als setze seine veränderte berufliche Position ihn unter Druck. Im Gegensatz zu all den frischgebackenen Betriebswirten, diesen draufgängerischen jungen Strebern in seinem letzten Team, hatten seine neuen Kollegen ausnahmslos alle Frau und Kinder. Insgeheim hatte ich gehofft, dass wir uns in dieser Hinsicht noch nicht unter Druck setzen lassen würden und dass wir uns noch Zeit nähmen, bevor wir den zusätzlichen Platz im neuen Heim mit Mosley-Nachwuchs füllten.

Aber schon seit ein paar Wochen hatte ich mich schlecht gefühlt und tief im Inneren auch genau gewusst warum. Ich hatte gemischte Gefühle und der Schock über das, was der Arzt mir am Vormittag gesagt hatte, hatte sich noch nicht gelegt. Ich dachte die ganze Zeit über die Folgen nach: Wir mussten unseren Lebensstil ändern, uns finanziell einschränken, das neue Haus kindersicher machen und so weiter und so fort. All das war so neu für mich, dass ich mich total überfordert fühlte.

Mom war mir wie üblich eine riesige Hilfe.

»Liebling, es ist wirklich nicht so, dass ich mich nicht freuen würde«, sagte sie gerade. »Ich finde es ganz wunderbar, dass ihr ein Baby bekommt. Du weißt ja, dass ich euch seit dem Tag eurer Hochzeit dazu ermuntert habe. Aber du hast immer so sehr davon geschwärmt, wie toll du deine Arbeit findest, und dass du noch einiges erreichen möchtest, bevor du ein Kind bekommst, und da hatte ich mich wohl an den Gedanken gewöhnt, dass es noch dauern würde.«

Sie hatte sich meine Einwände genau gemerkt und jetzt war sie schadenfroh. Ich war in die Rolle der Mutter und Hausfrau geraten, bevor ich mich dazu bereit fühlte, obwohl ich in den letzten Jahren mehr als einmal lauthals verkündet hatte, dass ich mich erst einmal meiner Karriere widmen würde. »Jetzt noch nicht«, hatte ich Randy oder anderen Leuten, die mich fragten, ob ich keine Kinder möchte, ohne zu zögern geantwortet. »Aber vielleicht noch, bevor wir vierzig sind?«, hatte Randy immer zurückgegeben. Ich hatte seinen Sarkasmus ignoriert und ihm einfach zugestimmt. Bis zu diesem Morgen war ein Alter von vierzig Jahren mir nur wie eine vollkommen abstrakte Vorstellung vorgekommen. Und jetzt wurde mir klar, dass mein Kind schon seinen Führerschein machen würde, wenn ich vierzig würde, und mir war richtig schlecht.

Mom schilderte mir genießerisch all die körperlichen Beschwerden, die sie während ihrer Schwangerschaft gehabt hatte. Die müden Füße, die Rückenschmerzen, die Krämpfe in den Beinen und das heulende Elend, das sie oft überkommen hatte. »Man sagt immer, dass eine Schwangerschaft so ähnlich verläuft wie die der eigenen Mutter, und so gesehen kann ich nicht behaupten, dass ich dich um die nächsten acht Monate beneide.«

Seit Dads Tod hatte Mom sich wieder mehr aus ihrem Schneckenhaus herausgewagt, um es vorsichtig auszudrücken. Sie blühte auf und galt in Tapersville bald als eine Art Fachfrau für Erziehungsfragen; sie arbeitete im Jugendzentrum, unterrichtete an der Sonntagsschule und schrieb Gastkommentare für den *Tapersville*

Dispatch. Ehrlich gesagt dachte ich nur, dass sie »aufgeblüht« war, wenn sie mir nicht gerade auf die Nerven ging. Den Rest der Zeit hielt ich sie für unerträglich zwanghaft. Sie rief mich mehrmals pro Woche an und kritisierte so ziemlich jeden Aspekt unseres Lebens, was ich erstaunlich fand, da wir meiner Meinung nach den amerikanischen Traum in einer so vollkommenen Weise lebten, dass es schon fast wieder langweilig war. Gerade jetzt, zu Beginn meiner Schwangerschaft, schien ich jede einzelne Stichelei, mit der sie mich seit Beginn meiner Pubertät bedacht hatte, wieder neu zu spüren. *Das sind die Hormone*, versuchte ich sie vor mir selbst zu entschuldigen. *So war sie immer schon zu dir, weil sie wusste, dass Dad dich lieber mochte als sie.*

Ich war schwanger und sie in den Wechseljahren. Ja, wir hatten beide wirklich eine wunderbare Lebensphase vor uns.

»Nach der Entbindung werde ich für ein paar Monate zu euch ziehen müssen«, fuhr Mom fort. Ich konnte sie richtig vor mir sehen, wie sie durch mein Elternhaus tigerte, das Telefon zwischen Kinn und Schulter geklemmt, während sie mit der einen Hand die Pflanzen goss und mit der anderen die Tastatur ihres Computers bearbeitete. Im Hintergrund hörte ich tatsächlich etwas, das wie das Klappern einer Tastatur klang. »Randy wird es einfach ertragen müssen. Nach den ersten Tagen wird er froh sein, dass ich da bin, wetten?«

»Natürlich, Mom.«

Randy war Mom gegenüber immer tadellos höflich, machte aber hinter ihrem Rücken kein Geheimnis daraus, dass er sie nicht ausstehen konnte. Er begründete seine abschätzige Haltung ihr gegenüber damit, dass er wisse, wie befangen ich mich in ihrer Gegenwart immer fühlte und wie sehr all meine Schwächen, die tatsächlichen wie die nur eingebildeten, sich in ihrer Gegenwart sofort verstärkten. Tatsächlich lag seine Abneigung wohl eher daran, dass er und Mom so grundverschieden waren. Mom wirkte immer gehetzt und verzettelte sich ständig. Sie trieb Randy schon zum Wahnsinn, wenn sie nur ein paar Stunden bei uns war. Denn er war konzentriert wie ein Laserstrahl, und Moms Fahrigkeit brachte ihn aus dem Konzept. Anfangs versuchte ich zu vermitteln, aber die beiden brauchten mich nicht, und so beobachtete ich ihren Umgang miteinander mittlerweile nur noch schweigend und fasziniert.

Ich erhob mich von meinem Hocker und lief auf dem Parkett hin und her, während Mom weiterquasselte. Randy hatte ein Gewürzregal innen an die Speisekammertür gehängt. Ich öffnete sie und bewunderte den Glanz des Regals. Ich drehte und wendete die Gläschen mit Zimt, Petersilie und Estragon so, dass die Etiketten alle gleich ausgerichtet waren. Ich benutzte übrigens nie Gewürze; wir aßen meist Fertiggerichte, was ich nicht schlimm fand. Als ich mir darüber klar wurde, was ich hier machte, drehte ich das Gläschen mit dem Paprikapulver absichtlich mit dem Etikett nach hinten. *Na also – ich bin doch nicht zwangsgestört.*

»Hast du vor, bis zur Entbindung zu arbeiten?«, fragte Mom. »Ich meine, ich habe gerade angefangen, dich als Karrieristin zu sehen, und ich weiß doch, wie wichtig es dir ist, alles geplant und im Griff zu haben. Mir scheint, dass du dir da doch eine ziemlich unangenehme Überraschung eingebrockt hast.«

Sie hatte mal wieder in ihrem Wörterbuch geschmökert; seit sie ihre kleine »Stadtgespräch«-Kolumne schrieb, hatte sie die nervtötende Angewohnheit angenommen, Ausdrücke zu verwenden, die sie als besonders gewählt empfand, wobei sie diese dann meist auch noch falsch oder unpassend einsetzte. Ein Wort wie »Karrieristin« wäre ihr in all den Jahren, die ich zu Hause lebte, nie über die Lippen gekommen. Wahrscheinlich musste ich mich darauf gefasst machen, dass sie mir als Nächstes empfehlen würde, die »Synergieeffekte« zu nutzen. Ich spielte mit dem Gedanken, das Gespräch auf Dad zu bringen, was die einzig wirksame Art war, ihren Redefluss zu stoppen. Aber das wäre ein billiger Schachzug gewesen, für den ich mir zu gut war, auch wenn Mom da wesentlich weniger Skrupel hatte. »Wir wollten eigentlich auch noch warten, Mom. Aber die Pille ist nur zu neunundneunzig Prozent sicher, und nun bin ich wohl eine der Ausnahmen, die die Regel bestätigen.«

Aus dem Nachbarzimmer hörte ich die leise Stimme meines Mannes: »Es wurde Zeit. Es wurde auch Zeit für unser Kind.«

Mom meinte nur halb im Scherz: »Na ja, du könntest die Ortho-Cyclin-Leute verklagen. Diese pharmazeutischen Gesellschaften sind immer zu einem Vergleich bereit, sie tun alles, um den Imageschaden eines Prozesses zu vermeiden.«

»Ja klar, Mom, eine verheiratete Frau, die ein Kind empfängt, wäre wirklich ein schrecklicher Imageschaden.« Jetzt erst registrierte ich den Kommentar meines Mannes und schaute um die Ecke. Randy saß gemütlich in seinem Ledersessel, einem der Luxusgegenstände, die er sich nach seiner letzten Bonuszahlung genehmigt hatte. Ich dachte, er würde mir durch energische Blicke bedeuten, das Gespräch zu beenden, bevor er völlig entnervt war von dem Teil des Dialogs, den er mitbekam. Das war schon öfter vorgekommen. Doch er hatte das Gesicht hinter einer Zeitung vergraben, und zwar nicht der Lokalzeitung, sondern einer Ausgabe der *Chicago Tribune*. Mit einem Mal war ich wie erstarrt und mein Kopf war ein einziges Chaos. Letzte Woche war Randy geschäftlich in Chicago gewesen, und als ich die schmutzige Wäsche aus seinem Koffer holte, hatte ich eben diese Zeitungsausgabe entdeckt. Auf der Frontseite des Zeitungsteils, den er gerade las, prangte eine Schlagzeile über ein schreckliches Verbrechen: FAMILIE IN CALUMET CITY NIEDERGEMETZELT, ÜBERLEBENDER HIELT SICH IN GÄSTEZIMMER VERSTECKT. Der Artikel war mir ins Auge gefallen, als ich seinen Koffer durchsuchte, und ich erinnerte mich schaudernd an die Einzelheiten, die ich gelesen hatte. Bei einem Überfall auf ein Einfamilienhaus in einer Vorstadtsiedlung waren Vater, Mutter und Tochter getötet worden. Die Zeitung spekulierte, das Verbrechen könne das Werk eines »Ritualmörders« sein, da die Leichen auf eine nicht näher bezeichnete Weise verstümmelt worden seien. Das jüngste Kind der Familie, ein Junge, dessen Name die Zeitung verschwieg, da er minderjährig war, hatte im Gästezimmer versteckt überlebt. Zunächst war er mit einem Schock ins Krankenhaus gebracht, inzwischen aber der Obhut von Verwandten übergeben worden. Das Ganze war unvorstellbar.

Jetzt sah ich die Überschrift zum zweiten Mal und mir fiel auf, dass mein Mann diese Zeitung, die inzwischen eine Woche alt war und aus einer fremden Stadt stammte, aufgehoben hatte. Ich fragte mich, warum er die Zeitung, die er wahrscheinlich beim Abflug oder der Ankunft im Flughafen mitgenommen hatte, nun noch einmal las.

Mir war, als ob etwas aus der Tiefe meines Bewusstseins aufstieg und etwas in mir in Bewegung geriet. Doch dann sank es, massig und schwer, wieder in die Dunkelheit zurück und verschwand lautlos.

»Hast du Randy erzählt, dass sie dich befördern wollen?«, fragte Mom.

Shaw Associates wollte mich zur Chefin der gesamten Marketingabteilung machen, was für jemand, der noch keine zehn Jahre dort arbeitete, vor allem, wenn es sich dabei auch noch um eine Frau handelte, ein unerhörter Karrieresprung war. Nachdem ich ein paar wichtige Projekte an Land gezogen und der Gesellschaft ein paar schöne Gewinne beschert hatte, hatte ich jene unsichtbare Hürde, die Frauen am Aufstieg hinderte, überwunden. Es war zwar nur eine kleine Werbeagentur mit rund dreißig Angestellten und ein paar freiberuflichen Vertretern, doch meine Karriere war genau auf dem richtigen Weg. Randy hatte ich von dieser Beförderung noch nichts erzählt. Das Angebot hatte ich erst letzte Woche bekommen, und da stand der Termin bei meinem Arzt schon im Raum.

»Ich weiß, dass du nicht willst, dass ich in deine Fußstapfen trete«, erklärte ich meiner Mutter. »Aber von jetzt an müssen meine eigenen Interessen ein Stück weit zurücktreten.«

»Es gibt sehr viele Frauen, die Vollzeit arbeiten und trotzdem gute Mütter sind. Natürlich bin ich der Meinung, dass ich meine Sache mit dir gut gemacht habe, aber ich hätte nebenher auch noch einen Achtstundentag bewältigen können.«

»Das weiß ich, Mom.« Ich hatte keine Lust mehr auf weitere Vorhaltungen und war plötzlich unglaublich erschöpft. Total kaputt. Damals machte mir ihr Geschwätz enorm viel zu schaffen, wie übrigens auch einige andere Dinge. Mein Geduldsfaden war kurz vorm Reißen, obwohl scheinbar nichts ihn besonders strapaziert hatte. Ich trat zum Fenster und sah nach hinten in den Garten hinaus. Sehr groß war er nicht, aber doch eine entschiedene Verbesserung gegenüber dem briefmarkengroßen Gartenschnipsel unseres ersten Hauses. Für den Rasen hatte Randy einen Aufsitzmäher gekauft. Zwei Eichenschösslinge würden in einem Jahrzehnt oder so vielleicht schon ganz stattlich aussehen, doch im Moment reichte ihr Schatten nur knapp über das Vogelbad aus Zement hinaus. Ganz hinten im Garten (vor dem grauen Lattenzaun) stand Randys Gartenhaus. In unserem alten Haus hatte er unten im nicht ausgebauten Keller einen Raum gehabt, den er sein »Männerzimmer« nannte und den ich auf keinen Fall betreten durfte. Vielleicht hatte er dort mit Hanteln trainiert oder online gezockt oder was auch immer. Ich hatte ihn nur einige wenige Male gefragt, was er da ganz alleine trieb, und als ich ihn wegen seiner unbestimmten Antworten aufgezogen hatte, war er ausgeflippt und hatte gemeint, dass gerade jemand wie er, der berufsbedingt einen großen Teil seiner Zeit mit Menschen verbringen müsse, die ihm nicht unbedingt sympathisch seien, mit denen er aber klarkommen müsse, dringend seinen persönlichen Freiraum brauche. Also fragte ich nicht mehr weiter, und jetzt hatte Randy das Gartenhaus, das er, wie er mir stolz erklärte, in einen richtig zufriedenstellenden Fitnessraum verwandelt habe. Es war der typische Gartengeräteschuppen Marke Fertigbau, drei mal drei Meter groß, und ich beneidete Randy weder um den Schuppen, noch interessierte es mich die Bohne, was er da draußen trieb. Das sagte ich ihm auch.

Trotzdem sicherte er die Tür mit einem Vorhängeschloss.

»Wir haben das schon vor der Hochzeit so besprochen«, sagte ich in den Hörer. »Randy hat immer gesagt, er möchte, dass ich zu Hause bleibe und die Kinder erziehe, und es gibt inzwischen eine ganze Reihe von Studien, die bestätigen, dass du und Dad es genau richtig gemacht habt. Einen besseren Start in ein glückliches, erfolgreiches Leben kann man einem Kind nicht geben.« Ich hörte mich an wie ein Lehrbuch. »Außerdem ist es ja nur für ein paar Jahre. Sobald das Kind in die Schule geht, fange ich wieder an zu arbeiten.«

»Es sei denn, ihr kriegt noch eins.«

Zu diesem Thema hatte ich eine klare Meinung, doch plötzlich spürte ich, dass jemand hinter mir stand. Als ich mich umdrehte, stand Randy mit verschränkten Armen am Küchentresen und winkte spöttisch.

»Mom, ich muss los. Randy lässt dich grüßen.«

»Also, ich freue mich wirklich sehr für euch beide. Du weißt ja, dass ich es kaum erwarten kann, dieses Kind nach Strich und Faden zu verwöhnen, und genau das werde ich viele Jahre lang tun. Davon könnt ihr mich unmöglich abbringen.« Sie versuchte, nett zu sein, und obwohl mich das noch mehr anstrengte, entlockte es mir nun auch endlich ein aufrichtiges Lächeln. Ich sagte, ich hätte sie lieb, und legte auf.

Randy breitete die Arme aus und winkte mich zu sich. »Komm zu mir, Mama.«

Ich wusste, wie viel ihm unser Kind bedeutete. Seine eigene Kindheit war ein absolutes Desaster gewesen; nach allem, was ich seinen knappen Erklärungen entnommen hatte, war seine leibliche Mutter eine Alkoholikerin gewesen, die ihn schon als ganz kleines Kind im Stich gelassen hatte. Er war in verschiedenen Pflegefamilien und Heimen aufgewachsen, bis er mit sechzehn endlich allein leben durfte. Bis er ein Stipendium für die Uni erhielt, hatte er sich mit miesen Jobs über Wasser gehalten. Als ich daran dachte, überkam mich wieder einmal ein vertrautes, quälendes Schuldgefühl, weil ich eben so genervt auf meine Mutter reagiert hatte, obwohl sie doch immer alles für mich getan hatte. Auch wenn ihre Liebe zu mir durch ihren Zorn auf meinen Vater manchmal beeinträchtigt wurde, hatten meine Eltern mich doch niemals im Stich gelassen.

Ich ließ mich also von Randy umarmen und drückte ihn fest an mich. Ich versuchte das zarte Leben zu spüren, das da in mir heranwuchs und das Randy und ich gemeinsam geschaffen hatten.

Draußen zankten sich ein paar Blauhäher um das Vogelbad. Aus irgendeinem Grund musste ich plötzlich an die Renaults denken, die Familie, deren Ermordung vor drei Jahren solches Aufsehen erregt hatte. Das Verbrechen war niemals aufgeklärt worden. Warum störte das eigentlich keinen? Warum verlangten die Leute nicht, dass der Täter zur Rechenschaft gezogen und bestraft wurde?

Plötzlich zog sich etwas in meinem Bauch zusammen, heftig und – obwohl ich mir das sicherlich nur einbildete – fast so, als wäre da schon etwas mit einem eigenständigen Empfindungsvermögen. Ich wusste, dass Randy und ich von nun an achtsamer mit dem umgehen mussten, was wir hatten, mit unserem Leben, unserem Geld, einfach mit allem. Es war total wichtig, dass wir auf der Hut waren und nicht so taten, als wüssten wir nicht, welche Gefahren da draußen in der Welt auf uns lauerten.

Ich fuhr Randy durchs Haar. Er führte mich nach oben in die Abendkühle des Hauses, weit weg von den Fenstern und der bedrohlichen Außenwelt.

9. Kapitel

Jennifer McLean, die mich für den Fernsehsender Channel 11 interviewte, war nett und höflich zu mir, bis sie etwa nach der Hälfte des Interviews anfing, mich zu demontieren. Bis zu diesem Moment hatte ich das Gefühl gehabt, dass alles gut lief.

Die Rowes hatten mich zwei Tage lang auf das Interview vorbereitet, indem sie mir die Art Fragen stellten, die zu erwarten waren. Wir sprachen meine Antworten durch, sodass sie weder zu defensiv noch unehrlich klangen. In ihren Augen war es ein unabdingbarer erster Schritt zur Wiederherstellung meines guten Rufes, dass ich mich endlich öffentlich zu all den Anschuldigungen gegen mich äußerte. Für die Fernsehaufnahme überließen die Rowes mir den Wintergarten ihres Farmhauses, das eine Dreiviertelstunde von meiner Wohnung entfernt in den Hügeln östlich von Raleigh lag. In mein eigenes Haus hätte ich niemals einen Kameramann gelassen. Noch hatten die Medienleute mein Haus nicht belagert, vermutlich warteten sie noch ab, ob die Story genug Interesse erregte, ob die Einschaltquoten stiegen und die Leute die Websites öfter anklickten ... oder wie auch immer die Medien das öffentliche Interesse an einer Sache maßen. Ich wollte auf keinen Fall, dass

Hayden mit den Medienleuten zu tun bekam. Deswegen setzten wir das Interview für Montagnachmittag während seiner Schulzeit an.

Duane und Carolyn arrangierten alles für mich. Ich fühlte mich tief in ihrer Schuld und war beunruhigt, weil ich so schnell von ihnen abhängig geworden war. Ich konnte wirklich mit ihnen über das reden, was mir zugestoßen war, und ich hatte gar nicht gewusst, wie sehr ich das brauchte.

Die Fernsehfrau und ihre Mannschaft kamen gegen Mittag an und brauchten eine Stunde, um ihre Ausrüstung zwischen Carolyns großen Topfpalmen und blühenden Kakteen aufzubauen, wobei das raffinierte System aus Bewässerungsvorrichtungen und Strahlern vor den Glaswänden des Wintergartens ihnen das Ganze nicht leicht machte. Carolyn nannte diese verglaste Terrasse ihr »Florida-Zimmer«. Zu jedem anderen Zeitpunkt hätte das üppige Grün, das von Carolyns grünem Daumen zeugte, mich schwer beeindruckt, aber jemand vom Kamerateam fragte mich, ob ich nicht ein Make-up wünsche, und als ich die Rowes mit fragend erhobenen Augenbrauen ansah, meinte Duane: »Vielleicht ein bisschen Rouge. Im Scheinwerferlicht wirkt man immer blasser.« Taktvoller hätte man kaum ausdrücken können, dass ich wie ein Gespenst aussah.

Ich hörte, wie jemand von den Kameraleuten Jennifer McLean fragte, ob die Rowes meine PR-Berater oder meine Anwälte seien. »Sie sind Privatdetektive«, antwortete McLean geringschätzig. »Und ich wüsste selbst ganz gerne, warum sie hier mitmischen.«

Da waren wir schon zu zweit.

Dann mussten wir uns einander gegenüber an den

gläsernen Terrassentisch setzen, eine Kamera hinter McLean und die andere hinter mich, damit man genau sehen konnte, was sich in unseren Mienen abspielte. McLean begann mit einer knappen Zusammenfassung der bisherigen Ereignisse. Diesen Teil des Interviews hätte sie auch schon vorher aufzeichnen können, aber vermutlich wollte sie sehen, wie ich reagierte. Die Rowes hatten mit dieser Einleitung gerechnet, und so gelang es mir, einen vollkommen neutralen Gesichtsausdruck beizubehalten, als McLean begann: »Randall Roberts Mosley, in der Presse auch als der ›Schielaugenmörder‹ bekannt, weil er die Augen seiner Opfer verstümmelte, hat über mehr als ein Jahrzehnt in einem Gebiet von der Westküste bis zum Mittleren Westen Furcht und Schrecken verbreitet. Er wurde für zwölf Morde verurteilt, die in den Jahren von 1988 bis 2000 begangen wurden. Vielleicht waren es aber auch wesentlich mehr. Mosley wurde schließlich in seinem eigenen Haus in El Ray, Kalifornien, festgenommen, was zum Teil auch den Informationen zu verdanken war, die seine Frau, die vier Jahre mit ihm verheiratet gewesen war, der Polizei übermittelt hatte. Mosley wurde im Jahr 2001 zum Tode verurteilt und wartet seitdem in einer kalifornischen Todeszelle auf seine Hinrichtung.

Wie in den Nachrichten von Channel 5 letzte Woche berichtet wurde, lebt Mosleys Ex-Frau seit sechs Jahren hier in der Triangle-Gegend, wo sie einer geregelten Arbeit nachgeht und den Sohn des Mörders großzieht, der zum Zeitpunkt der Verhaftung seines Vaters erst ein halbes Jahr alt war. Nina Mosley hat mit amtlicher Erlaubnis einen neuen Namen angenommen und alle Verbindungen zu ihrem früheren Leben gekappt. Ihre

Identität wurde kürzlich von Charles Pritchett aufgedeckt, dem Vater der von Mosley ermordeten Carrie Pritchett.«

Jetzt wandte sie sich von der Kamera ab und lächelte mich an. Ich kannte sie schon seit Jahren aus dem Fernsehen und wusste, dass sie mit ihrem ernsthaften Auftreten, ihrer wachen Intelligenz und den sanft gerundeten, vor der Kamera glühenden Wangen engagiert und professionell wirken würde.

»Im Verlauf meines Interviews mit Mr Pritchett habe ich ihn gefragt, warum er jemanden, der sein Leben nach einer schrecklichen Katastrophe wieder in geregelte Bahnen gelenkt hat, wie jeder andere von uns das auch versucht hätte, nun nach all diesen Jahren ins Licht der Öffentlichkeit gezerrt hat. Was für ein Motiv steckt Ihrer Meinung nach dahinter?«

Ich atmete tief durch. Auf diese Frage war ich vorbereitet, aber meine Antwort war trotzdem ehrlich und mein feierlicher, ernsthafter Tonfall nicht aufgesetzt. »Ich weiß, wie sehr Mr Pritchett und alle anderen Angehörigen der Opfer gelitten haben, und ich empfinde tiefes Mitgefühl für sie. Ich bete jeden Tag für sie. In meinem Leben vergeht keine Stunde, ohne dass ich mir wünsche, ich hätte das schreckliche Schicksal ihrer geliebten Angehörigen verhindern können. Aber Randy hat mich genauso getäuscht wie alle anderen, mit denen er in jenen Jahren Kontakt hatte, von seinen Arbeitskollegen bis zu den Mitgliedern unserer Kirche. Keiner hegte den geringsten Verdacht gegen ihn.«

»Mr Pritchett hat darauf hingewiesen, dass einige der in Ihrem gemeinsamen Haus gefundenen gefälschten Dokumente für Sie bestimmt waren.« Sie lächelte mich freundlich an, zum Zeichen, dass sie mir nicht schaden, sondern nur ihrer Verpflichtung nachkommen wollte, die Argumente beider Seiten anzuführen. »Es handelte sich wohl um mehrere Führerscheine verschiedener Bundesstaaten und einige Reisepässe, die alle mit Ihrem Foto versehen, aber auf einen falschen Namen ausgestellt waren. Außerdem wurden an zwei Schauplätzen der Morde Spuren Ihrer DNA gefunden.«

»Das ist richtig. Aber wie der Staatsanwalt den Geschworenen schon während der Verhandlung erklärt hat, tragen Menschen, die zusammenleben, ständig Spuren der DNA ihres Partners mit sich herum; im gegebenen Fall hingen vermutlich einige Haare von mir an den Kleidern meines Mannes. Vielleicht kamen sie von seinem Anzug oder vom Sitz unseres Familienwagens und sind dann entweder absichtlich oder versehentlich am Ort des Verbrechens zurückgelassen worden.«

»Und die gefälschten Papiere?«

Ich bemühte mich, nachdenklich auszusehen. »Darüber habe ich mir schon oft den Kopf zerbrochen. Ich weiß nicht, was in Randys Kopf vor sich ging, und auch von den Psychiatern, die ihn später befragten, konnten viele sich nicht über ihn schlüssig werden. Sie kamen nie zu einer einheitlichen Meinung darüber, ob er nun ein Soziopath war, eine Psychose hatte oder alles nur vortäuschte. Jedenfalls weiß man von Serienmördern, dass sie oft von komplexen Fantasien zu ihren Taten getrieben werden, die meist wenig oder gar keine Beziehung zur Realität haben. Randy könnte sich zum Beispiel ausgemalt haben, dass er mich – wenn man ihm denn auf die Schliche gekommen war – zwingen könnte, mit ihm zu fliehen, vielleicht sogar mit unserem Sohn als

Druckmittel. Doch was auch immer er sich ausgedacht hat, es ist anders gekommen. Als mir klar wurde, dass da etwas nicht stimmte, habe ich die Behörden informiert. Sobald ich mir sicher war, habe ich sie gerufen.«

McLean nickte. Ich spürte, dass ich gut war, und als ich zu den Rowes hinüberblickte, hielten beide anerkennend den Daumen nach oben.

Dann fragte die Interviewerin: »Erinnern Sie sich an einen Mann namens Lane Dockery?«

Einen Moment lang war mein Kopf vollkommen leer. Natürlich erinnerte ich mich an den Namen, aber ich hatte nicht damit gerechnet, ihn in diesem Zusammenhang zu hören. Duane Rowe runzelte die Stirn. »Sie meinen den Autor, der über wahre Verbrechen schreibt?«

Sie nickte. »Ursprünglich hätte er gern ein Buch über Randys Fall verfasst, nicht wahr?«

»Da war er nicht der Einzige.« Lane Dockery und noch so ein anderer Auftragsschreiber, Ronald Sowieso. Ich konnte mich daran erinnern, dass Ronalds Bücher sich bei weitem nicht so gut verkauften wie die von Dockery. »Ich habe den beiden gesagt, dass ich keinerlei Interesse habe, da mitzuwirken. Es war auch etwas Geld im Spiel, aber ich habe abgelehnt.«

»Wären Sie überrascht zu hören, dass Mr Dockery sich den Fall in jüngster Zeit noch einmal vorgenommen haben soll, um die Arbeit, die er während des Prozesses angefangen hat, nun zu Ende zu bringen? Und dass seine Familie ihn vor sechs Wochen offiziell als vermisst meldete?«

Ich merkte, wie meine Gesichtszüge mir entglitten, und spürte, wie die Kamera sich an mich heranzoomte.

»Ich hatte nicht die geringste Ahnung«, stotterte ich, und obwohl das absolut stimmte, sah ich McLeans Blick an, dass ich irgendwie reingelegt worden war. »Warum hat er das Thema denn nach all diesen Jahren wieder ausgegraben?«, fragte ich mich laut.

Carolyn rückte in mein Sichtfeld und signalisierte mir mit einer heftigen Kopfbewegung, dass ich sofort den Mund halten solle.

»Ich weiß es nicht«, erwiderte McLean. »Wir sind selbst erst kürzlich bei den Recherchen für dieses Interview auf diese Information gestoßen. Wir haben Mr Pritchett angerufen und uns erkundigt, ob Dockery Kontakt zu ihm aufgenommen hätte, doch er hat es verneint. Mr Pritchett hat vermutet, es könnte vielleicht irgendwelche neuen Erkenntnisse geben, die Mr Dockerys Interesse an dem Fall wieder entfacht hätten.«

Ich riss mich zusammen. »Ich habe nicht die geringste Ahnung, worum es sich da handeln könnte.«

McLean schürzte die Lippen. »Vielleicht hat Mr Dockery Sie ja ebenfalls aufgespürt. Seiner Familie zufolge wird nach ihm gesucht, doch seit mehreren Wochen hat keiner mehr etwas von ihm gehört.«

Es war offensichtlich, dass sie versuchte, mich zu provozieren, und so nickte ich nur.

Sie beendete das Interview mit der Frage, wie mein Sohn mit dem Medieninteresse fertig werde. »Wir haben einiges darüber gelernt, wer unsere wirklichen Freunde sind. Aber wenn möglich, würde ich Hayden hier lieber ganz außen vor lassen.«

McLean war einverstanden. Die Kameraleute schalteten die Geräte aus und bauten die Ausrüstung ab. McLean streckte die Hand aus und tätschelte meinen

Arm. Sie sagte, sie habe selbst eine kleine Tochter und werde die letzte Frage wegschneiden.

»Dockery«, stieß Duane zwischen den Zähnen hervor. Die Fernsehleute waren gegangen, und nun saßen wir nur noch zu dritt zwischen den Terracotta-Kübeln und den von oben herabhängenden, rasiermesserdünnen Blättern. Er sah seine Frau an. »Wir müssen der Sache nachgehen«, sagte er und wandte sich dann wieder mir zu. »Er hat also nicht versucht, Sie zu erreichen?«

»Ich hab schon seit Jahren nicht mehr an ihn gedacht.« Ich war inzwischen so scharf auf eine Zigarette, dass ich mit dem Gedanken spielte, mir ein gerolltes Palmblatt anzustecken. »Ich muss jetzt los. Ich muss zu Hause sein, wenn mein Sohn aus der Schule kommt.«

Carolyn war deprimiert. »Wenn Sie einverstanden sind, schaue ich dieses Wochenende mal bei Ihnen vorbei und lade Sie auf einen Drink ein. Ich verspreche auch, dass ich gute Laune mitbringe und dass wir kein Wort über diesen Mist hier verlieren. Wir werden einfach mal ausspannen. Ich bezahle Ihnen sogar den Babysitter.«

Ich musste zugeben, dass sich das gut anhörte, und ich machte den Mund auf, um genau das zu sagen, aber stattdessen erzählte ich den beiden plötzlich von dem Zettel, den Charles Pritchett mir unter den Scheibenwischer gesteckt hatte. Dann berichtete ich von dem Mädchen, das in Tennessee ermordet worden war. Meine Stimme klang brüchig, als ich sagte: »Ich habe wirklich schreckliche Angst. Ich mache mir furchtbare Sorgen um meinen Sohn.«

10. Kapitel

Ich konnte seinen Herzschlag in mir spüren.

Ich lag im Bett, ein Taschenbuch in der einen Hand, die andere flach auf meinen rundlichen Bauch gepresst, und ich spürte, wie dieses winzige, in mir wachsende Leben unaufhörlich pochte, manchmal beunruhigend schnell, meistens aber stetig und gleichmäßig. Es war eine Art Verdoppelung meines eigenen Pulsschlags, und in den letzten sechs Monaten hatte ich mich mehr und mehr daran gewöhnt. Von solchen Erfahrungen hatte ich Schwangere früher reden hören, es war etwas fast unwirklich Schönes, das es neben all den Beschwerlichkeiten wie den geschwollenen Füßen, den Rückenschmerzen und dem ungeduldigen Warten auf die Geburt eben auch gab. Wer das nicht selbst erlebt hatte, konnte es nicht verstehen. Wenn ich Randys Hand auf meinen Bauch legte, damit er spürte, wie das kleine Herz des Ungeborenen ganz schnell unter meiner Haut schlug, gab er zwar die angemessenen naiven Gemeinplätze von sich, doch ich spürte, dass ihm die körperliche Realität des in mir heranwachsenden Kindes irgendwie zu schaffen machte. Manchmal kam es mir sogar fast so vor, als fände er es irgendwie abstoßend. Seine Hand wurde immer feucht, wenn ich sie mir auf den Bauch legte, und er ließ sie nur so lange liegen, wie ich sie festhielt.

Dieses Gefühl des Verbundenseins mit etwas, das sowohl ein Teil von mir war als auch etwas ganz Eigenes, hatte meine anfänglichen Zweifel weggeschwemmt. Manchmal war es fast, als wollte mir vor Freude die Brust zerspringen. Allerdings empfand ich dann oft ganz kurz danach eine sonderbare, mir nicht erklärliche Panik mit Herzrasen und Atemnot. *Nicht gut für das Baby*, dachte ich dann immer und rettete mich in die tiefen, regelmäßigen Atemzüge, die wir im Geburtsvorbereitungskurs übten.

An jenem Abend war ich abgelenkt, zum einen, weil man sich an alles gewöhnt, sogar an das Wunder des neuen Lebens, und zum anderen, weil Randy beim Schlafengehen mehr Lärm als üblich machte. Die Badezimmertür war geschlossen, aber ich hörte, wie das Wasser ins Waschbecken spritzte (hinterher würde der Linoleumboden von all dem Wasser wieder ganz rutschig sein), wie er gurgelte und den Mund zweimal ausspülte, dabei die Seifenschale umstieß und sie fluchend wieder an ihren Platz zurückknallte.

Seit ich nicht mehr arbeitete, hatte mein Tagesablauf sich enorm verändert, und das machte uns beiden zu schaffen. Ich blieb immer länger auf und wanderte die halbe Nacht durchs Haus, worauf ich den Vormittag verschlief. Ich kaufte geradezu zwanghaft ein, meistens Sachen für das Kind, die mir dann oft doch nicht recht gefielen, sodass ich sie häufig wieder umtauschte. Nichts konnte mich zufriedenstellen. Das Kinderzimmer am Ende des Flurs quoll von Spielsachen und Babyüberwachungsgeräten über. Zweimal hatte ich in den letzten zwei Monaten die Wände neu gestrichen, weil ich mich nicht zwischen Hellblau und Meergrün entscheiden konnte. Die Erziehungsratgeber für Kleinkinder, die ich gelesen hatte, vertraten unterschiedliche Auffassungen zu den Farben, die besonders stimulierend auf ein junges, frisches Gemüt wirken sollten.

Durch die Tür hörte ich, wie Randy sich mit der elektrischen Zahnbürste durch den Mund fuhr, zweifellos hatte er sich tief über das Waschbecken gebeugt und sabberte alles mit Schaum voll. Ich habe nie verstanden, warum er beim Zähneputzen nicht einfach den Mund zumachte; ich tat das doch auch. Ganz offensichtlich versuchte er, mich mit seinem Lärm und Geklapper zu einer Reaktion zu provozieren, irgend so eine kindische Strategie, um meine Aufmerksamkeit zu erregen, doch ich steckte gerade tief in Teil drei von Ann Rules *The Stranger Beside Me* – ihr Buch über den Serienmörder Ted Bundy –, und auch wenn es Randy schon gelungen war, mich aus meiner Lektüre herauszureißen, wollte ich ihm nicht die Genugtuung verschaffen, das zu bemerken. Ach ja, die Ehe. Dieser älteste aller Kämpfe, dieser kleinliche Schlagabtausch, der Nacht für Nacht in allen Schlafzimmern der Welt geführt wird und bei dem keiner gewinnt: Es geht weder vor noch zurück, doch keiner gibt auf.

Das Gesicht mit einem Handtuch abtrocknend, kam Randy herein. Ohne von meinem Buch aufzublicken, erinnerte ich ihn daran, das Badezimmerlicht auszuschalten. Er reagierte genervt, so als hätte er es nur versehentlich vergessen, drehte sich dann um, langte mit dem Arm ins Bad und schlug auf den Schalter.

»Nicht so fest«, bemerkte ich, »sonst geht er kaputt.«

Randy antwortete nicht, sondern stieg innerlich brodelnd und leise mit den Zähnen knirschend ins Bett. Umständlich zog er seine Decken zurecht, schüttelte sein Kissen auf und drehte sich noch einmal auf die andere Seite, bevor er schließlich die Hand nach seiner Nachttischlampe ausstreckte und sie ausschaltete. Inzwischen konnte ich mich wirklich nicht mehr auf meine Lektüre konzentrieren und legte das Buch auf meinem Bauch ab, während ich darauf wartete, dass er fertig wurde. Er seufzte tief und theatralisch auf.

»Wenn dich etwas stört«, sagte ich betont geduldig, »solltest du es einfach sagen.«

Er warf sich herum und starrte mich wütend an, doch dann wurde sein Gesicht weicher, und er schüttelte den Kopf. Er versuchte es mit der Miene des gekränkten Kindes, einer Maske, die mir nicht unbekannt war – offensichtlich wollte er etwas von mir. »Tut mir leid, aber dein Tagesablauf macht mich richtig rappelig. Deine Hormone machen mir das Leben ganz schön schwer. In sechs Stunden muss ich aufstehen und zur Arbeit gehen, und du bist noch nicht einmal müde.«

»Dass ich meine Stelle kündige, war deine Idee.«

»Ich wusste nicht, dass du dann nicht mehr schlafen kannst.«

»Liebling, wenn du jetzt schon der Meinung bist, dass du nachts nicht genug Schlaf bekommst, warte erst mal ab, wie es in ein paar Monaten wird, wenn man dreimal pro Nacht aufstehen muss, um dem Baby die Flasche zu geben, es in den Schlaf zu wiegen oder ihm die Windeln zu wechseln. Außerdem hab ich dir ja schon gesagt, dass ich zum Lesen nach unten gehen kann, wenn ich dich hier störe.«

»Aber deine Nähe würde mir fehlen«, sagte er einschmeichelnd. Oder höhnisch, das konnte ich inzwischen nicht mehr unterscheiden. Ich sah ihn ohne ein Lächeln an, und er setzte wieder seine Märtyrermiene auf. Mit den Fingern klopfte er auf das Taschenbuch, das aufgeklappt und mit den Seiten nach unten auf meinem runden Bauch lag. »In letzter Zeit liest du ganz schön viel von diesem Schund hier. Muss ich mir Sorgen machen?«

»Ich habe eine ganze Kiste mit dem Zeugs in deinem alten Büro gefunden.« In den ersten Monaten nach dem Feststellen der Schwangerschaft hatten wir ein paar Wochenenden lang alle Sachen aus Randys »Büro«, das eigentlich eher ein Lagerraum war, ins Gästezimmer im Keller gebracht und das Büro zum Kinderzimmer umfunktioniert. Als ich den Büroschrank ausräumte, entdeckte ich einen großen Karton voll mit diesen Büchern über »wahre Verbrechen«. Es waren zum größten Teil vergilbte Taschenbücher, viele davon secondhand gekauft, deren Preis laut Aufdruck auf dem Buchrücken damals zwischen fünfzig Cent und ein paar Dollar gelegen hatte. Anfangs schien es Randy peinlich zu sein, dass ich sie gefunden hatte, und dann behauptete er, sie alle auf Büchereiflohmärkten gekauft zu haben. Ich hatte noch nie mitgekriegt, dass Randy in Büchereien ging, und ich glaube nicht, dass er überhaupt eine Lesekarte besaß.

Die meisten Bücher handelten von den Gräueltaten verschiedener Serienmörder, von vielen hatte ich schon gehört, während mir andere völlig unbekannt waren. Die Titelbilder, die ziemlich sensationslüstern aufgemacht waren, zeigten meist blutbespritzte Familienfotos oder Polizeifotos der perversen Täter. Fast in allen Büchern waren in der Mitte auf einem Extrabogen Fotos abgebildet: Schulfotos von Männern, die später in Kellerräumen ihre menschlichen Opfer bei lebendigem Leib sezierten, Tatortfotos mit Leichen, die in Straßengräben oder Schlafzimmern lagen, gezielt gerade so weit vergröbert oder retouchiert, dass ihre aufgeilende Wirkung erhalten blieb, aber empfindliche Gemüter nicht allzu sehr verstört wurden. Die Kaufempfehlungen auf den Rückseiten stammten häufiger von Angehörigen der Strafverfolgungsorgane als von Kritikern. Ann Rules Buch handelte von Ted Bundy, doch in dem Bücherkarton fanden sich zum Beispiel auch die inoffiziellen Fallgeschichten des Green River Killers, von John Wayne Gacy und Richard Ramirez. Zwei dieser Bücher hatte Lane Dockery verfasst. Das eine handelte von Jeffrey Dahmer und das andere von einem illegalen Einwanderer, der in der Nähe der Grenze von Arizona als Schwarzfahrer mit dem Zug gereist war und im Verdacht stand, Dutzende von Frauen in kleinen, unbedeutenden Provinzstädtchen auf dem Gewissen zu haben. Ich erinnerte mich vage an die Empörung in den Medien, da einige das Buch als rassistisch verurteilt hatten. Soweit ich das beurteilen konnte, waren die meisten dieser Monster ganz normale, durchschnittliche amerikanische Männer, und alles, was ich vor der Lektüre dieser reißerischen Wälzer über diese Mörder gewusst hatte, hatte ich nebenbei und eher unbewusst über die Medien mitgekriegt.

Aber aus irgendeinem Grund verschlang ich dieses Zeugs nun geradezu. Nach den ersten Schwangerschaftsmonaten hatte ich sechs dieser Bücher von vorn bis hinten durchgelesen. Ich war emotional fix und fertig, was Randy und ich auf die Hormone schoben; es war so einfach, alles damit zu erklären – meine Ängste und meine Besessenheit, die Welt, die mein Sohn nun bald bewohnen würde, in den schrecklichsten Farben auszumalen. (Damals wussten wir schon, dass es ein Sohn würde: Das Ultraschallbild hatte das eindeutig klargemacht, und während Randy aus seiner Freude darüber kein Geheimnis machte, muss ich zugeben, dass ich damals ein klein wenig enttäuscht war.) Ein vages Unbehagen zwang mich dazu, dem Schlimmsten, wozu Menschen fähig waren, ins Auge zu sehen, damit ich mich nicht in falscher Sicherheit wiegte und besser über mein Kind wachen konnte. Dieses Unbehagen entstammte halb verdrängten Erinnerungsfetzen an die Familie Renault, die pausenlos in meinem Unterbewusstsein herumspukten. Es waren Träume, in welchen die Zeitungsfotos von den Ermordeten zum Leben erwachten und mich durch die Korridore des Schlafs verfolgten, um mir etwas zuzuraunen; doch ich kniff die Augen zusammen und RANNTE, so schnell ich konnte.

Randy warf einen Blick auf das Buchcover und zuckte die Achseln. Dann gab er mir die gleiche Erklärung wie damals, als ich die Kiste gefunden hatte: »Ich hatte damals so eine Phase.«

»Das kann ich gut verstehen«, antwortete ich mit ehrlicher Begeisterung. »Das Zeug ist wie Junkfood. Es macht richtig süchtig. Dabei habe ich von den meisten Fällen vorher noch nie gehört.«

Er drehte sich wieder zur anderen Seite. »Na ja, pass jedenfalls auf. Junkfood macht die Zähne kaputt, und dieser Schund hier hat auch seine Nebenwirkungen. Wie wär's, wenn du eine Pause einlegst und zur Abwechslung mal ein paar typische Frauenromane liest?«

»Hättest du es lieber, wenn ich besitzergreifend und überkandidelt wäre?«

Leise glucksend ließ er sich meinen Einwand durch den Kopf gehen. »Ich möchte nur nicht, dass du wieder Albträume kriegst. Wenn du irgendwann doch einnickst, schläfst du in letzter Zeit ziemlich unruhig. Kürzlich erst hast du mich um halb fünf Uhr früh aufgeweckt. Du hast irgendwas geschrien, was ich nicht verstehen konnte. Ich hab dich geweckt, aber daran kannst du dich bestimmt nicht mehr erinnern, oder?«

Ich schauderte. Der Gedanke, dass ich wach gewesen war, ohne mir dessen bewusst zu sein, war mir fürchterlich unangenehm. Aber er hatte recht, ich konnte mich überhaupt nicht daran erinnern. Natürlich konnte er sich das auch ausgedacht haben, aber warum sollte er? Als Argument gegen meine Lektürevorlieben? Schon möglich, aber ich hatte so ein komisches Gefühl im Bauch, dass er mich nicht anschwindelte, sondern dass ich tatsächlich wach gewesen war und mit ihm geredet hatte, ohne mich im Geringsten daran erinnern zu können. Dieser Verlust an Selbstkontrolle machte mir schreckliche Angst; es war, als ob man bis zur Besinnungslosigkeit trinkt oder unter Narkose steht.

Ich blickte auf mein Buch und markierte die Seite, die ich gerade las, mit einem Eselsohr. Dann legte ich es zusammengeklappt auf den Nachttisch.

Randy gab mir einen flüchtigen Gutenachtkuss. Nachdem ich das Licht ausgeschaltet hatte, lag ich im Dunkeln und spürte dem klopfenden zweiten Herzen in mir nach. Ich dachte an Ted Bundy, der neben der jungen Ms Rule am Hörer einer Anti-Selbstmord-Hotline gesessen hatte. Ob er da mit dem Gedanken gespielt hatte, sie zu ermorden? Hatte er auch nur einen Moment lang daran gedacht, dass sein geheimes Treiben für sie der Startschuss zu einer erfolgreichen Karriere werden könnte? Wie diese Psychopathen doch die Menschen beschäftigten, die mit ihnen zu tun hatten, wie sie sie nicht mehr losließen, auch wenn sie selbst oder ihre Angehörigen nicht ihre Opfer wurden. Das letzte Buch aus Randys Karton hatte den Titel *Black Dahlia Avenger*, und es war von einem Autor verfasst worden, der zu der Überzeugung gelangt war, dass sein Vater ein Serienmörder sein musste. Unvorstellbar: der eigene Vater. Ich schauderte, wie ich da im Bett lag, und fragte mich zum tausendsten Mal: *Wie schaffen diese Mörder es nur, unerkannt zu bleiben?* Wie gelang es ihnen, ein offensichtlich normales Leben zu führen, dass selbst die, die ihnen am nächsten standen, nichts ahnten?

11. Kapitel

<1>

Der stellvertretende Schulleiter von Haydens Schule rief mich zu Hause an. Am Telefon schaffte Thomas Beasley es, einigermaßen ernst und würdevoll zu klingen, obwohl ich von unseren wenigen persönlichen Begegnungen wusste, dass er ein ziemliches Leichtgewicht war. Gut, dass die ältesten Kinder, mit denen er fertig werden musste, Fünftklässler waren; gegenüber Teenagern hätte er sich niemals behaupten können.

Aber ein Anruf während der Schulzeit war immer ein schlechtes Zeichen.

»Ms Wren«, sagte er. »Hayden hatte heute eine Rauferei mit anderen Kindern. Wir müssen mit Ihnen darüber reden. Können Sie es einrichten herzukommen?«

»Hayden hat seit der Einschulung niemals Ärger gemacht«, sagte ich, wütend und voller Abwehr. Das stimmte und Beasley musste es wissen. Hayden war immer ein braver Schüler gewesen, und ich konnte mir nicht vorstellen, dass er je die Fäuste gegen ein anderes Kind erhoben hatte, ohne dass dieses ihn vorher massiv provoziert hatte und er sich nicht mehr anders hatte helfen können. »Die müssen ihn provoziert haben.«

»Ich würde die Einzelheiten gerne in einem persönlichen Gespräch mit Ihnen erörtern. Hayden ist jetzt hier bei mir im Büro, sodass Sie seine Darstellung hören werden. Wann können Sie kommen?«

Ich schminkte mich schnell etwas, vor allem um die dunklen Ringe unter meinen Augen abzudecken, band mein Haar zusammen und fuhr die zehn Minuten zum Cary Elementary Learning Center. Es war nicht die teuerste Privatschule in unserer Gegend, bei weitem nicht, aber doch eine Nummer besser als die für uns zuständige öffentliche Schule, die aufgrund irgendeiner verqueren amtlichen Bezirkseinteilung auf der anderen Seite der Stadt lag, sodass Hayden jeden Morgen zwanzig Minuten mit dem Bus hätte fahren müssen. Auch das Schulgelände war hier freundlicher als bei den meisten städtischen Schulen, dank des jährlichen Schulgeldes. Um den zentralen Verwaltungsbau waren beige und graubraune Gebäude mit Steinputzfassaden gruppiert. Links und rechts lagen die Klassenzimmertrakte, während eine moderne Turnhalle und eine Aula den rückwärtigen Teil der Anlage bildeten. Am Eingang wurde ich von einem Sicherheitsmann nach meinem Namen gefragt. Ich erklärte, dass ich erwartet werde, doch er ließ mich warten und rief im Sekretariat an. Ich begriff, dass diese kleine Show nur dazu bestimmt war, mir vor Augen zu führen, wie sicher mein Kind auf dem Schulgelände aufgehoben war, aber ich war absolut nicht in der Stimmung, ihm die erwartete Anerkennung dafür zu zollen.

Im Verwaltungsgebäude sah ich durch die Glaswände auf die Dame am Empfang und ein paar Lehrer, die sich im Hauptbüro aufhielten. Ein Junge, der so aussah, als wäre er überall lieber als hier, saß ganz allein im Wartebereich und baumelte nervös mit den Beinen. Ich trat vor und meldete mich am Empfang an. Als ich meinen Namen nannte, sah die Dame mich einen Moment länger als nötig an, mit einem dieser Blicke, die mich seit einer Woche ständig trafen, wenn ich das Haus verließ: *Habe ich Sie nicht kürzlich im Fernsehen gesehen? Ach ja …* »Einen Moment noch, bitte«, bat sie. »Der Schulleiter ist gleich für Sie da.«

Der Schulleiter selbst war so oft auf irgendwelchen Konferenzen oder in bezirksinternen Gremien unterwegs, dass viele Eltern gar nicht so recht wussten, ob es ihn wirklich gab. Wenn überhaupt etwas zu regeln war, hatten wir fast immer mit Thomas Beasley zu tun, der in seiner Rolle als stellvertretender Schulleiter von Disziplinarfragen über die Organisation von Elternsprechtagen bis zur Erstellung des Speiseplans in der Cafeteria anscheinend so ziemlich alles zu erledigen hatte, was überhaupt anfallen konnte. Ich hatte oft Mitgefühl, wenn nicht sogar richtiges Mitleid mit ihm empfunden; doch im Moment spürte ich nichts dergleichen. Im Gegenteil, als kurz darauf die Tür zu seinem Büro aufging, hatte ich ein paar gepfefferte Worte für ihn parat. Doch zunächst kam nicht Beasley heraus, sondern eine komplette Kleinfamilie: Mutter, Vater und Kind. Sobald ich das Kind erkannte, das eilig von seinem Vater vorbeigeführt wurde, zog sich mir der Magen zusammen; das Gesicht des Jungen war hinter einer Hand voll blutiger Papierhandtücher verborgen, doch diesen roten Lockenschopf kannte jeder, der hier ein Kind an der Schule hatte. Obwohl ich nie persönlich mit den Hales zu tun gehabt hatte, kannte ich ihren schlechten Ruf, und so bestärkte mich das nur noch in meiner Gewissheit, dass mein Sohn sich bei diesem Streit zu Recht gewehrt hatte. Das höhnische Grinsen hinter diesen Papierhandtüchern kam von dem einzigen echten Teufelsbraten, der die Korridore dieser Schule unsicher machte. Seit Beginn des Schuljahrs im August hatte man Ashton Hale schon dabei erwischt, wie er Pornos auf die Computer der Schulbibliothek lud (jawohl, wir sprechen hier von einem Siebenjährigen) und auf dem Schulparkplatz ein Feuerwerk aus Krachern und Raketen abfackelte. Er hatte schon mehr als einen Lehrer dazu gebracht, darüber nachzudenken, ob er nicht den falschen Beruf gewählt hatte.

Andrew Hale, sein Vater, ein schlaffer, blasser Typ, war leitender Angestellter in einem der Unternehmen des Research Triangle Park und einer von diesen Computerfreaks, die seit zwanzig Jahren an vorderster Front mit Netzwerksystemen arbeiteten und dabei unversehens mit dem Arsch in einem kleinen Vermögen gelandet waren. Er sah mich kaum an, als er an mir vorbeihastete. Sein Sohn allerdings, der mich hinter den Papierhandtüchern hervor anfeixte, machte eine fiese Bemerkung. Zum Glück verstand ich sein Genuschel nicht, denn in der Stimmung, in der ich war, hätte ich ihm nur zu gerne eine verpasst. So hielt ich mich an der Mutter schadlos, Jerri, dem Prototyp einer gestylten Kleinstadtmutter, die offensichtlich außer sich war und ihren Mann barsch vorausschickte. »Ihr beiden wartet im Wagen«, kommandierte sie und straffte die Schultern. »Ich möchte noch ein Wörtchen mit Leigh … ach was, mit Nina reden. Ich komme nach.«

»Hallo, Jerri.«

Beasley lehnte sich aus seiner Tür, er wirkte nervös und bemühte sich offensichtlich, Mrs Hale daran zu hindern, eine ähnliche Szene zu machen, wie er sie wohl eben in seinem Büro erlebt hatte. Er sah aus, als wäre er gerade aus der Achterbahn gestiegen. »Mrs Hale«, begann er, »ich werde jetzt mit Ms Wren sprechen, und dann …«

»Wir sind hier sofort fertig, einen Moment.« Jerri warf ihm einen mörderischen Blick über die Schulter zu.

Beasley zog sich seufzend in sein Büro zurück, ließ aber die Tür offen.

»Die Gesundheitspflegerin der Schule hat gesagt, dass die Wunde meines Sohns genäht werden muss«, verkündete Jerri mit zusammengepressten Lippen. Wahrscheinlich musste sie ihren Mann nur zwei Sekunden so ansehen und er war vollkommen eingeschüchtert, doch ich war gegen diesen Blick immun.

»Das tut mir leid«, antwortete ich, um Selbstbeherrschung bemüht, denn am liebsten hätte ich ihr gleich hier im Wartezimmer die Visage poliert. Ich malte mir aus, wie schlimm es für Hayden gewesen sein musste, in Beasleys Büro zu sitzen, während diese Frau explodierte. »Aber ich bin mir sicher, dass Hayden nur in Notwehr gehandelt haben kann.«

Ihr plötzliches Auflachen klang mehr wie ein Würgereflex. »Was bilden Sie sich ein! Ich habe schon mit meinem Anwalt gesprochen, und wenn die Schule nicht sofort angemessene Maßnahmen ergreift, wird er die Dinge in die Hand nehmen. Ihr Sohn hätte Ashton ernsthaft verletzen können. Das ist kein Scherz, Ms …«

Sie warf die Hände hoch. »Ich weiß noch nicht einmal, wie ich Sie nennen soll! Vielleicht sollten Sie besser eine andere Schule für Hayden suchen, bis er dieses ganze, dieses ... Trauma bewältigt hat, dem er ausgesetzt wurde.«

Als wenn ich Hayden traumatisiert hätte.

»Das reicht«, erwiderte ich beinahe flüsternd. Ich trat einen Schritt vor, so nah, dass ich ihr Parfüm riechen konnte. Meine Güte – manche Leute kauften aber auch wirklich alles, wenn es nur in einem smarten, postmodernistischen Fläschchen daherkam. »Was hier wirklich passiert ist, werde ich gleich von Mr Beasley erfahren, der vermutlich wesentlich mehr über das weiß, was zwischen unseren Jungs vorgefallen ist, als Sie. Falls Hayden eine Bestrafung verdient hat, werde ich ihn bestrafen, da können Sie ganz beruhigt sein. Aber eines sage ich Ihnen, und das können Sie mir glauben: Sollte ich herausfinden, dass Ashton meinen Sohn provoziert hat, sind Sie diejenige, die bald Post vom Anwalt bekommt.«

Diesmal klang ihr beleidigtes Lachen eindeutig gezwungen, und ich genoss den kleinen Triumph. »Sie widerliches Weibsbild«, war ihr letzter Kommentar, und damit stöckelte sie wütend davon, so als müsste sie die Schule eiligst verlassen, bevor sie vor Zorn platzte.

So also gingen die Eltern des einundzwanzigsten Jahrhunderts mit den Raufereien ihrer Jungs um: Sie bedrohten einander mit Strafverfahren.

Beasleys Büro stand voller Aktenschränke und Topfpflanzen. An den Wänden hingen Universitätsdiplome, daneben ein Foto Beasleys als Footballtrainer, womit er anscheinend früher einmal seinen Lebensunterhalt verdient hatte. Neben Hayden saß eine Frau, der ich bisher noch nie begegnet war. Hayden wich meinem Blick aus. Ich betrachtete ihn, konnte aber keine Prellungen oder offenen Wunden an ihm entdecken. Die unbekannte Frau stand auf und stellte sich mir mit ausgestreckter Hand als Rachel Dutton vor. Ich ergriff ihre Hand und versuchte zu ergründen, warum sie wohl hier war: eine füllige Frau im Hosenanzug, die seltsam entwaffnend wirkte. Sie strahlte etwas Beruhigendes aus, als wäre sie eine Strafverteidigerin, die die Aufgabe hat, die Sache auch aus meiner Perspektive zu sehen. Und das war, wie ich richtig vermutet hatte, auch ihre Rolle. Sie hatte bemerkenswert schöne, strahlend grüne mandelförmige Augen, die mich klug und einfühlsam ansahen. Ihr kurz geschnittenes, braunes Haar schien diese Ausstrahlung von Ruhe und Intelligenz noch zu unterstreichen.

Ich setzte mich auf den Platz, den sie frei gemacht hatte, direkt neben Hayden, und hob sein Kinn an. Er starrte mich trotzig an. »Ist schon gut«, sagte ich. »Ich steh auf deiner Seite.« Dann sah ich zu den beiden Erwachsenen auf: »Also, was ist passiert?«

Beasley hantierte umständlich mit einem Stapel Unterlagen auf seinem Schreibtisch, warf mir widerstrebend einen kurzen, lüsternen Blick zu und antwortete: »Mr Drake, der die Klasse in der vierten Stunde unterrichtet, berichtete, dass einige der Jungs im Korridor auf dem Weg zum Computerraum einander anrempelten. Daraus entwickelte sich eine Rauferei, in der Hayden offensichtlich Sieger blieb. Was Ashton abbekommen hat, haben Sie gerade gesehen. Einer der anderen Jungen hat ein geschwollenes Ohr von einem Fausthieb, aber die Gesundheitspflegerin sagte, es sei nichts Ernstes.«

Ich legte meinem Sohn den Arm um die Schultern, doch er wand sich und starrte an Beasley vorbei aus dem Fenster. »Haben sie dich beschimpft, Schatz?«

Rachel Dutton, die sich mit ihrem tröstlich fülligen Hinterteil gegen Beasleys Schreibtisch gelehnt hatte, räusperte sich und sagte: »Ms Wren, die Fernsehnachrichten über Ihre Familiengeschichte sind hier seit einigen Tagen Gesprächsthema Nr. 1. Mir ist vollkommen klar, dass weder Sie noch Hayden etwas dafür können, aber die Leute zerreißen sich nun einmal gerne das Maul. Und insbesondere Kinder. Dennoch muss Hayden lernen, dass er sich beherrschen muss und niemanden schlagen darf.«

»Sie haben dich beschimpft«, sagte Hayden rasch, warf mir einen kurzen Blick zu und sah dann wieder aus dem Fenster. »Sie haben gesagt, du gehörst ins Gefängnis, genau wie Dad. Ashton hat dich Schla…, er hat dich beschimpft.«

»Hayden, du darfst nicht auf Leute wie Ashton hören«, sagte ich. Ich sah Beasley und Dutton an. »Warum ist der Lehrer nicht rechtzeitig eingeschritten? Und warum wird Ashton nicht bestraft?«

»Mr Drake ist offensichtlich erst auf die Rauferei aufmerksam geworden, als diese schon voll im Gange war«, antwortete Beasley. »Und, nun ja, die Sache ist die, Ms Wren, normalerweise würden wir einfach den beteiligten Jungen sagen, dass sie sich gegenseitig entschuldigen und sich wieder vertragen sollen. Aber nun hat Ashton leider eine ziemlich üble Platzwunde an der Lippe abbekommen, und ich muss disziplinarisch eingreifen.«

Ich schüttelte schon den Kopf, bevor er mit seinem

Satz fertig war. »O nein, das müssen Sie absolut nicht. Es sei denn, Sie greifen auch gegen den Hale-Burschen und die anderen Kinder, die meinen Sohn beschimpft haben, ›disziplinarisch ein‹. Mir ist klar, dass Hayden zugeschlagen hat, aber nach allem, was die anderen ihm an den Kopf geworfen haben, können Sie die doch nicht allen Ernstes ungeschoren davonkommen lassen.«

»Tja, da steht sein Wort gegen das der anderen, und leider waren die anderen zu mehreren.«

»Was, es waren noch mehr als zwei?«

Beasley seufzte. »Unseres Wissens waren mindestens fünf Jungen an der Auseinandersetzung beteiligt.«

Ich lachte bitter. »Die haben sich zu fünft gegen meinen Sohn zusammengetan, und trotzdem ist er derjenige, der bestraft wird?«

Beasley warf Hayden ganz kurz einen bewundernden Blick zu. »Na ja, er ist dabei unverletzt geblieben.«

Unverletzt, dachte ich. Mir wollte der Kragen platzen, doch in diesem Moment griff Rachel Dutton besänftigend ein.

»Ms Wren, Thomas und ich haben diese Frage schon vor Ihrem Eintreffen erörtert, und ich glaube, dass wir eine annehmbare Lösung gefunden haben. Wir schlagen vor, Hayden in den nächsten zwei Wochen nach der Schule hierzubehalten. Offiziell werden wir das Nachsitzen nennen, aber nur so können wir einen befristeten Schulverweis vermeiden. Hayden würde keine Schulstunden versäumen und könnte die Zeit nach der Schule in meinem Unterrichtszimmer verbringen. Er könnte dort seine Hausaufgaben machen.«

Beasleys Erleichterung war unübersehbar. »Rachel hat Erfahrung mit Problemkindern. Sie behält öfter

Kinder nach der Schule zurück ...« Er sah mein Gesicht und meinte beschwichtigend: »Nicht dass Hayden ein Problemkind wäre. Aber wir sind der Meinung, dass er Mühe hat, mit den derzeitigen Konflikten fertig zu werden, und dass ein bisschen zusätzliche Aufmerksamkeit ihm guttun könnte.«

»Außerdem wären Sie dann die Sorge los, dass Jerri Hale ihren Anwalt einschaltet.«

Er zuckte die Schultern. »Mrs Hale würde nicht nur uns das Leben schwer machen, Ms Wren. Ich denke, im Moment wären juristische Verwicklungen so ziemlich das Letzte, was Sie gebrauchen können.«

In diesem Moment hätte ich fast die Beherrschung verloren. Am liebsten hätte ich die säuberlich gestapelten Unterlagen von Beasleys Schreibtisch gefegt, die Aktenschränke umgetreten und den Kaffeebecher mit dem North-Carolina-Aufdruck auf der Glatze dieses kleinen Bürohengsts zertrümmert ... doch Rachel Dutton, die genau zu spüren schien, was da in mir hochkochte, sah mich einfach an, und ihr freundlicher, verständnisvoller Gesichtsausdruck nahm mir den Wind aus den Segeln. Ich schluckte und strich Hayden mit der Hand durchs Haar.

»Na, wie klingt das für dich, du Boxweltmeister? Ich könnte dich dann hier abholen, und du bräuchtest ein paar Wochen lang nicht mehr mit dem Bus zu fahren.«

Er zuckte kläglich die Schultern. »Die hören doch trotzdem nicht auf mit den Schimpfwörtern. Nur passen sie nächstes Mal auf, dass es keiner mitbekommt.«

Beasley beugte sich über seinen Schreibtisch vor. »Mein Junge, ich verspreche dir, soweit ich hier noch irgendeinen Einfluss habe, dass die anderen Kinder dich von jetzt an in Ruhe lassen. Ich werde jeden von ihnen hier in mein Büro zitieren und mich einmal sehr ernsthaft mit ihnen über ihr Benehmen unterhalten. Aber jetzt brauchen wir erst einmal dein Versprechen, dass du nächstes Mal einem Lehrer Bescheid gibst, statt gleich loszuschlagen. Okay?«

Hayden zuckte die Schultern. »Liebling ...«, begann ich. Da sagte er: »Okay.«

Damit war alles so weit geklärt. Es läutete und lautes Stimmengewirr erfüllte den Korridor, als wir das Schulgebäude verließen. Es war drei Uhr nachmittags, am Straßenrand warteten schon die Busse mit laufendem Motor und in der Luft lag jenes typische Gemisch aus Abgasen und Rost. Als wir im Auto saßen, sagte ich: »Du darfst dir nichts aus dem machen, was sie sagen. Sonst wirst du nie wieder Ruhe haben.«

»Ich werd sowieso nie wieder Ruhe haben, Mom.«

<2>

Als am Abend die Zehn-Uhr-Nachrichten kamen, war ich emotional dermaßen fertig, dass ich es nicht einmal mehr schaffte, mich über Jennifer McLean aufzuregen. Das Interview war vorüber, bevor ich überhaupt richtig mitbekam, was ich gesagt und wie ich gewirkt hatte. Und eigentlich war mir das auch scheißegal; ich wollte einfach nur, dass das alles endlich aufhörte und wir wieder in das unauffällige, brave kleine Leben zurückschlüpfen konnten, das ich uns in den Jahren nach Randys Verurteilung so mühsam aufgebaut hatte. Ich wollte, dass Hayden wieder Freunde hatte, so wie früher, und dass er wieder glaubte, sein Vater sei einfach nur ein Versager, der nicht der Mühe wert war, dass man sich groß über ihn den Kopf zerbrach.

Das war unmöglich und ich wusste es. Aber in gewisser Weise war ich auch erleichtert darüber, dass die Wahrheit endlich ans Tageslicht gekommen war; wenigstens musste ich mich jetzt nicht mehr vor dem Tag fürchten, an dem Hayden alles herausfinden würde. Die Stunde der Wahrheit war gekommen und wieder vergangen, und jetzt ging es darum, mit ihren Konsequenzen leben zu lernen.

Carolyn Rowe rief unmittelbar nach den Nachrichten an. »So schlimm, wie Sie dachten, war es doch gar nicht, oder?«, meinte sie mit einer gezwungenen Munterkeit, die absolut nicht zu ihr passte.

»Bei der Dockery-Frage hat sie mich total manipuliert. Plötzlich sah es so aus, als hätte ich was mit seinem Verschwinden zu tun. Ich habe so gewirkt, als hätte ich was zu verbergen.«

»Aber Sie haben nichts zu verbergen. Und Sie sind als anständiger Mensch rübergekommen, als eine Frau, die einfach nur wieder ein normales Leben führen will, so wie früher. Damit können sich mehr Leute identifizieren, als Sie denken.«

»Mit so was sollte eine Privatdetektivin sich wohl auskennen.«

Sie lachte. »Das bringt mich zum Grund meines Anrufs zurück. Ich werde die Stadt einige Tage verlassen, um ein paar offene Fragen zu klären. Anfang nächster Woche dürfte ich wieder zurück sein, und dann sollten wir uns treffen, wenn es Ihnen recht ist. Vielleicht wäre es eine gute Idee, wenn Sie ebenfalls mit Ihrem Sohn mal ein paar Tage wegfahren und sich was am Meer suchen. Um diese Jahreszeit ist dort bestimmt nicht viel los.«

Der Vorschlag klang gut, und ich versprach ihr, ihn mir durch den Kopf gehen zu lassen. Aber nachdem ich aufgelegt hatte, stellte ich mir die Meilen von leerem, gelblich weißem Sandstrand und die stahlgraue Färbung des Meers im Winterlicht vor. Wenn ich mich einsam und verlassen fühlen wollte, konnte ich ebenso gut zu Hause bleiben und mir die Hotelrechnung sparen. Vor meinem Schlafzimmerfenster lag eine endlose Batterie immergleicher Häuser: Fertigbauhäuser für Menschen mit vorgefertigten Meinungen, deren Urteil über mich nach dem Interview genauso berechenbar war wie die Farbgebung ihrer Küchen.

12. Kapitel

»Wir dürften ein paar Dinge gefunden haben, die Ihnen helfen könnten, Pritchett loszuwerden«, sagte Duane.

Wir saßen in einem Champs-Restaurant und sahen auf die Promenade hinaus, die mitten durch die Southpoint Mall verlief. An diesem frühen Nachmittag unter der Woche waren nur wenige Passanten unterwegs. Die meisten Leute, die man draußen sah, waren Verkäufer oder Verkäuferinnen, die vor den Geschäften saßen und rauchten oder in ihr Handy sprachen. Ein Jogger, der an seinem iPod herumfummelte, lief vorbei. Die Rowes waren zu mir nach Hause gekommen, hatten einen kurzen Blick auf mich geworfen und dann klipp und klar gesagt, ich müsse erst einmal nach draußen, um frische Luft zu schnappen. Übers Wochenende war ich natürlich nicht ans Meer gefahren, hatte auch keinen Fuß aus dem Haus gesetzt, sondern mit meinem Sohn Kinderfilme auf DVD angesehen. Wir hatten beide nicht viel geredet, und ich hatte mir die ganze Zeit vorzumachen versucht, dass die Tage nicht trostlos waren, aber trotzdem war ich erleichtert, als Hayden montags wieder zur Schule musste.

Aber wie es halt so ist: Kaum war er in den Bus gestiegen, fehlte er mir.

Carolyn Rowe sah genauso elend aus, wie ich mich fühlte. Unter den Augen hatte sie dunkle Ringe und ihr Mund wirkte angespannt. Das blondierte Haar war achtlos zu einem Knoten zusammengebunden, und lose Strähnen standen in alle Richtungen ab; sie wirkte erschöpft und ausgepowert. Zum ersten Mal hatte ich den Eindruck, dass sie älter aussah als ich.

Ich faltete eine der dicken Stoffservietten auseinander, nahm Messer und Gabel heraus und faltete die Serviette wieder zusammen. Beide Rowes beobachteten mich. »Okay«, sagte ich. »Was wissen Sie über ihn?«

Duane schien sich zu freuen. »Immer nur ran«, sagte er, holte einen Laptop aus seiner Schultertasche und fuhr ihn hoch. Der Kellner kam und nahm unsere Bestellungen auf. Duane tippte etwas ins Notebook und drehte das Gerät so, dass ich den Bildschirm sehen konnte. Er scrollte am Polizeifoto eines hünenhaften Mannes mit rasiertem Schädel vorbei, der eines jener Gesichter hatte, in dem es zwischen Kinnspalte und gefurchter Stirn kaum genug Platz für Augen, Nase und Mund gab. Der Mann starrte böse in die Kamera. Es folgten seitenweise Daten, die in eine Standardvorlage eingegeben worden waren.

Carolyn lächelte mich an und fragte: »Haben Sie jemals ein Vorstrafenregister gesehen?«

Ich schüttelte den Kopf.

»Das hier ist nur eine Zusammenfassung. Um die ausführliche Version herunterzuladen, würden wir eine halbe Ewigkeit brauchen.«

Duane ließ das Formular stehen und klickte ein anderes Fenster an. Diesmal tauchte ein Dokument auf, in dem es kein Foto gab. Auch dieses war mehrere Seiten lang. Duane scrollte sich durch den Text hindurch, bis er auf Randys Namen stieß. Am unteren Rand der Seite standen ein Datum – der zurückliegende Samstag – und zwei weitere Namen. Der eine davon war Carolyns.

»Wer ist Alfred Odom?«, fragte ich, nachdem ich den Namen mühsam entziffert hatte. Ich blickte zu Carolyn auf. »Und wo sind Sie eigentlich gewesen?«

»In San Quentin. Al Odom ist der Mann, dessen Vorstrafenregister Sie gerade gesehen haben. Er sitzt wegen eines vor neun Jahren begangenen Mordes an einem Kaufhauswächter in der Todeszelle, und in den letzten Tagen habe ich zweimal mit ihm gesprochen. Er hat den Mittelsmann gemacht und das Honorar für den von Charles Pritchett gedungenen Killer weitergeleitet. Odom hat einen Mitgefangenen namens Lars Lindholm dafür bezahlt, dass er Randy im Gefängnis ermordet.«

»Oh.« Der Name Lindholm war mir nur noch ganz schwach in Erinnerung – dabei war er Randys dreizehntes Opfer gewesen. Jener Mann, der bei dem Versuch, Randy zu ermorden, ums Leben gekommen war. Damals hatte ich die Medienberichte kaum verfolgt und außer der Zusammenfassung in den Spätnachrichten, die mich zu jener unglückseligen Lüge gegenüber meinem Sohn veranlasste, hatte ich nichts von dem Vorfall mitbekommen. »Haben Sie im Gefängnis auch mit Randy gesprochen?«

»Ich habe um ein Treffen gebeten, aber er hat abgelehnt.« Carolyn beobachtete meine Miene aufmerksam. »Ich weiß, dass ich Sie vorher hätte fragen sollen, aber ich wollte nicht, dass Sie deswegen unter Druck geraten. Und nachdem er die Begegnung mit mir abgelehnt hatte, konnte ich ohnehin nicht mehr viel tun. Ich habe keinen Beweis dafür, dass er in irgendwelche neuen Verbrechen verwickelt ist, und so kann ich mich nicht darauf berufen, ein berechtigtes Interesse an spezifischen Nachforschungen zu haben. Aber ich hatte erwartet, dass er sich vielleicht über die Abwechslung freuen würde – wie lange ist er jetzt schon im Todestrakt? Seit sechs Jahren? Die Todeskandidaten leben von den normalen Strafgefangenen getrennt und haben nicht oft Gelegenheit zu einem Schwätzchen. Aber vielleicht war ihm gerüchteweise zu Ohren gekommen, dass ich mit Odom geredet habe. Im Knast verbreiten sich Neuigkeiten ziemlich schnell.«

Ich sah aus dem Fenster. Ein Sicherheitsmann lehnte an der Wand von Barnes & Noble und starrte einer jungen Verkäuferin nach. »Haben Sie keine Angst, sich an einen solchen Ort zu begeben?«, fragte ich Carolyn. »Und haben Sie keine Angst um Ihre Frau?«, fragte ich Duane.

»Schreckliche Angst«, antwortete Carolyn.

»Das ist auch der einzige Grund, aus dem ich sie gehen lasse«, erklärte Duane. »Ihr ist klar, dass sie vorsichtig sein muss. Al Odom hat seine Bezahlung nicht direkt von Pritchett erhalten, aber er war derjenige, der Lindholm den Auftrag erteilt hat. Lindholm, der zwei halbwüchsige Mädchen erwürgt hatte, wartete auf seine Hinrichtung; so gesehen hat Randy dieses eine Mal immerhin etwas Gutes getan. Das Honorar für den Auftrag wurde noch einem anderen Mittelsmann übergeben – einem Gefängniswärter –, bevor es bei Odom ankam. Odom ist zur Aussage bereit; im Wesentlichen, weil er glaubt, dadurch dem Gefängniswärter Scherereien machen zu können. Anscheinend haben die beiden sich inzwischen verkracht.«

Carolyn ergriff wieder das Wort. »Jeder Mittelsmann hat für sich selbst ein Drittel des Honorars abgezweigt, was Lindholm aber nicht wusste. Er war der Meinung, mehr als fünfzig Prozent zu bekommen. Es war also eine typische Gefängnisabrechnung. Mit dem Gefängniswärter habe ich nicht gesprochen, und das dürfte auch nicht nötig sein. Vermutlich reicht es, Pritchett zu erzählen, was wir jetzt wissen, damit er Sie in Ruhe lässt.«

»Was, wenn dieser Odom das alles erfunden hat?«, fragte ich.

Duane zuckte die Schultern. »Ich bin mir trotzdem ziemlich sicher, dass diese Geschichte reichen würde, um Pritchett von der Bildfläche verschwinden zu lassen. Immerhin würde sie Pritchett in ein schiefes Licht rücken. Und obwohl ich auch das nicht beweisen kann, glaube ich, dass er die ganze Aktion mit Firmengeld finanziert hat. Genau der von Odom als Honorar genannte Betrag taucht im selben Quartal in Pritchetts Buchführung auf, und zwar als Anschaffungspreis für einige fahrbare Gefriergerate, die dann angeblich leider nicht funktionierten. Glauben Sie mir, er hat dieses hübsche Sümmchen einfach abgeschrieben.«

»So viele Informationen in nur fünf Tagen?«, fragte ich.

Carolyn zuckte mit gespielter Bescheidenheit die Schultern: »Wir sind eben sehr gut.«

Duane runzelte die Stirn. »Vor Gericht hätte nichts davon Bestand. So weit wollen wir es keinesfalls kommen lassen, wenn Sie verstehen, was ich meine.«

Ich verstand sehr genau. Duane war offensichtlich

ein ziemlich guter Hacker, und Gott weiß, was Carolyn sich für eine Geschichte ausgedacht hatte, um Zugang zum Hochsicherheitstrakt zu erhalten. Als ich sie danach fragte, meinte sie, sie habe die ganze Zeit mit offenen Karten gespielt; den Weg zu Odom habe ihr der Gefängnisdirektor selbst gewiesen. Er habe Odom verdächtigt, in den Mordversuch an Randy verwickelt gewesen zu sein, es aber nie beweisen können.

»Außerdem hat Randy ihm mehr als genug Probleme bereitet – Prügeleien mit Mitgefangenen und Wärtern, die Randy mehrfach Isolationshaft eintrugen. Und noch etwas anderes hat er erwähnt, das Sie meiner Meinung nach wissen sollten.« Sie sah Duane mit fragend erhobenen Augenbrauen an, und er nickte ihr zustimmend zu. »Der Direktor verdächtigt Randy, mit jemandem außerhalb des Gefängnisses eine illegale Beziehung zu unterhalten; abgesehen vom Briefverkehr mit seinen Anwälten wird seine gesamte Post gelesen, und anscheinend ist man da auf einige verstörende Inhalte gestoßen. Der Direktor hat mir keinen der Briefe gezeigt; wie er sagte, darf er die Gefangenenpost ohne eine besondere Vollmacht weder beschlagnahmen noch kopieren, doch das, was er mir aus den Briefen berichtet hat, ist recht bestürzend, gerade auch im Hinblick auf Pritchett und Lane Dockery. Randys Briefpartner heißt ›CB Taylor‹. Sagt Ihnen das etwas?«

»Nein«, antwortete ich achselzuckend.

»Die Adresse ist ein Postfach. Um die Identität des Briefpartners festzustellen, wäre wiederum eine besondere Vollmacht nötig, die ohne den Beweis, dass ein Verbrechen begangen wurde, nicht zu erhalten ist. Doch anscheinend enthalten die Briefe Hinweise auf

›das Haus des Caterers‹ und ›das Haus des Schriftstellers‹. Insbesondere nach dem Anschlag auf Randy hat der Gefängnisdirektor daher den Verdacht, dass etwas Schlimmes geplant sein könnte.«

Beide beobachteten mein Gesicht, während ich über die Sache nachdachte. »Randy hegt also einen Groll gegen Pritchett und Dockery. Wenn man bedenkt, dass der eine ihn ermorden und der andere seine Geschichte ausschlachten wollte, ist das eigentlich nicht weiter überraschend. Randy gehört definitiv zu den Leuten, die man als ausgesprochen nachtragend bezeichnen könnte.« Ich versuchte zu lachen, doch mir entfuhr eher ein ersticktes Keuchen.

»Sie haben keine Ahnung, mit wem er in Kontakt stehen könnte?«, fragte Duane.

Ich schüttelte den Kopf. »Ich habe nicht die geringste Idee. Aber es gibt doch massenhaft Spinner, die Leute wie Randy faszinierend finden. Ich meine, gibt es nicht sogar Frauen, die mit einem inhaftierten Mörder eine Beziehung eingehen?«

Carolyn nickte zögernd. »So häufig, wie Sie vielleicht meinen, kommt das nicht vor. Aber dennoch sollten wir diese Möglichkeit nicht außer Acht lassen. Die Vorstellung, dass außerhalb der Gefängnismauern jemand für Randy arbeiten könnte, bereitet mir ziemliche Magenschmerzen.«

»Mir fällt wirklich niemand ein, der diesen Job gerne übernehmen würde«, erwiderte ich. Auch wenn der rachsüchtige Teil in *mir* diesem Helfershelfer nach allem, was ich selbst mit Pritchett und Dockery erlebt hatte, durchaus Erfolg wünschte.

Carolyn hatte dem Gefängnisdirektor versprochen,

ihm – das Einverständnis ihrer Klientin vorausgesetzt – alle Informationen weiterzugeben, die sie aufdecken sollte. »Natürlich nur, falls Sie einverstanden sind«, schloss sie.

Ich nickte geistesabwesend und versuchte, mich wieder zu fassen. »Pritchett hat also enorm viel Geld ausgegeben, damit Randy ermordet wird, aber es war ein Schlag ins Wasser. Und danach hat der alte Drecksack sich stattdessen auf meine Fährte gesetzt?«

»Es war nicht nur das Geld«, warf Duane ein. »Odom behauptet, Pritchett habe jahrelang nach einem Insassen gesucht, der diesen Mordauftrag annimmt. Unter den Gefangenen hatte sich das gerüchteweise herumgesprochen, aber so lange ein potenzieller Auftraggeber bei den Gefängnisinsassen nicht ein gewisses Maß an Glaubwürdigkeit besitzt, nimmt niemand einen solchen Auftrag an. Die Gefahr einer Falle ist einfach zu groß. Vermutlich gab es während dieser Zeit der Suche mehrere Gesten des ›guten Willens‹, zu denen auch ein neues Motorrad für den Gefängniswärter und die Übernahme von Anwaltskosten für Odom zählten. Das Ganze muss ziemlich schwierig gewesen sein. Aber um Ihre Frage zu beantworten: Ja. Nach dem misslungenen Mordanschlag auf Randy hat Pritchett die Detektei meines Freundes kontaktiert und versucht, Sie ausfindig zu machen.«

Das Essen kam, und die Rowes machten sich völlig ausgehungert darüber her. Ich stocherte ohne großen Appetit in meinem Salat herum. Seit zwei Jahren war Pritchett hinter mir her. Als er mit seinem ursprünglichen Plan gescheitert war, hatte er beschlossen, nun mir das Leben zur Hölle zu machen.

Carolyn rülpste hinter vorgehaltener Hand und zuckte dann wie ein Teenie die Achseln. Allmählich kehrte die Farbe in ihre Wangen zurück, und ich merkte plötzlich, dass diese Frau ganz in ihrem Element war. Wie sie mir erzählt hatte, war sie ursprünglich Journalistin gewesen, und ich schätze, dass sie auch in dem Job beängstigend gut gewesen war.

»Ich habe mich auf meiner Reise auch ein bisschen um Pritchetts Sippe gekümmert«, erzählte sie jetzt. »Im Familienkreis ist keiner allzu gut auf Sir Charles zu sprechen, und man nimmt dort auch gegenüber Fremden kein Blatt vor den Mund. Anscheinend handelt es sich um Neureiche mit einigen kaputten Ehen im Stammbaum. Carrie und ihr Daddy hatten anscheinend heftige Konflikte miteinander. Unmittelbar am Abend vor dem Mord hatten sie einen riesigen Krach. Der Ex-Mann einer Schwester von Charles erzählte, Charles habe seine Tochter wegen ihres Lebensstils zur Rede gestellt. Sie hatte sich innerhalb von vier Jahren an vier verschiedenen Colleges eingeschrieben. Sie rasselte immer durch die Prüfungen, musste gehen und suchte sich ein neues College mit einem niedrigeren Leistungsanspruch. Zweimal war sie wegen Drogenbesitzes verhaftet worden. Also knöpft Dad sich sein Töchterchen vor und macht ihr klar, dass er ihr den Geldhahn zudreht, wenn sie sich nicht allmählich zusammenreißt. Die meisten Verwandten erzählten, dass Carrie im Umgang mit Geld etwas zu ›sorglos‹ war, wie einer von ihnen es ausdrückte. Es gab einen Riesenkrach. Pritchett schien einfach andere Saiten aufziehen zu wollen, aber Carrie hatte das Gefühl, verstoßen zu werden. Ihre Freundinnen sagen, sie war völlig außer sich und weinte, als Pritchett ihre Wohnung verließ.« Carolyn stockte einen Moment lang, als fiele ihr erst jetzt wieder ein, dass wir über eine ermordete junge Frau sprachen. »Als Pritchett seine Tochter dann das nächste Mal sah, war Randy schon vor ihm da gewesen.«

Alle schwiegen eine Weile. Dann sagte Duane leise: »Ich habe Lane Dockerys Verleger und Agenten kontaktiert und versucht, eine Bestätigung dafür zu bekommen, dass Dockery zum Zeitpunkt seines Verschwindens an einem Buch über Randy arbeitete. Dort wollte man mir nichts sagen. Vermutlich war man der Meinung, ich arbeitete für einen anderen Verlag. Aber ich konnte mit Dockerys Schwester Jeanine reden, die inzwischen vor Sorge fast den Verstand verliert. Sie ist überzeugt, dass ihr Bruder tot ist und es dabei nicht mit rechten Dingen zuging. Es sei so gar nicht seine Art, sich so lange nicht zu melden, erklärte sie. Sie will jetzt die Unterlagen in seinem Büro durchsehen. Sie behauptet, sein Ablagesystem zu kennen, und sobald sie etwas findet, will sie sich bei uns melden.«

Ich hörte ihm nur mit halbem Ohr zu, denn ich dachte an Randy. Manchmal fragte ich mich, wie lange es denn noch dauern sollte, bis sie ihn schließlich hinrichteten. Ich wollte ihn endlich tot wissen und wünschte mir, dass er zu einem Leben nach dem Tod verdammt war, in dem seine Seele in einem Zustand hyperempfindlicher Bewusstheit miterleben musste, wie sie von den Opfern seiner Verbrechen wieder und wieder auseinandergenommen und zerstückelt wurde. Er sollte all dem hilflos ausgeliefert sein und unfähig, seinen quälenden Empfindungen zu entkommen. Ich wünschte ihm diese ewige Bewusstheit ohne jede Hoffnung auf Ruhe und

Sühne, während seine Opfer der Rache niemals müde wurden.

Das wünschte ich mir; mein Herz verlangte danach. Wahrscheinlich war es eine Sünde, darum zu beten, aber dennoch flehte ich innig um Gerechtigkeit in einer anderen Welt. Die kümmerliche Gerechtigkeit, die uns in diesem Leben zuteil wurde, wirkte wie aufs Geratewohl verteilt, anscheinend achtete niemand darauf, wer was verdient hatte.

»In meinen Ohren klingt das so, als glaube Pritchett nicht an Gott«, sagte ich leise, nachdem der Kellner unsere Teller abgeräumt hatte. »Sonst müsste er nicht selbst Gerechtigkeit ausüben.«

»Er hat die Mittel dazu«, erwiderte Duane. »Die meisten Opfer würden dasselbe tun, wenn sie die Möglichkeit dazu hätten.«

»Keiner von den anderen Angehörigen hat so etwas getan«, gab ich zurück. »Alle haben ihr Bestes gegeben, um wieder in ihr Leben zurückzufinden. Glauben Sie mir, ich kenne mich mit Verdrängung ziemlich gut aus. Dieser ganze Rachefeldzug bedeutet nichts anderes, als dass Pritchett schon verloren ist.« Ich sah das Nichtverstehen in ihren Augen und fuhr rasch fort: »Lassen Sie mich das erklären. In den Jahren seit Randys Verhaftung habe ich mich bemüht, mir etwas Neues aufzubauen, was nichts mit Randys Taten zu tun hat und nichts mit dem, was daran eventuell meine Schuld sein könnte. Vielleicht ist es mir nicht ganz gelungen, aber mein Sohn kann es noch immer schaffen. Ich glaube, dass das die Anstrengung wert ist. So, wie Pritchett sich verhält, ist dagegen völlig klar, dass er sein Leben völlig von dem bestimmen lässt, was geschehen ist, dass er es keine Sekunde aus seinem Kopf bekommt. Stellen Sie sich doch vor, wie viel Kraft das kosten muss. Früher oder später muss man dabei zwangsläufig verrückt werden. Wie sehr ich mich auch anstrengen würde, etwas Schlimmeres als das könnte ich ihm unmöglich antun.«

Doch Duane blieb eisern: »Diese Sorte Mensch wird nicht verrückt, Nina. Solche Typen blühen bei so was erst richtig auf. Haben Sie nicht mitbekommen, wie seine eigene Familie sich über ihn äußerte? Der Kerl war schon ein Arschloch, bevor er zum Opfer wurde. Der wüsste doch gar nicht, was er mit sich anfangen sollte, wenn er sich nicht auf ein Feindbild einschießen könnte.«

»Sie sind ein anständiger Mensch«, sagte Carolyn. »Aber er versucht, Ihr Leben kaputt zu machen.«

»Mein Leben kaputt machen, das kann nur ich selbst.«

Die beiden wechselten einen Blick und seufzten. Duane klappte sein Notebook zu.

Ich entschuldigte mich, bedankte mich bei den beiden und bezahlte das Essen.

13. Kapitel

<1>

Es war der 14. August 2000. Ein Samstag. Irgendwann zwischen neun Uhr morgens und ein Uhr mittags wurde im Schutz der heftigen Gewitter, die seit der Nacht über dem Tal niedergingen, ein sechzehnjähriges Mädchen namens Daphne Snyder in einem öffentlichen Park ermordet, der weniger als fünf Minuten von ihrem Zuhause entfernt lag. Für Daphne hätte in der Woche darauf das letzte Jahr auf der Highschool begonnen. Sie hatte Talent zur Graphikerin und hatte den Einband des Jahrgangsbuchs ihrer Klasse gestaltet. Seit der zehnten Klasse ging sie mit demselben Jungen, und nach ihrem Abschluss wollte sie wie er an der University of California studieren. Auf dem Zeitungsfoto waren ihre Augen kobaltblau. Die Leiche wurde erst am späten Nachmittag entdeckt, als man sie in einer öffentlichen Toilette des Parks fand. Es war eines dieser einfachen, schmucklosen kleinen Betonhäuschen mit waldgrünen Dachziegeln, in dessen Holztüren Symbole für die Männer- und Frauentoiletten eingebrannt waren. Daphne wurde von ein paar Mädchen gefunden, die dort heimlich eine hatten rauchen wollen.

Der Park lag am Rande der Hauptverkehrsstraße, auf der Randy jeden Tag zur Arbeit und ich zum Einkaufen fuhr. An jenem Samstag waren zahllose Autofahrer in der Nähe des Tatorts vorbeigefahren, es gab Hunderte von möglichen Zeugen, doch keiner hatte irgendetwas gesehen.

<2>

Seit Haydens Geburt vor einem halben Jahr war Randy fast immer nervös und geistesabwesend gewesen. Jetzt war er derjenige, der mich verrückt machte. Er trommelte ständig mit den Fingern irgendwo herum, zwirbelte an seinen Haaren und kaute Fingernägel; oder er verstummte gänzlich und zog sich vollkommen in sich zurück. Ich musste ihm jedes Wort aus der Nase ziehen, und ich sagte mir, dass er sich vielleicht erst einmal an seine neue Rolle als Familienvater gewöhnen musste, die viel von seiner Zeit und Kraft forderte. Allerdings hatte er kaum Anstalten gemacht, mir dabei zu helfen, unseren Sohn zu füttern, ihm die Windeln zu wechseln und ihn herumzutragen. Mit Ausnahme der ersten drei Wochen, in denen meine Mutter da gewesen war und geholfen hatte, hatte ich so ziemlich alles alleine gemacht.

Inzwischen war ich mir auch darüber klar geworden, dass es nicht die Hormonumstellung war, die mich während meiner Schwangerschaft so unruhig gemacht hatte. Und ich wusste nur zu genau, dass es nicht an einer postnatalen Depression lag, dass ich Hayden wie einen Augapfel hütete. Selbst wenn Randy mehr Interesse an dem Kind gezeigt hätte, hätte ich ihm Hayden nicht gerne anvertraut. Ich wurde die Vorstellung nicht los, dass er das Kind genau in dem Moment im Arm halten könnte, wenn ich zufällig etwas sagte, was ihn ärgerte. Ich sah geradezu vor mir, wie er sich dann umdrehen und Haydens Schädel an der erstbesten scharfen Kante zerschmettern würde. Ich weiß, dass sich das absurd anhört, aber diese Vorstellung ging mir nicht aus dem Kopf.

Gleich als Randy das Neugeborene im Kreißsaal zum ersten Mal in den Arm genommen hatte, hatte ich gespürt, wie ich mich innerlich verkrampfte. Als meine Mutter drei Wochen später wieder abreiste, merkte ich, dass ich Angst davor hatte, mit meinem eigenen Mann allein zu sein. Während Moms Besuch war er uns so weit wie möglich aus dem Weg gegangen. Sie hatte eine Bemerkung nach der anderen gemacht, um ihre Missbilligung auszudrücken: *Warum nimmt er den Kleinen nicht öfter auf den Arm? Warum wirkt er die ganze Zeit so genervt und sauer? Es kommt einem ja so vor, als würde er es kaum ertragen, sein eigenes Kind anzufassen.* Die Entschuldigungen, mit denen ich ihn bei Mom herausredete, wurden zu Ausflüchten für mich selbst.

Am ersten Abend nach ihrer Abreise erwachte ich dann aus einem Nickerchen. Randy saß auf der anderen Seite des Schlafzimmers. Er hielt Hayden im Arm und sah mit einem beinahe drohenden Gesichtsausdruck zu mir herüber, einer Art finsterem Begehren, bei dem es mich eiskalt durchlief. Meine Augenlider waren schwer, und er hatte noch nicht gemerkt, dass ich wach war; ich sah, wie er Hayden etwas zuflüsterte, konnte aber die Worte nicht verstehen. Nur seinen Gesichtsausdruck sah ich, in dem etwas absolut Besitzergreifendes lag, und der mir eher gierig als stolz und eher kämpferisch als väterlich vorkam. Hayden wirkte furchtbar klein und Randys Arme stahlhart und übermächtig; man meinte, er müsse den winzigen Jungen zwangsläufig erdrücken. Ich tat so, als wachte ich jetzt erst auf, gähnte und streckte mich. Randy setzte schnell ein normales Gesicht auf, und auch ich ließ mir nichts anmerken.

<3>

Am Morgen des vierzehnten August verließ Randy das Haus bei Tagesanbruch, ohne vorher zu duschen. Er ging sonst nie aus dem Haus, ohne zu duschen. Den zerknüllten Laken und Decken auf seiner Seite war anzusehen, dass er in der Nacht kaum geschlafen hatte. Er sagte, er müsse ein paar Dinge erledigen, und war aus der Tür, bevor ich ihn fragen konnte, wohin er wollte. Ich hatte quälende Kopfschmerzen und das Gefühl, zu tief geschlafen zu haben. Benommen wie ich war, konnte ich keinen klaren Gedanken fassen. Erst nachdem ich geduscht und zwei Tassen Kaffee getrunken hatte, begann ich mich über seinen plötzlichen Aufbruch zu wundern. Ich stillte Hayden und legte ihn zum Schlafen in sein Bettchen. Beim Hinuntergehen achtete ich darauf, das Babyfon mitzunehmen.

Als ich das Wasserglas, das ich von meinem Nachttisch mitgenommen hatte, in die Geschirrspülmaschine stellen wollte, merkte ich plötzlich, dass ich es ans Licht hielt und prüfend hin und her drehte. Mit einem Mal war mir klar, dass ich nach Rückständen suchte. *Was für Rückstände denn?*, dachte ich. *Würdest du so was über-*

haupt erkennen, wenn es da wäre? Glaubst du wirklich, dass dein Mann versucht, dich zu vergiften? Und wenn du wirklich derart abstoßende Fantasien entwickelst – solltest du dich dann nicht fragen, ob es Zeit ist, zum Psychiater zu gehen?

Randy kehrte am frühen Nachmittag zurück, nicht allzu lange nach dem Mittagessen. Ich hatte ein paar gegrillte Thunfischsandwiches fertig und wollte ihm gerade vorschlagen, er solle sich eines nehmen, als mir auffiel, wie er aussah. Er trug eine dunkelblaue Regenjacke mit Kapuze, doch darunter war er patschnass und das Wasser tropfte nur so auf den Boden der Diele. Man hörte seine nassen Schuhe quietschen, als er wortlos an mir vorbei die Treppe hinaufging.

»Du machst alles dreckig!«, schrie ich. Ich hörte, wie schrill meine Stimme klang, aber es war mir egal. In den letzten fünf Monaten war ich eine ziemliche Xanthippe geworden; das war mein einziger Schutz vor seiner gereizten Gleichgültigkeit.

Keine Antwort. Ich hörte, wie eine Tür zuknallte; dann ging die Dusche an. Aufgebracht hob ich die Hände hoch, doch da ich allein war, ließ ich sie zitternd wieder sinken. Ich ging zur Treppe, um mir die Sauerei anzusehen, und verdammt noch mal, es war noch schlimmer, als ich gedacht hatte. Eine Spur feuchter Grasbüschel, abgerissener Grashalme und nasser Dreckklumpen zog sich die Treppe zum ersten Stock empor. »Randy, verdammt noch mal!«

Außer mir vor Wut stapfte ich die Treppe hinauf, schaute noch kurz bei Hayden herein – er war wach, lag aber still da und betrachtete das Raketenmobile, das sich leise über seinem Bettchen bewegte – und folgte dann der Dreckspur in unser Schlafzimmer. Die Badezimmertür war geschlossen und die Dusche voll aufgedreht. Ich wusste, dass es Ärger geben würde, wenn ich die Tür aufmachte, denn Randy reagierte extrem ungehalten, wenn man in seine ›Privatsphäre‹ eindrang, aber es würde Stunden dauern, die Teppiche wieder sauber zu kriegen, und ich sah einfach rot.

Das Badezimmer war eine einzige Dampfwolke. Randys Kleider lagen in einem dreckigen Haufen auf dem Boden, und noch während er mich hinter dem Duschvorhang hervor anschrie – »Verschwinde, ich bin gleich fertig« –, sah ich, in welchem Zustand sie sich befanden. Die Kleider waren nicht nur voller Schlamm, nein, da war auch Blut. Ich sah große, ausgewaschene Blutflecken auf seiner Jeans und dem Hemd. Wie hypnotisiert hob ich sein Hemd auf, und die wütende Tirade über all den Schmutz blieb mir in der Kehle stecken. Es war ein himmelblaues, leichtes Baumwollhemd mit Buttondown-Kragen, klitschnass und voller Schlamm- und Blutspritzer, die durch die Feuchtigkeit ineinander verliefen. Ich konnte das Blut riechen, diesen ekelhaften, an Kupfer erinnernden Geruch.

Randy riss den Duschvorhang auf und schnappte sich ein Handtuch. Immer noch mit dem Hemd in der Hand trat ich zurück und ließ es dann schnell auf den Boden fallen. Wie ich da in der Badezimmertür stand, zogen Schwaden von Dampf an mir vorbei nach draußen. Randy trocknete sich wütend ab, und ich sah, dass auch das Handtuch rot wurde. Er blutete aus einem langen Riss in der rechten Wange und einem anderen am linken Arm. Er presste sich das Handtuch auf die Wange und sagte leise: »Raus. Ich erzähl dir gleich alles, wenn du mir verdammt noch mal fünf Sekunden Zeit lässt, mich erst abzutrocknen.«

Ich zog mich zurück, und er knallte die Tür hinter mir zu. Benommen ging ich durch den Flur, trat an Haydens Bettchen und schob all die durch meinen Kopf wirbelnden Gedanken beiseite, als ich mich über meinen Sohn beugte und mit ihm schäkerte. Ich redete mir ein, meine Angst sei nur Ausdruck meiner Sorge um Randy. Ich sei beunruhigt, dass mein Mann sich ernstlich verletzt haben könnte.

»Ich war drüben im Baumarkt, und da musste ich mich mit so einem Arschloch prügeln«, erklärte er. Er stand im Flur. Ich wusste nicht, wie viel Zeit vergangen war. Inzwischen trug er T-Shirt und Shorts und hielt eine Lage Papiertaschentücher auf die Wunde am Arm gepresst. Ich trat aus Haydens Zimmer, machte die Tür hinter mir zu und zeigte nach unten. Randy ging voraus und bat mich, Verbandszeug aus dem Flurschränkchen mitzubringen.

Während ich seinen Arm mit Druckpolster und Mullbinde verband, erzählte er, dass die Wichser im Gartenmarkt nicht rechtzeitig Ware nachbestellt hätten, sodass nur noch ein paar Säcke Rindenmulch zu haben gewesen seien (anscheinend war er also mitten im strömenden Regen und ungeduscht aus dem Haus gegangen: um Rindenmulch zu besorgen!), und dann habe dieses andere Arschloch (»Er sah aus wie so ein richtiger Schwanzlutscher von Volvo-Fahrer, du kennst die Sorte«) Randy das Recht nehmen wollen, sich die verbliebenen Säcke zu sichern. Nach einigen gegenseitigen Beschimpfungen sei die Sache eskaliert. »Wir sind mitten im Gartenmarkt aufeinander losgegangen«, sagte Randy und zuckte zusammen, als ich seine Wange mit dem Desinfektionsmittel abtupfte. »Wahrscheinlich war es gut, dass die Verkäufer uns drohten, die Polizei zu rufen, sonst hätte ich ihn nach Strich und Faden verdroschen. So hab ich ihm wohl nur die Nase gebrochen.«

Ich holte Pflasterstreifen aus der Verpackung. »Die Wunde muss vielleicht genäht werden.« Der Riss in der Wange war so tief, dass er nicht aufhörte zu bluten, und mir wurde von dem Anblick ganz flau im Magen. Ich schluckte und reichte Randy das Pflaster. »Mach dir das selber drauf. Wenn du dich nicht besser beherrschen kannst, solltest du vielleicht …«

»Was?« Seine Stimme war jetzt eiskalt, während er die Pflasterstreifen von meinen Fingern zupfte. »Was sollte ich?«

»Ich denke, du solltest Hilfe suchen, vielleicht einmal zu einem Psychotherapeuten gehen.«

Er stand schnaubend auf, trat vor den Spiegel in der Diele und pappte sich das Pflaster über die klaffende Wunde. »Alles, was du sagst, ist so schrecklich berechenbar«, begann er, jedes Wort voller Groll. »Ich gerate in eine Rauferei, die irgendein anderes Arschloch vom Zaun gebrochen hat, ich wehre mich einfach nur meiner Haut, und du gehst automatisch davon aus, dass die Sache meine Schuld war. Ich lass mich nicht von irgendwelchen Wichsern im Gartenmarkt rumschubsen, und ich lass mich auch nicht hier zu Hause von dir runtermachen.«

Ich versuchte, ruhig zu bleiben. »Randy, wir haben jetzt ein Kind. Was, wenn die Polizei kommt? Was, wenn die Leute im Gartenmarkt dein Kennzeichen notiert haben und dich suchen lassen? Was, wenn du eine Anzeige wegen Körperverletzung bekommst?«

»Aber ich hab nicht angefangen!«

»Danach fragt die Polizei nicht immer. Was, wenn sie dich mit aufs Revier nehmen und die Personalabteilung in deiner Firma davon erfährt? Und was, wenn man dort bei der nächsten Entlassungsrunde, wenn das Unternehmen mal wieder verschlankt werden soll und man krampfhaft nach Vorwänden sucht, um die Leute zu feuern, diesen alten Mist wieder ausgräbt? Meinst du nicht, dass du dann als Erster dran wärst? Jetzt, wo mein Einkommen weggefallen ist und wir das Haus und das Kind haben, können wir es uns nicht leisten, dass du arbeitslos oder in irgendein Strafverfahren verwickelt wirst. Mehr will ich dazu nicht sagen.« Flüchtig ging mir durch den Kopf, wie dämlich diese Argumentation war, da ich ja genau wusste, dass seine Story über die Prügelei im Gartenmarkt frei erfunden war.

Aber wenn ich nicht pausenlos redete, würde ich vielleicht anfangen nachzudenken.

Er starrte mich wütend an und holte dann tief Luft. »Was für eine unglaubliche Kacke du da ablässt. Ich geh raus.«

Die Hintertür fiel krachend ins Schloss. Ich beobachtete vom Küchenfenster aus, wie er in sein Gartenhäuschen marschierte. Der Regen hatte etwas nachgelassen, aber während er dort nach seinem Schlüsselbund kramte, wurde er trotzdem nass. Hinter dem Schleier silbriger Regentropfen hatte er den Schlüssel endlich parat und öffnete das Vorhängeschloss. Er drehte sich um und sah zum Haus rüber, und obwohl ich seine Augen nicht sehen konnte, spürte ich, dass er mich bemerkt hatte. Dann verschwand er in dem Häuschen.

Ein paar Minuten darauf ging ich wieder ins Kinderzimmer hoch. Stundenlang, so kam es mir vor, streichelte ich Haydens Wange, strich ihm durch sein zartes Haar und beobachtete, wie er mit den Augen seines Vaters zu mir aufblickte.

<4>

Randy kehrte erst bei Einbruch der Dunkelheit zurück. Wir saßen schweigend im Wohnzimmer und kauten mechanisch auf den Tiefkühlpizzen herum, die ich aufgebacken hatte. Ich bat ihn, die Zweiundzwanzig-Uhr-Nachrichten einzuschalten, da ich wissen wollte, ob eine Wetterbesserung zu erwarten sei; dann würde ich vormittags mit Hayden in den Park gehen, um ein bisschen an die frische Luft zu kommen. Randy hielt sofort dagegen, er wolle ein Baseball-Spiel sehen. Bisher hatte er nie irgendwelches Interesse an diesem Sport gezeigt. Ich hielt das für Trotz und dachte, er wolle mich für die kritischen Bemerkungen bestrafen, die ich gemacht hatte, als ich seine Wunden säuberte. Da mir klar war, dass ich keinen weiteren Streit mehr ertragen konnte, nahm ich einfach meinen Teller, ging nach oben und schaltete den Fernseher in unserem Schlafzimmer ein.

Die Hauptnachricht unseres lokalen Nachrichtensenders war die brutale Ermordung von Daphne Snyder, einer Highschool-Schülerin aus unserer Stadt. Die Polizei hielt sich mit Einzelheiten zurück, doch ich erkannte unseren Park, es war genau der Park, in den ich am nächsten Vormittag mit Hayden hatte gehen wollen. Die Kameras schwenkten an den Schaukeln, dem Klettergerüst und dem Softball-Feld vorbei. Dort standen die Reporter und zeigten hinter sich auf das hässliche, kleine Toilettenhäuschen, in dem die Leiche des Mädchens gefunden worden war. Diese Toilette hatte ich selbst schon benutzt, und ich sah sie im Geist genau vor mir: die schmuddeligen Kacheln, das durch das verdreckte Oberlicht einfallende Licht, in dem man sich wie unter Wasser vorkam, während man versuchte, den Toilettensitz beim Pinkeln so wenig wie möglich zu berühren. Was für ein einsamer Ort zum Sterben. Auf dem Fernsehbildschirm erschien ein Foto aus Daphnes Schuljahrgangsbuch, das im Vorjahr auf der Abschlussfeier geschossen worden war, und ich starrte es an, während der Moderator weitere Informationen über ihr kurzes Leben verlas. Sie war ein hübsches Mädchen gewesen, ihr Haar war für die große Feier gestylt, aber man konnte sehen, dass sie auch mit einem einfachen Pferdeschwanz gut ausgesehen hätte. Sie hatte das Gesicht von jemandem, der gerne in der freien Natur unterwegs ist, und ein freundliches, trauriges Lächeln, das fast den Eindruck erweckte, sie hätte ihr Schicksal schon irgendwie vorausgeahnt. Aber vielleicht war auch nur ihr Freund an jenem Abend betrunken gewesen und hatte sich danebenbenommen. Wie auch immer, ich würde es niemals erfahren.

Ein Onkel stand auf der Veranda ihres Hauses und sprach mit den Reportern. Er sagte, die Eltern des Mädchens seien nicht in der Lage, mit den Reportern zu sprechen, bedankten sich aber für das Mitgefühl und die Gebete der Leute. Als er gefragt wurde, was seiner Meinung nach mit dem Täter geschehen solle, wenn man ihn schnappte, klang seine Stimme plötzlich feindselig. Der Onkel wollte nicht in Einzelheiten gehen, denn »ich bin ein Christ, und Gott wird Gericht über diesen Unmenschen halten«. Seine Stimme brach, und der Sender blendete eine improvisierte Nachrichtenkonferenz auf der Polizeiwache ein. Der Beamte, der den Reportern Rede und Antwort stand, wich der Frage, ob der Mord in Zusammenhang mit anderen Taten zu sehen sei, aus: »Wir haben einen ähnlichen Modus Operandi wie bei einigen anderen Verbrechen der jüngeren Zeit, aber mehr können wir Ihnen im Augenblick leider nicht mitteilen.«

Als ich vom Fernseher aufsah, stand Randy mit verschränkten Armen in der Schlafzimmertür und beobachtete mich. Ich fuhr leicht zusammen, und er wandte sich mir mit einem verständnisvollen Lächeln zu. Sein Blick war wesentlich einfühlsamer, als ich es seit langer Zeit gewohnt war. Sein Tonfall klang freundlich und geduldig. »Nun, wie sieht es aus, ist für morgen Regen angesagt? Ich hatte mir nämlich überlegt, dass ich morgen mal mit Hayden nach draußen gehen könnte, wenn du möchtest. Ich hab mich in letzter Zeit nicht viel um euch gekümmert, und vielleicht hättest du ja gerne mal ein bisschen Zeit für dich.«

»Nein, das ist schon gut. Du solltest zum Arzt gehen …«

Aber er sprach weiter, als hätte ich nicht widersprochen. Vielleicht war er inzwischen so daran gewöhnt, dass ich jeden Widerspruch herunterschluckte, dass er es nicht einmal mehr bemerkte, wenn ich etwas sagte. »Ja, gleich morgen früh geh ich mit ihm nach draußen, dann kannst du ein bisschen länger schlafen. Nachmittags bin ich wieder da, und dann können wir beide miteinander reden. Aber jetzt lass uns erst einmal schlafen.«

Vielleicht schlief er wirklich. Aber ich weiß, dass ich es nicht konnte. Als ich das Gefühl hatte, dass Randys Atem tief und regelmäßig wurde, stand ich auf und ging in Haydens Zimmer. Mein einziger Gedanke war, ihn ins Auto zu setzen und dann mit ihm so schnell wie möglich ganz weit wegzufahren, bevor ich die Polizei anrief. Aber als ich meinen Sohn in den Armen hatte, stand plötzlich Randy im Flur und versperrte mir den Weg. »Ich kann nicht schlafen und schau mir unten eine DVD an«, sagte er. »Möchtest du mitkommen?«

Ich schüttelte den Kopf. Mit Hayden im Arm ging ich ins Schlafzimmer zurück und setzte mich zitternd aufs Bett. Als Randy hochkam und mir ein Glas Wasser brachte, stand er da und behielt mich im Auge, bis ich ausgetrunken hatte. Ich wusste nicht, was ich sonst hätte tun sollen. Ständig musste ich seine mächtigen Arme ansehen und die Sehnen und Adern auf dem Handrücken … Ich trank das Glas aus und kurz danach schlief ich ein. Als Letztes spürte ich noch, wie schlaff meine Arme geworden waren und dass ich Hayden nicht mehr festhalten konnte, als Randy ihn mir sanft entzog.

14. Kapitel

<1>

Als ich am nächsten Morgen schlagartig aufwachte, war es schon helllichter Tag. Es war der erste Tag, an dem Daphne Snyders Familie mit dem Wissen erwachen würde, dass das Mädchen für immer aus ihrem Leben verschwunden war. Ich fuhr stöhnend im Bett hoch, mein Kopf pochte von einem bleiernen Kopfschmerz, der zehnmal schlimmer war als der schlimmste Kater, den ich jemals gehabt hatte. Das Licht, das durch die Vorhänge fiel, blendete mich so, dass ich kaum etwas sehen konnte. Nichts rührte sich im Haus, alles war so still, als ob das Haus vollkommen verlassen wäre.

»O nein«, ächzte ich und hob meine Beine aus dem Bett. Als ich durch den Flur ins Kinderzimmer wankte, musste ich mich an der Wand festhalten. Hayden war nicht da.

Im Erdgeschoss angekommen, war mir so schwindlig und schlecht, dass ich es nur mit Mühe bis zur Spüle schaffte, bevor ich mich übergab. Ich wusste nicht, was Randy mir verabreicht hatte, aber es war stärker als ein normales Beruhigungsmittel. Nachdem ich mich übergeben hatte, ging es mir etwas besser, auch wenn ich weiterhin alles verschwommen sah; die Umrisse der Gegenstände im Raum schimmerten gleißend hell wie Sonnenlicht auf Eis. Als ich mir die Tränen aus den Augen gewischt hatte, entdeckte ich endlich den Zettel, der auf dem Hackbrett lag, und den Gegenstand, mit dem er das Papier beschwert hatte.

Schatz, schrieb er. *Ich bin mit Hayden ein bisschen frische Luft schnappen gegangen und will noch ein paar Sachen erledigen. Heute Nachmittag bin ich wieder da. Ruf mich an, wenn du vorher mit mir reden möchtest. Kuss, Randy.*

Auf dem Zettel lag der Schlüssel zu seinem Gartenhäuschen.

Der Schlüssel war nicht beschriftet und ich weiß nicht, ob ich ihn an Randys Schlüsselbund erkannt hätte. Aber so, wie er da lag, hatte ich nicht den geringsten Zweifel.

Fast hätte ich da schon die Polizei gerufen. Wenn ich es nur getan hätte. Oder besser noch am Vortag, gleich als Randy sich blutbeschmiert und tropfnass die Treppe ins Obergeschoss hinaufgeschleppt hatte. Wenn die Person in der Zentrale abgenommen hätte, hätte ich sagen können: »Ich weiß nicht, ob das irgendwie von Bedeutung für Sie ist, also zum Beispiel, falls gerade hier in der Nähe ein Mädchen umgebracht worden sein sollte oder so, aber …«

Rein praktisch gesehen hätte ich nicht einmal den Notruf wählen müssen, denn wir hatten ja einen Polizisten in unserem Bekanntenkreis: Todd Cline. Er wohnte noch immer in unserem alten Viertel; er war der Mann, der vor ein paar Jahren nach dem Mord an der Familie Renault diese verstörenden Andeutungen gemacht hatte. Wir waren zwar umgezogen, gingen aber immer noch in unsere alte Kirche – wenn auch nicht mehr so oft wie früher –, und dort trafen wir öfter Todd mit seiner Familie. Todd Cline mit dem obligatorischen Polizistenschnurrbart, der mächtigen Brust und seiner freundlichen Art. Todd Cline, der uns erzählt hatte, dass der Mörder Trudi und Dominique Renault sehr hatte leiden lassen und dass er unaussprechliche Dinge mit ihren Augen angestellt habe ... Die Renaults. O Gott, Randy, nein. Nach den Nachrichten hätte ich die Polizei nicht mehr anrufen können, denn da war Randy schon wie ein Leibwächter hinter mir her und ließ mich nicht mehr aus den Augen. Er hätte sicher eingegriffen, wenn er gesehen hätte, wie ich im Adressenverzeichnis unserer Kirchengemeinde verzweifelt nach Todd Clines Telefonnummer gesucht hätte. Aber ich hätte mich wehren können, ich hätte mich weigern können, das Wasser zu trinken, ich hätte ihn mit einem Küchenmesser niederstechen, meinen Sohn packen und heim nach Oregon fahren können ...

Jetzt war es zu spät. Ich nahm den Schlüssel in die Hand, konnte ihn aber nicht festhalten, so taub waren meine Fingerspitzen noch. Es war eine weitere Nachwirkung des – *sag es doch, du weißt es genau, du weißt es ...* des Betäubungsmittels, das mein Mann mir verabreicht hatte. Das Klirren, mit dem der Schlüssel auf den Küchentresen fiel, kam mir in dem leeren Haus unglaublich laut vor. Ich stand so unter Adrenalin, dass schon dieses eine Geräusch mir einen eiskalten Schauder über den Rücken jagte. Ich packte den Schlüssel erneut, ballte die Faust darum und las die Nachricht auf dem Zettel noch einmal durch. Ich öffnete die Faust wieder.

Während mein Magen sich abermals krampfartig zusammenzog, wurde mir plötzlich klar, dass mein Mann zum ersten Mal seit Jahren versuchte, mit mir zu reden. Er versuchte, mir etwas wirklich Wichtiges mitzuteilen.

<2>

Der Garten war noch nass vom gestrigen Unwetter, doch der Himmel war klar und der Rasen funkelte im Morgenlicht, als wäre er mit Diamanten übersät. Beim Vogelhäuschen saßen Vögel, die in einem dichten Schwarm aufflogen und hinter mir wieder landeten, als ich vorbeiging. Ich fühlte mich wie betäubt und mir kam es vor, als ob die ganze Welt hinter einer Glasscheibe läge. Bis zum Gartenhäuschen waren es nur zwanzig Schritte, dabei hatte ich mich immer über den tiefen Abgrund gewundert, der zwischen dem Gartenhaus und unserem Wohnhaus zu klaffen schien. Diesem Abgrund zwischen Randys Welt und der Welt, die wir teilten. Jetzt würde er mir seine Welt endlich öffnen.

Randys Gartenhaus war der typische Schuppen für Gartengeräte, drei mal drei Meter und von ein paar Jungs aus dem Baumarkt in einer einzigen Lieferung hergebracht und zusammengebaut. Einfach nur Bretter und Balken und an der Vorder- und Rückseite je ein Fenster, die Randy von innen mit Pappe zugeklebt hatte. Seit wir in unserem neuen Haus wohnten, hatte ich noch nie einen Fuß dort hineingesetzt. Ich hatte seine Privatsphäre respektiert, sein Bedürfnis, einen Teil seiner Zeit allein zu verbringen. Er hatte oft genug betont, wie wichtig das für seinen Seelenfrieden sei. Ich steckte den Schlüssel ins Vorhängeschloss und hoffte in diesem allerletzten Moment, dass er vielleicht doch nicht passte, dass es einfach nur irgendein Ersatzschlüssel aus der Firma war, den er wirklich nur als Briefbeschwerer verwendet hatte. Vielleicht hatte Randy ja tatsächlich plötzlich Lust gehabt, einmal etwas allein mit unserem Sohn zu unternehmen – doch der Schlüssel glitt mühelos ins Schloss. Ich ließ das Vorhängeschloss ins Gras fallen, drehte am Türknauf, und die Tür ging auf.

Drinnen war es dunkel. Durch die Dachpappe, mit der er die Fenster zugeklebt hatte, drang kaum Licht, und ich musste nach dem Lichtschalter tasten. An der Decke leuchtete eine nackte Glühbirne auf, die den Raum mit einem gelblichen Licht überflutete, das immer noch Raum für viel Schatten ließ. Es roch sonderbar, aber ich wusste erst nicht recht wonach. Irgendwie medizinisch oder chemisch ... Auch jetzt, da der Raum beleuchtet war, lastete die Enge auf mir. Auf den Sperrholzplatten, aus denen der Boden bestand, stand ein Bürostuhl auf Rollen. Ich schob ihn beiseite, um mich bewegen zu können. Die Tür ließ ich hinter mir weit offen stehen, denn irgendwie hatte ich Angst, dass Randy plötzlich mit gezücktem Messer aus der Hintertür unseres Hauses käme und sich mit lauten Flüchen über Blaubarts Frau auf mich stürzen würde.

Auf den ersten Blick entdeckte ich nichts Beunruhigendes. Rechts und links an den Wänden standen zwei Regalschränke mit Schubladen, deren helle, unbehandelte Fronten mit Messinggriffen versehen waren. An der hinteren Wand sah ich einen großen Schrank, an dessen zweiflügliger Tür eine Art Bild oder Zeichnung geheftet war, doch ich beachtete sie im Moment nicht weiter, aus Angst, von meinen Eindrücken überwältigt zu werden. Ich öffnete die linke Schublade und mir stockte der Atem. Die Schublade war mit Stapeln von Munitionsschachteln gefüllt, die voller Patronen verschiedenen Kalibers waren. Ich nahm eine Schachtel in die Hand und las: REMINGTON .357 HOHLSPITZGESCHOSS/50 STÜCK. In der Schublade darunter lagen die dazugehörigen Revolver, insgesamt sechs, die alle in einem Lederhalfter steckten. Ich erkannte weder Kaliber noch Marke, ich sah einfach nur, wie schwarz und bedrohlich sie wirkten. Randy hatte mir erzählt, dass er gelegentlich mit Kollegen zum Revolverschießen ging. Dass er selber auch Waffen besaß, hatte er mir nie gesagt. In der nächsten Schublade lagen Messer, die ebenfalls in Lederscheiden steckten, die so glänzend poliert und gefettet waren, dass sie sich alle ganz glatt anfühlten. Ich zog ein paar Messer heraus. Es war eine richtige Sammlung: Eines hatte eine lange, gezackte Schneide; ein anderes war kürzer und vorn mit einem Haken versehen; wieder ein anderes war auf der einen Seite eingekerbt, auf der anderen flach und dabei so scharf, dass es ins Holz schnitt, als ich es behutsam auf die oberste Regalplatte legte. Ich räumte die Messer wieder ein. In anderen Schubladen lag weiteres Werkzeug, das ich nicht kannte: zum Beispiel etwas, das aussah wie ein Saugnapf, oder ein silbriges Gerät, das an das Operationswerkzeug eines Chirurgen erinnerte. Weiterhin gab es ganze Rollen von starkem Klebeband, ein kleines elektronisches Gerät mit einem Bildschirm und dem Aufdruck GPS, ein paar Handschuhe, ein Haarnetz und Seile, die eng aufgerollt und zu ordentlichen Stapeln geschichtet waren.

Mir war wieder schlecht. Immer wieder sah ich zu der geöffneten Tür, die mir Meilen entfernt schien, obgleich es nur wenige Schritte waren.

Als ich auf der anderen Seite des Raums eine Schublade aufzog, lagen Dokumente in Folienschutzhüllen darin. Ich ergriff einen in Wisconsin ausgestellten Führerschein, der mit einem Foto von Randy versehen war. Der Name des Inhabers lautete aber auf Gerald Hamby. Ein Ausweispapier, diesmal aus Delaware, war auf Wilson Hamby ausgestellt. Ich wühlte weiter und entdeckte immer mehr Dokumente: Reisepässe, Bankkarten und Kreditkarten, die alle auf verschiedene falsche Namen ausgestellt waren. Ich fragte mich, ob die Kreditkarten gedeckt waren, ob ihnen irgendein Betrag auf einem richtigen Konto entsprach. (Vor Gericht stellte sich heraus, dass Randy auf jedem Konto mehrere tausend Dollar liegen hatte.) Randy war mit Geld immer sehr sorgsam umgegangen, und so hatte er vermutlich einiges zusammengespart. Allmählich wurde mir klar, warum er mir nie Einblick in unsere Finanzen gegeben hatte. Dieses ganze Macho-Getue, Gelddinge gehörten in Männerhände, war nur ein Vorwand gewesen, aber ich hatte ihm ohnehin nicht widersprochen. Im Gegenteil, ich war eher dankbar gewesen, dass ich mich um unsere Finanzen nie hatte kümmern müssen.

Dann fand ich einen Ordner, der mit meinen Initialen gekennzeichnet war. Ich öffnete ihn, und weitere Karten glitten in die Schublade. Von einem in Delaware ausgestellten Ausweis blickte mir mein eigenes Gesicht entgegen, von genau demselben Foto, das ich in meinem kalifornischen Führerschein hatte, nur dass Randy mir hier den Namen Debra Hamby gegeben hatte.

Ich ging die restlichen Karten und Dokumente durch, bis alles auf dem Regal ausgebreitet lag. Fünf verschiedene amtliche Ausweise für Randy, drei für mich. Wir waren die Hambys oder die Johnsons. Ich hieß Debra oder Darlene. Auch ein Reisepass lautete auf Darlene Johnson, er war mit demselben Foto versehen wie die anderen Dokumente. Ich schluckte und dachte so klar, als hörte ich eine laute, deutlich vernehmbare Stimme im Kopf: *Er glaubt, du nimmst das einfach so hin. Er denkt, du machst da mit. Vielleicht glaubt er sogar, dass du dir schon so was gedacht hast.* Meine spontane Reaktion war ein maßloser Zorn, der mich davor bewahrte, mir vor Verzweiflung die Haare zu raufen. Dieser Drecksack hatte sich tatsächlich eingeredet, ich würde sein geheimes Leben einfach so schlucken, so als ginge es um eine Art Kavaliersdelikt oder ein paar harmlose kleine Unarten wie etwa die Schwächen unserer Nachbarn, Felicity Conrads Medikamentensucht zum Beispiel oder Dan Youngbloods Affäre. Jeder wusste darüber Bescheid, und alle Frauen zerrissen sich das Maul darüber, wann immer Felicity oder Dan nicht anwesend waren. Solche Fehltritte wurden als der natürliche Preis eines Lebens als Wohlstandsbürger angesehen, wo unter der ruhigen, glatten Oberfläche gefährliche Untiefen lauerten. Doch mit diesen Untiefen konnten unsere Nachbarn sich arrangieren.

Als mir klar wurde, wie wenig Randy von mir halten musste, wenn er nur eine mausgraue Jasagerin in mir sah, die das alles hier einfach so schlucken würde, war es, als hätte mir jemand eine schallende Ohrfeige verabreicht. Vielleicht dachte Randy ja, mit ein bisschen Geduld und Überredungskunst könnte er mich überzeugen, dass das Ganze doch letztlich gar nicht so pervers sei, nicht so grauenerregend, wie ich es mir vermutlich vorstellte …

Und was genau war denn eigentlich so entsetzlich daran? Bisher wusste ich nur, dass mein Mann ein Waffennarr war, der in seinem Versteck hinter dem Haus einen Stapel gefälschter Dokumente besaß. Ich hatte noch keinerlei Beweise für irgendwelche brutalen Verbrechen entdeckt.

Ich legte die Dokumente in die Schublade zurück und versuchte sie so zu ordnen, wie sie vorher gelegen hatten. Aber noch wartete dieser große, die ganze Rückwand der Hütte einnehmende Schrank auf mich. Als ich näher trat, konnte ich die auf die Doppeltür des Schranks geheftete Zeichnung erkennen, und wieder stockte mir der Atem. Es war eine von Randys Skizzen, die der Zeichnung ähnelte, die er vor unendlich vielen Jahren, als wir anfingen uns zu treffen, von mir angefertigt hatte. Auch hier handelte es sich um ein einfaches Porträt, das mit dem Bleistift gezeichnet und grob schattiert worden war. Aber diesmal war es die Skizze eines heranwachsenden Jungen im Alter zwischen zehn und fünfzehn Jahren. Der Junge hatte eine Art einfallslosen Topfschnitt, was ihm etwas Puppenhaftes verlieh, etwas Falsches und Künstliches. Er hatte einen mürrischen Mund mit dünnen Lippen, Pausbacken und eine gerunzelte Stirn, als dächte er gerade verwirrt über sich selbst nach. Und dann waren da die vom Betrachter leicht abgewandten Augen, die er entweder erwartungsvoll oder in einer Art böser heimlicher Freude zusammenkniff. Ohne ihren gemeinen Ausdruck hätte dieses in Grauschattierungen gezeichnete Augenpaar sich durch nichts von jedem x-beliebigen anderen unterschieden. Der Junge kam mir zunächst vollkommen unbekannt vor, doch als ich ihn länger betrachtete, musste ich vor mir selber zugeben, dass ich die Augen mit diesem besonderen Ausdruck schon früher gesehen hatte. In der Tat, ich hatte sie sogar noch gestern gesehen, und zwar an meinem Mann. Dies hier war *sein* geheimer Blick, *sein* boshaftes Brüten, *sein* Spiegelbild, dies war er selbst als Jugendlicher. Dann aber kam mir ein noch schlimmerer Verdacht: Vielleicht irrte ich mich, und dieses Porträt zeigte den künftigen *Hayden*, wie mein Mann ihn sich vorstellte und wünschte. Vielleicht sollte dies hier unser Sohn sein, vielleicht stellte es ein unglückseliges Zukunftsbild von einem Hayden dar, der immer im dunkelsten Schatten seines Vaters gefangen bleiben würde.

Langsam klappte ich die beiden Türen des Schranks auf, und es war, als kippte die Welt.

<3>

Eine Stunde später ging ich unruhig im Garten auf und ab und sprach mit mir selbst, einfach nur, um meine Stimme zu hören und nicht verrückt zu werden. Als unser ehemaliger Nachbar, der Polizist Todd Cline, nur wenige Minuten, nachdem er das Gartenhäuschen betreten hatte, wieder herauskam, sagte er: »Ich muss Verstärkung anfordern und mich mit meinen Vorgesetzten kurzschließen.«

»Das geht nicht«, sagte ich. »Sie wissen doch, dass er Hayden hat. Sie haben mir Diskretion versprochen.«

Er versuchte, mich freundlich anzulächeln, doch sein Gesicht war blass geworden. Dieser erfahrene Polizist war erschüttert. »Ich habe es Ihnen zugesichert, um überhaupt erst einmal herauszufinden, worum es ging. Aber glauben Sie mir, Nina, diese Sache hier ist so ernst, dass wir sofort handeln müssen.«

Ich konnte mich kaum noch daran erinnern, wie ich nach dem Blick in Randys Schrank aus der Hütte gekommen war. Ich war nach draußen getaumelt und dann durch den Garten ins Haus gerannt. Unbestimmt erinnerte ich mich noch daran, dass ich Clines Telefonnummer in der Adressenliste der Kirchenmitglieder gesucht hatte. Was hatte ich zu ihm gesagt? Mir fehlte tatsächlich jede Erinnerung. Ich wusste nur noch, wie unglaublich erleichtert ich darüber gewesen war, ihn zu Hause zu erreichen. Normalerweise esse die Familie sonntags außer Haus, hatte er erklärt, aber weil eine seiner Töchter Bauchschmerzen habe, seien sie diesmal daheim geblieben.

Der Zeitraum von dem Moment, in dem ich den Hörer auflegte, bis zu dem Augenblick, als Cline eintraf, war dagegen glasklar in meine Erinnerung eingebrannt. Es waren die schlimmsten zwanzig Minuten meines Lebens – zum damaligen Zeitpunkt.

Cline dachte einen Moment lang nach und fuhr dann fort: »Nina, ich weiß nicht, was ich Ihnen sagen soll. Wir werden alles in unserer Macht Stehende tun, damit Hayden nichts zustößt, aber zunächst einmal müssen wir herausfinden, wo Randy sich aufhält, und möglichst viele Leute auf ihn ansetzen. Können Sie ihn anrufen und fragen, wo er im Moment ist?«

»Anrufen kann ich ihn, aber woher sollen wir wissen,

ob er die Wahrheit sagt? So, wie ich ihn kenne, könnte er uns gerade jetzt von irgendwo beobachten.«

»Der Gedanke ist mir auch schon gekommen«, räumte Cline ein. Er ließ die Tür des Gartenhäuschens offen und steuerte mich am Ellbogen ins Haus zurück. »Hören Sie, ich muss diese Sache jetzt wirklich melden. Ich erkläre meinem Chef die Lage, und wir werden noch ein paar andere Leute hinzuziehen.«

Und so stand ich da und hatte das Gefühl, wirklich und buchstäblich zusammenzubrechen. Es war, als würde jede Faser meines Körpers sich aus ihrer Verankerung reißen, sodass bald nur noch ein Häuflein pulsierenden Gewebes auf meinem glänzend gebohnerten Küchenboden vor sich hin zucken würde. Cline rief mit seinem Handy auf der Wache an und sprach schnell und eindringlich auf seinen Gesprächspartner ein. Kurz darauf bat er mich, Randy anzurufen. »Ich brauche Ihre Einwilligung, um seinen Standort zurückzuverfolgen. Falls Randy am Handy ist, sollten wir seinen Aufenthaltsort zumindest grob bestimmen können. Meinen Sie, dass Sie mit ihm reden können, ohne dass er merkt, dass ich hier bin?«, fragte er ernst. »Kann ich davon ausgehen, dass Sie das schaffen?«

Ich war mir überhaupt nicht sicher, aber ich musste wissen, wo Hayden war … weiter konnte ich im Moment nicht denken. Ich rief übers Festnetz an, und Randy nahm beim zweiten Rufton ab. Cline näherte sich, um mitzuhören, und ich hielt den Hörer ein bisschen vom Ohr weg, damit er Randy besser verstehen konnte.

Randys Stimme klang so, als würde er lächeln. »Wie gefällt dir dein freier Vormittag, Nina?«

»Ich fühle mich, als hätte ich einen Kater. Wo seid ihr beiden denn?« Meine Stimme klang erstaunlich ruhig.

»Na ja, der Park bei uns in der Nähe ist ja im Moment von der Polizei abgesperrt, und da bin ich mit Hayden in den Wesley Park beim City Center Complex gegangen. Weißt du, welchen Park ich meine?« Er klang gelassen und fröhlich, als hätte er mir niemals den Schlüssel hingelegt und unseren Sohn als eine Art Geisel fortgeschleppt.

»Ich war schon ein- oder zweimal da.« Ich spürte, wie meine Kehle sich zusammenzog, und schluckte rasch. »Und wie geht es dem kleinen Mann?«

»Bestens. Er sitzt hier neben mir auf dem Beifahrersitz.«

»Ihr seid also gar nicht mehr im Park?«

»Wir sind jetzt im Auto. Möchtest du, dass wir heimkommen, Nina?«

Einen Moment lang verstand ich ihn nicht. Todd Cline hielt sein Handy hoch und signalisierte mir mit einer Bewegung des Zeigefingers, dass ich das Gespräch am Laufen halten solle. Also improvisierte ich. »Ich denke, wir sollten miteinander reden, falls du das meinst.«

»Ich möchte schon so lange mit dir reden, Babe.«

Ich wischte mir über die schweißnasse Stirn. »Machst du dir etwa Sorgen, du könntest mir nicht vertrauen?«

Die Pause dauerte länger, als mir lieb war, doch jetzt gab Cline mir das Zeichen, dass sie ihn hatten. »Es handelt sich schon um eine ziemlich schwerwiegende Sache. Ich weiß immer noch nicht, ob du verstanden hast.«

»Ich weiß nur, dass ich euch beide wieder hier haben möchte«, gab ich zurück.

»In einer Dreiviertelstunde bin ich da.«

»So lange?«

»Es wird dir nicht so vorkommen. Und, Babe? Danke.« Er legte auf.

Ich legte den Hörer weg und sagte: »O Gott, jetzt bringt er Hayden um, oder?«

Todd Cline tätschelte mir unbeholfen den Arm. »Das glaube ich nicht. Die Hauptwache hat mir Bescheid gegeben, dass sie sein Signal geortet haben und dass er sich ungefähr eine halbe Stunde von hier entfernt befindet. Nicht wirklich in der Nähe des City Center, aber doch weit genug von hier entfernt, dass uns Zeit bleibt, alles vorzubereiten. Ich geh jetzt vors Haus und nehme meine Kollegen in Empfang. Ich bleibe aber in Sichtweite, und bevor er kommt, geben wir Ihnen Bescheid, wie Sie sich verhalten sollen. Wir gehen verschiedene Szenarios mit Ihnen durch. Okay?«

Ich nickte, doch in mir drehte sich alles, und ich taumelte leicht.

Cline streckte wieder die Hand nach mir aus, diesmal, um mich zu stützen. Er lehnte mich gegen die Küchentheke und sagte: »Gut, dass Sie mich angerufen haben. Möglicherweise haben Sie damit jemandem das Leben gerettet, vielleicht sogar mehr als einem einzigen Menschen.«

»Sie waren auch da drin«, sagte ich. Ich konnte nicht anders, ich musste mich einfach an seinem Hemd festklammern. Ich brauchte einen Punkt, wo ich mich wenigstens körperlich festhalten konnte. »Das, was ich da gesehen habe? Sieht das nur so aus, oder ist es wirklich das, wofür ich es halte? Das, was in dieser Petrischale lag, oder was das war?«

Er zögerte einen Moment lang und nickte dann. »Es

sah aus wie die andern, die ich schon gesehen habe. So ganz ohne Verbindung mit dem Körper wirken sie ziemlich fremdartig.«

Mir waren nur Bildfetzen im Gedächtnis haften geblieben. Wenn ich versuchte, mich auf sie zu konzentrieren, was ich definitiv nicht wollte, was aber immer wieder passierte, weil meine Gedanken zwanghaft um diese Bilder kreisten, konnte ich die Bruchstücke nicht zu etwas Zusammenhängendem ordnen. Ich erinnerte mich an das skizzenhafte Porträt des Jugendlichen. Ich erinnerte mich daran, wie ich den Schrank geöffnet hatte. Ein Computerbildschirm sah mir still und schwarz entgegen, darunter befand sich eine Tastatur in einer ausziehbaren Schublade. Die Innenwände des Schranks waren über und über mit Fotos bedeckt: Einige von ihnen zeigten abgetrennte Gesichts- oder Körperteile – ein zerschlitztes Kinn, blutige Zähne oder freigelegte Muskelstränge; andere zeigten Szenen, die sorgfältig arrangiert wirkten, fast wie Stillleben: zerfetzte Körper, die auf glänzende Parkettböden oder blutdurchtränkte Bettlaken herabbaumelten. So hatten auch die Fotos in den Büchern über wahre Verbrechen ausgesehen, die ich während meiner Schwangerschaft gelesen hatte, nur dass auf diesen Fotos hier überhaupt nichts vergröbert oder ausgeblendet war; diesmal sah ich die verstümmelten Gesichter klar und deutlich. Die leeren Augenhöhlen. Die Augenhöhlen, in die dort, wo die Augäpfel gesessen hatten, Objekte hineingesteckt worden waren; glänzende Drusen, Würfel mit der Sechs nach oben oder kleine Spiralfedern. Da war sogar ein Gesicht, in dem dort, wo einmal jemand die Welt gesehen hatte, nun eine Blumenzwiebel spross.

Ich wich zurück, stieß den Bürostuhl um und hätte beinahe laut aufgeschrien. Dann merkte ich plötzlich, dass ich die Hand vor den Mund geschlagen hatte. Ich hatte das bisher immer für eine aufgesetzte, theatralische Geste gehalten, etwas, das man nur im Film sieht. Aber dort in der Hütte tat ich es vollkommen unwillkürlich, so als versuchte ich mich daran zu hindern, einen giftigen Stoff einzuatmen, der, falls er nicht sofort tödlich wirkte, mich zumindest zu einem Leben in Quarantäne verdammen würde. Das Vogelgeschrei draußen klang wüst und kakophonisch, so als wären die Vögel plötzlich wild geworden und übereinander hergefallen, scharfe Klauen gegen Federn, Schnäbel und kleine schwarze Vogelaugen. Wildes Geflatter. Ich schob hektisch den Stuhl beiseite, stürzte zur Tür, und dann rannte ich los. Ich musste zum Telefon, ich musste jemanden zu Hilfe rufen.

Denn da waren nicht nur die Fotos gewesen. Neben dem Computer hatte eine Glasschale gestanden, vielleicht sieben Zentimeter tief und zur Hälfte mit einer milchigen Flüssigkeit gefüllt. Eine Arterienklemme aus Edelstahl war gegen den Rand gelehnt. In der Mitte der Schale schwamm, von der Klemme gehalten, eine tischtennisballgroße Kugel, glänzend und, wo Blutgefäße geplatzt waren, blutunterlaufen. Dort, wo die Klemme saß, war ein Gewebeklumpen herausgequetscht, schleimig und fadenartig, ungefähr so wie die weißen Klümpchen, die man manchmal im Hühnereiweiß sieht. Ich erkannte das Objekt auf den ersten Blick, obwohl ich so was noch nie zuvor gesehen hatte. Es war eine Information, die einfach von meinem Verstand durchgegeben wurde: *Das da ist ein menschliches Auge, und es schwimmt in irgendwas, ach Gott, in einer Art Konservierungsmittel.* Am anderen Schalenrand, der Klemme gegenüber, war ein Skalpell angelehnt. Daneben sah ich schmale Gewebescheiben liegen, die aussahen, als wenn jemand sie analysiert hätte.

Todd Cline blickte mich an und nickte wieder. »Er möchte geschnappt werden, Nina. So läuft das bei diesen Typen immer. Irgendwann erliegen sie der Versuchung, sich die öffentliche Anerkennung für das zu holen, was ihnen wie eine übermenschliche Leistung vorkommt. Vor ein paar Jahren hatten wir einen Profiler da, der einen Vortrag gehalten hat. Das war nach dem Mord an den Renaults.«

Ich tat so, als hätte ich nicht verstanden, und spielte wieder die naive Vorstadt-Hausfrau. »Diese Typen? Mein Gott, Todd, wir haben in der Kirche neben dir gesessen.«

»Tut mir leid«, sagte er. »Aber das da draußen in der Hütte … Es ist vollkommen klar, dass es sich hier nicht um einen plötzlichen psychischen Zusammenbruch handelt.«

Da hatte er recht.

Mit diesem Wissen ließ er mich in der Küche stehen. Ich wusste, dass er recht hatte, dass diese Sache schon sehr lange lief, vielleicht schon Randys ganzes Leben lang. Auf jeden Fall aber den größten Teil seines Zusammenlebens mit mir. Und dann war da noch die Tatsache, die Cline nicht erwähnt und die ich sofort wieder verdrängt hatte, ein Detail, das Cline mit Sicherheit gesehen haben musste, genau wie ich, und das ich anscheinend nicht mehr vor meinem inneren Auge auslöschen konnte. Es ging um eines der Fotos an der

Schrankwand. Es war ziemlich weit oben festgeheftet, sodass es für jemanden, der vor dem Computer saß und Gott weiß welche Internetseiten aufsuchte, auf Augenhöhe war. Das Foto zeigte einen kleinen Jungen, der mit unnatürlich verdrehtem Hals auf einem unbestimmbaren Flecken aus Dreck und totem Laub irgendwo in einer gottverlassenen Gegend lag. Es zeigte diesen starren Blick aus den leeren Augenhöhlen, den für immer verstummten Schrei und das Gesicht Tyler Renaults.

15. Kapitel

Randy bog an jenem Nachmittag um fünf Minuten nach zwei in unsere Zufahrt ein. Ich stand auf der vorderen Veranda und versuchte, die Nerven zu behalten, bis ich Hayden wieder in Sicherheit wusste. Von meinem Aussichtspunkt am Ende der Sackgasse konnte ich die ganze Straße überschauen bis zur Maple Avenue, jener Hauptverkehrsader, die unser Viertel mit dem Zentrum verband. Außer mir vor Angst und Schmerz hatte ich die Kreuzung beobachtet und war bis zu dem Augenblick, in dem der Wagen auftauchte, sicher gewesen, dass Randy nicht zurückkommen würde. Dass ich meinen Sohn niemals wiedersehen würde. Dass ich alles, was nun kam, alleine durchstehen müsste.

Die Straße bot den friedlichen Anblick eines geruhsamen Sommernachmittags: Zwei Häuser weiter saßen Tony und Sheila Johnson auf der Seitenterrasse, Sheila war in eine Zeitschrift vertieft, während Tony sich am schnurlosen Telefon mit jemandem unterhielt; gegenüber behielt Betsy Morrison ihren kleinen Sohn im Auge, der sich in einem Planschbecken vergnügte; Max Flores hatte sein T-Shirt ausgezogen und mühte sich mit dem Rasenmäher ab, während sich auf seinem haarigen Rücken Grasschnipsel und Mücken ansammelten. Todd

Cline hatte seinen Ford Expedition ein paar Häuser weiter am Straßenrand geparkt. Als ich zu dem SUV hinübersah, entdeckte ich nicht den kleinsten Hinweis auf den Polizisten, obwohl ich wusste, dass er sich hinter dem Auto verborgen hielt. Keiner ahnte, dass irgendetwas bevorstand, außer mir, die so lange die Augen davor verschlossen hatte.

Cline hatte mich gebeten, meinen Accord aus der Garage zu holen und mitten in der Zufahrt zu parken, damit diese versperrt war. Randy hielt hinter meinem Wagen und stellte den Motor seines BMW aus. Ich hörte, wie er die Handbremse anzog, und ging ihm durch den Vorgarten entgegen.

Er machte die Tür auf und sah fragend auf das geparkte Auto.

»Ich hatte vor, das Auto zu waschen«, erklärte ich rasch. Meine Stimme zitterte.

Bis zu diesem Moment hatte sein Gesicht einen Ausdruck merkwürdigen, neu gewonnenen Vertrauens gezeigt, das mich wie ein Stich ins Herz traf. Doch sobald er mir in die Augen sah, drückte seine Miene Enttäuschung aus. Er sah mich traurig und anklagend an, als ob er mir sagen wollte, dass er mehr von mir erwartet habe. Er verharrte reglos, während ich die Hintertür des BMW öffnete. Hayden war in seinem Kindersitz festgeschnallt und streckte mir glücklich die Ärmchen entgegen, als ich mich über ihn beugte. Gegen meinen Willen schossen mir die Tränen in die Augen, und ich kämpfte mit den Gurten, bis ich Hayden dann endlich befreit und in meinen Armen hatte.

Als ich mich aufrichtete, stand Randy nur eine Armlänge von mir entfernt, die Hände in die Hüften gestemmt. Er sah meine Tränen und sagte: »Hast du wirklich geglaubt, ich würde ihm etwas antun?«

Ich ging rückwärts auf unser Haus zu, ohne Randy einen Moment lang aus den Augen zu lassen. Das Gesicht meines Mannes verhärtete sich. Er starrte mir nach.

Einige Häuser weiter wurde jetzt eine weitere Autotür zugeschlagen. In zwanzig Meter Entfernung war Todd Cline aus seinem Wagen gestiegen und rief Randy an.

Mein Mann drehte sich um und sah den Beamten auf sich zukommen. Cline trug den Dienstrevolver deutlich sichtbar im Halfter. »Hallo Randy. Können wir uns einmal kurz unterhalten?«

Ich war inzwischen wie erstarrt stehen geblieben und beobachtete, wie Cline immer näher kam. Ich flüsterte Beteuerungen ins Ohr meines kleinen Sohnes, in dieses kostbare kleine Ohr, das zwar hören, aber noch nicht verstehen konnte, versprach ihm, dass alles gut werden würde, dass Mommy da war, dass sie auf ihn aufpasste. Ich küsste ihn auf den Kopf und strich ihm das Haar glatt. Er merkte, dass etwas nicht stimmte, und begann laut zu weinen.

Dort, wo unsere Straße in die Maple Avenue mündete, hörte man jetzt Reifen quietschen. Drei Polizeifahrzeuge rasten dicht hintereinander auf unser Haus zu. Betsy Morrison stand auf und trat auf den Bürgersteig, um besser sehen zu können. Sheila Johnson packte ihren Mann am Ellbogen und zeigte auf die Straße. Randy, der sich umgeblickt hatte, als Cline ihn beim Namen rief, drehte sich jetzt wieder zu mir um und sah mich an. Und er sagte mit einer so ungeheuren und undurchdringlichen Traurigkeit, dass es mir einen Moment lang fast so vorkam, als befänden wir uns wieder ganz am Anfang unserer Beziehung in seiner Wohnung und ich wäre vollkommen hingerissen von diesem romantischen, geheimnisvollen Mann und all seinen Lügen: »Nina, ich dachte, wir hätten endlich wieder eine gemeinsame Basis finden können.«

Er trug diese weiten Khaki-Shorts, die in unserer Straße jeder Mann seines Alters im Sommer anhatte. Diese Dinger haben so große Hosentaschen, dass man so ziemlich alles darin unterbringen konnte. Seine rechte Hand schob sich in die vordere Hosentasche, und ich bemerkte, dass seine Shorts auf dieser Seite von einem Gewicht nach unten gezogen wurden.

Ich zeigte darauf und schrie Cline zu: »Er ist bewaffnet.«

Cline zog seinen Revolver, als Randy zu ihm herumwirbelte. Randy griff tatsächlich nach seiner Waffe, einer handlichen Kaliber .44 Selbstladepistole, die er im Auto gehabt hatte, doch der Hahn verfing sich im Futter seiner Hosentasche, und er bekam die Waffe nicht heraus. Cline forderte ihn weder auf, sie fallen zu lassen, noch die Hände hochzunehmen. Er feuerte einfach sofort zweimal auf Randy. Ein Ruck durchfuhr Randy, der noch immer die Hand in der Hosentasche hatte. Er sah auf sein Hemd hinunter, das über der Brust schon blutdurchtränkt war, und fiel dann seitlich auf den Rasen. Ich hörte seinen keuchenden Atem. Cline trat dicht an ihn heran, trat auf Randys linken Arm, beugte sich vor und verdrehte ihm den rechten Arm nach hinten, bis er aus der Tasche rutschte. Die Polizeiwagen hatten abrupt gebremst und die Beamten stürmten auf Randy und

Cline zu. Ich hörte, wie einer mehrmals »Es gab einen Schusswechsel, bitte schicken Sie einen Krankenwagen« in sein Funkgerät rief. Randy, der blutigen Schaum vor Nase und Mund hatte und anscheinend nicht sprechen konnte, sah trotzig zu den Polizisten hoch. Ein Polizist fischte die Pistole aus Randys Hosentasche und zog sich eilig wieder zurück, den Lauf der Waffe fest in der Hand.

Max Flores mähte noch immer den Rasen. Er hatte gerade eine Bahn in die andere Richtung gemäht, als seine Frau endlich aus dem Haus gerannt kam und ihn auf die Schießerei aufmerksam machte, die sich hinter seinem Rücken abgespielt hatte. Der Rasenmäher verstummte und alle starrten zu uns herüber.

Erst da merkte ich, dass ich schrie. Einer der Polizisten kam zu mir, nahm meinen Arm und führte mich ins Haus. Ich war hysterisch und presste Hayden so fest an mich, dass der Beamte meinen Griff schließlich mit Gewalt lösen musste. »Sie ersticken ihn noch«, sagte er wieder und wieder, so freundlich, wie man so etwas überhaupt sagen konnte, aber ich entwand mich ihm immer wieder. Schließlich gab ich nach, stand wie betäubt da, starrte aus dem vorderen Fenster und sah, wie mehr und mehr Leute kamen. Es war eine richtige Versammlung auf unserem Rasen, Beamte in Uniform und Leute in Zivil, die vermutlich zur Kriminalpolizei gehörten. Bald standen so viele Menschen herum, dass ich Randy nicht mehr sehen konnte. Die zuletzt Eingetroffenen klopften ständig Todd Cline auf den Rücken und fragten, ob mit ihm alles in Ordnung sei. Ich hörte Randys schreckliches Husten. Aus der Ferne kam die Sirene des Krankenwagens näher, doch ich hatte das

Gefühl, alle hofften, dass die Sanitäter nicht rechtzeitig eintreffen würden, um Randy noch zu retten. Ich weiß nicht, was ich mir wünschte.

Aber sie kamen noch rechtzeitig.

16. Kapitel

<1>

Nach dem Lunch mit Duane und Carolyn verlief der Rest der Woche ruhig. Am Mittwoch stellte ich fest, dass mein Name seit dem Wochenende kein einziges Mal in der Zeitung oder im Fernsehen erwähnt worden war. Der letzte Artikel war ein Feature in der Sonntagsausgabe des *News and Observer* gewesen, das im Wesentlichen über Randys Verbrechen, seine Verhaftung und das Gerichtsverfahren berichtete und Pritchetts Unterstellungen nur am Rande erwähnte. Der Staatsanwalt, der damals vor sechs Jahren erfolgreich die Todesstrafe für meinen Ex-Mann gefordert hatte, wurde in dem Artikel mit der Aussage zitiert, die Staatsanwaltschaft habe mich nie im Verdacht gehabt und es sei auch seitdem nichts vorgefallen, was bei ihr zu einer Meinungsänderung geführt habe. Der Reporter hatte auch einige Angehörige von Randys Opfern kontaktiert, doch diese hatten alle eine öffentliche Stellungnahme abgelehnt und nur gesagt, sie wollten die Vergangenheit ruhen lassen.

Wie alle normalen Menschen es wollten. Nur Pritchett schien in einem Teufelskreis aus Leid gefangen, und ich wusste, dass ich nichts tun konnte, um ihm zu helfen.

Eigentlich hätte ich nun wohl an meinen Arbeitsplatz bei Data Managers zurückkehren sollen, doch inzwischen betrachtete ich meine Freistellung als wohlverdienten Urlaub, und so blieb ich zu Hause, las Zeitschriften und putzte die Wohnung. Doch ohne Hayden kam die Wohnung mir leer vor, und ich beobachtete jeden Tag, wie der Uhrzeiger unendlich langsam die Zwölf-Uhr-Marke überschritt und sich über die nächsten, scheinbar endlosen Stunden fortbewegte, bis ich meinen Sohn endlich nach seiner Stunde Nachsitzen abholen konnte.

Am Mittwoch aß ich spät zu Mittag und ging dann mit dem Staubsauger durchs Erdgeschoss. Ich wollte noch das Wohnzimmer und die Diele saugen, dann abwaschen und anschließend meinen kleinen Schatz abholen. Doch als ich den Staubsauger ausschaltete, hörte ich von draußen Lärm, der durch den schon fast abendlich dunklen Winternachmittag gellte. Sirenen von Notfallfahrzeugen heulten schrill in nicht allzu großer Entfernung durcheinander. Zuerst fragte ich mich, ob es wohl auf der Interstate 40 einen schweren Unfall gegeben hatte. Dann aber hörte ich die Nachricht im Fernsehen, das ich während der Arbeit hatte laufen lassen.

Ich sagte mir, dass ich mich verhört haben musste.

Doch ich zitterte schon, bevor ich im Wohnzimmer ankam. Die Zeile »Eilmeldung« lief unten über den Bildschirm. Ich griff nach der Fernbedienung und drehte die Lautstärke auf. Das Nachrichtenstudio mit der ernst blickenden Moderatorin wurde ausgeblendet, und die Szene, die stattdessen auf dem Bildschirm erschien, ließ meine Beine einknicken. Es war eine von einem Hubschrauber aufgenommene Weitwinkelaufnahme des Cary Learning Center. Ich erkannte die Anordnung der Gebäude, die Sporthalle und den Sportplatz. Mehrere Notfallfahrzeuge parkten kreuz und quer und mit laufendem Blaulicht vor einem der Gebäude, die rechts vom Verwaltungstrakt lagen.

»Noch warten wir hier bei News Channel Eleven auf neue Informationen«, sagte eine Sprecherstimme, »doch für alle, die gerade eben erst eingeschaltet haben, wiederholen wir, dass die Polizei von Cary den Tod von mindestens einer Person auf dem Schulgelände des Cary Learning Center bestätigt. Das Cary Learning Center ist eine Grundschule in unmittelbarer Nähe des Davis Drive. Gerade erfahren wir von offizieller Seite, dass die meisten Schüler das Schulgelände schon verlassen hatten, als der Vorfall sich ereignete. Eltern werden daher gebeten, die Schule nur anzurufen, wenn sie Grund zu der Annahme haben, dass ihre Kinder sich noch bei außerstundenplanmäßigen Aktivitäten auf dem Schulgelände aufhalten. Die Telefonleitung der Schule ist überlastet, und Eltern werden gebeten, bei der Polizei von Cary anzurufen, falls weitere …«

Ich riss mich aus meiner Erstarrung, schnappte meine Handtasche, die auf einem Couchtischchen lag, und rannte zur Garage. Die Garagentür öffnete sich, und ich fummelte an meinem Schlüsselbund, als plötzlich hinter mir sekundenlang eine Polizeisirene aufheulte. Die Sirene heulte so laut und unvermittelt, dass mir beinahe das Herz aus der Brust gesprungen wäre. Als ich mich umdrehte, hielt ein Polizeifahrzeug am Straßenrand an unserer Zufahrt.

Ein Beamter beugte sich aus dem Fenster. »Ma'am? Ms Leigh Wren?«

»Was ist mit meinem Sohn?«

Der Beamte stieg aus und hielt mir die Hintertür des Wagens auf. »Ma'am, wir haben den Auftrag, Sie zur Schule zu bringen. Mehr wissen wir im Moment leider selber nicht, aber dort wird man Ihnen gewiss mehr sagen können.«

<2>

Ich bat die beiden immer wieder, sich zu beeilen. Sie schalteten Sirene und Blaulicht ein und jagten im Slalom an den Autos vorbei, die zum Straßenrand hin auswichen. Wir schafften es in kaum mehr als vier Minuten zur Schule, aber mir kamen diese Minuten wie Stunden vor. Immerhin hatte ich Zeit, die Rowes mit dem Handy anzurufen. Ich wollte vor allen Dingen reden, irgendetwas tun, was mich von der auf der Hand liegenden Schlussfolgerung ablenkte.

Duane nahm beim zweiten Rufzeichen ab. »Hallo, Nina. Wir treiben uns gerade in Ihrer Gegend herum, ich musste bei einer Scheidungssache in Raleigh eine eidesstattliche Erklärung vor Gericht abgeben. Haben Sie noch einmal darüber nachgedacht, ob wir uns Pritchett zur Brust nehmen?«

»In Haydens Schule ist was passiert. Es ist im Fernsehen, und die Polizei bringt mich gerade dorthin, aber keiner sagt mir, was Hayden zugestoßen ist.« Ich merkte, dass ich ganz ruhig redete. Ich hätte schreien und völlig durchdrehen sollen, aber stattdessen empfand ich nur eine durchdringende Kälte, eine vollständige Erstarrung, so als schlüge mein Herz nur noch in Zeitlupe. Es war wie eine plötzliche Winterstarre, als könnte ich die Welt nur durch eine Glasscheibe betrachten, während das, was dort draußen geschah, sich vollkommen jenseits meines Willens und meiner Kontrolle abspielte.

Duane bat mich um eine Wegbeschreibung, die ich ihm mit monotoner Stimme durchgab. Ich hörte durch die Leitung, wie Duane laut mit den Fingern schnippte; Carolyn saß jetzt bestimmt neben ihm und machte ein geschocktes Gesicht. »Bitte, beeilen Sie sich«, sagte ich und legte auf.

Gleich darauf trafen wir in der Schule ein, und der Fahrer schlängelte sich durch die auf dem Rondell stehenden Autos. Er hielt, und ich riss am Türgriff, doch die Tür ging nicht auf. Einen Moment lang hatte ich vergessen, dass ich hinten in einem Polizeifahrzeug saß. Der Beamte, der auf dem Beifahrersitz gesessen hatte, machte mir die Tür auf und trat zur Seite. Ich entdeckte Beasley, der umgeben von Polizisten vor dem Eingang des Unterrichtsgebäudes zu meiner Linken stand, jenem Gebäude, vor dem ich in den Nachrichten das Gewimmel der Uniformierten erblickt hatte. Ich eilte direkt auf den stellvertretenden Schulleiter zu. Die Beamten, die mich gefahren hatten, folgten dicht hinter mir und sagten mehrmals: »Ma'am, so warten Sie doch bitte einen Moment«, gaben dann aber auf.

Sobald Beasley mich erblickte, versicherte er mir, wie leid es ihm tue. Um ein Haar wäre mir schwarz vor Augen geworden und ich kämpfte darum, nicht das Bewusstsein zu verlieren. »Wo ist Hayden?«, fragte ich und erkannte an den Gesichtern der Umstehenden, dass ich die Frage schrill herausgeschrien hatte. »Das ist die Mutter«, hörte ich jemanden sagen, und ich dachte, ich würde wahnsinnig werden. Ein Mann in Khakihose und Krawatte ergriff mich fest am Arm und führte mich zum Verwaltungsgebäude.

»Würden Sie bitte meine Frage beantworten?«, flehte ich.

Der Mann, der mich am Ellbogen gefasst hielt, stellte sich als Detective Justin Matthews vor. Er war jung und gut aussehend, und seine ergrauten Koteletten waren der einzige Hinweis darauf, dass er nicht einer Computersimulation entsprungen war. Unter anderen Umständen hätte ich ihn bestimmt attraktiv gefunden.

»Ms Wren, es gibt keine schonende Art, Ihnen das zu sagen, was ich Ihnen sagen muss: Ihr Sohn ist entführt worden. Ein bisher noch nicht identifizierter Täter betrat den Raum, in dem Hayden sich zu diesem Zeitpunkt befand, ermordete die Lehrerin, die sich dort mit ihm aufhielt, und verließ das Schulgelände mit Ihrem Sohn in Gewahrsam. Wir wissen nicht, ob der Angreifer Komplizen hatte, aber wir haben eine Beschreibung des Fahrzeugs, mit dem er die Schule verließ. Zwei Zeugen sahen, wie er in einem relativ neuen beigen oder mattweißen Mini-Van vom Schulgelände fuhr. Kennen Sie jemanden, der so einen Wagen fährt?«

Die halbe Elternschaft Carys fuhr ähnliche Autos. Ich schüttelte den Kopf. »Er ist entführt worden?« Es machte einfach keinen Sinn.

Matthews fuhr fort: »Mit dem Schulfoto aus dem Jahrgangsbuch haben wir schon Amber Alert eingeleitet, eine dringende Fahndung wegen Kindesentführung. Aber wir brauchen noch genauere Angaben von Ihnen. Können Sie uns helfen?«

»Entführt«, wiederholte ich. Irgendwie bekam ich keine Luft mehr, und die Welt verschwamm vor meinen Augen.

Als ich wieder zu mir kam, merkte ich, dass ich in Beasleys Büro in einen Stuhl gesetzt wurde, in denselben Stuhl, den Rachel Dutton mir netterweise in der Vorwoche bei dem Gespräch mit dem Direktor überlassen hatte. Matthews und ein weiterer Beamter hielten mich an den Armen. Matthews forderte seinen Helfer auf, die Sanitäter zu holen. »Schock«, sagte er leise.

»Es geht schon wieder«, sagte ich. Ich blinzelte und konnte die Gegenstände im Raum langsam klarer erkennen: der Computer auf Beasleys Schreibtisch, seine Zimmerpflanzen und das Foto aus seiner Zeit als Trainer. Ich sah Matthews aufmerksam an, um ihm zu zeigen, dass ich wieder klar denken konnte. »Was müssen Sie wissen? Wie kann ich Ihnen helfen?«

Er legte einen Block und einen Stift bereit. Zwei weitere Beamte kamen in den Raum, um ebenfalls mitzuschreiben, was ich sagte. Einer von ihnen ging immer wieder nach draußen in den Empfangsbereich, sprach in ein Funkgerät und wiederholte das, was ich gesagt hatte, für irgendjemanden in der Zentrale. Das Amber-Alert-Suchsystem war mir von den großen Tafeln auf dem Highway her bekannt, auf denen Autofahrer in Entführungsfällen über die körperlichen Merkmale und die Kleidung des Entführungsopfers und das amtliche Kennzeichen des Täterfahrzeugs informiert wurden.

Ich konnte einfach nicht glauben, nicht einmal einen einzigen Atemzug lang, dass irgendetwas von dem, was gerade geschah, Wirklichkeit war.

Sie fragten, welche Kleider Hayden am Morgen für die Schule angezogen hatte. Ich beschrieb seine Bluejeans, seine Turnschuhe und sein hellbraunes Sweatshirt. Sie erkundigten sich nach Narben. Ich berichtete von der hellen Stelle unter dem Kinn, die im Vorjahr nach einem Sturz im Schwimmbad zurückgeblieben war. Plötzlich hatte ich eine ganz klare Vision davon, wie ein Leichenbeschauer mit seinen medizinischen Handschuhen das Gesicht meines Sohnes auf der Suche nach der Narbe mit zwei Fingern anhob. Die Reaktion kam sofort und war völlig unkontrollierbar; ich drehte mich um und erbrach mich in Beasleys Papierkorb. Der Würgekrampf ging schnell vorüber, und ich kramte ein Döschen Pfefferminzdrops aus der Handtasche. Nachdem ich eins in den Mund gesteckt hatte, bot ich die Bonbons auch den Beamten an. Sie beäugten mich kritisch, und ich sagte zu Matthews: »Es geht mir gut. Bitte, machen Sie weiter. Ich möchte Ihnen alles sagen, was irgendwie hilfreich sein kann.«

Matthews fragte, ob es irgendjemanden gäbe, von dem ich mir vorstellen könne, dass er mir oder meinem Sohn oder der Lehrerin meines Sohns Schaden zufügen wolle.

Jetzt erst begriff ich, was er mir eben über die Lehrerin berichtet hatte. »Ms Dutton? O nein.«

Matthews bat alle, den Raum zu verlassen. Nachdem der letzte Beamte draußen war, schloss der Detective die Tür und sagte: »Ich habe Ihre Geschichte in den Medien verfolgt. Wir haben schon Kontakt zu den Behörden in Kalifornien aufgenommen, um uns ein Bild davon zu machen, ob Ihr Mann vielleicht etwas weiß. Halten Sie das für möglich?«

»Es kann sein. Aber er steckt ja in einer verdammten Todeszelle, wie sollte er da …«

»Wie steht es mit Charles Pritchett?«

Ich zuckte die Schultern. »Er hasst mich. Aber so verrückt kann er doch unmöglich sein, oder? Ich meine, jeder weiß doch, dass er versucht hat, mir nach Kräften zu schaden. Jeder würde zuerst an ihn denken. Ich halte ihn für einen kindischen, rachsüchtigen Menschen, aber deswegen kann ich mir noch lange nicht vorstellen, dass er zu so etwas fähig wäre.«

»Kindisch und rachsüchtig sind die allermeisten Täter, mit denen ich zu tun hatte«, bemerkte Matthews gelassen. »Und zwar gerade die gewalttätigen. Wissen Sie, wo Mr Pritchett sich aufhält?«

»Meine Privatdetektive wissen es … Ich meine, seine Privatdetektive.« Ich erzählte Matthews von Duane und Carolyn. Noch bevor ich fertig war, hörte ich Duanes Stimme. Er erkundigte sich bei den Polizisten im Empfangsbereich, wo ich zu finden sei. Ich fragte Matthews, ob er hereinkommen dürfe.

Auch Carolyn war da. Matthews bat die beiden herein und ließ Carolyn Zeit, mich in den Arm zu nehmen. »Ms Wren meint, Sie beide wüssten vielleicht, wo wir Charles Pritchett finden können. Natürlich könnten wir auch in den Hotels vor Ort anrufen, aber vielleicht geht es ja schneller …«

»Er ist in Raleigh im Hilton abgestiegen«, antwortete Carolyn. Sie holte einige Blätter aus ihrer Handtasche und reichte sie Matthews. »Hier ist eine Zusammenfassung dessen, was wir bisher über ihn herausfinden konnten. Ich habe das gerade eben während der Fahrt aufgezeichnet, sodass Sie vielleicht meine Hilfe brauchen, um das Gekritzel zu entziffern. Glauben Sie, dass er mit der Sache zu tun haben könnte?«

Matthews deutete mit dem Kopf auf mich. »Ms Wren hält das für unwahrscheinlich. Aber wir wollen auf jeden Fall mit ihm reden.« Er maß Duane mit den Augen. »Sie haben also eine Zeit lang als Gesetzeshüter gearbeitet, Mr Rowe?«

»Vierzehn Jahre. Sechs in Baltimore und dann nochmals acht in Virginia.«

»Halten Sie es für denkbar, dass Pritchett dahintersteckt?«

»Könnten Sie mir sagen, was genau passiert ist? Ich möchte niemandem zu nahe treten, aber da ich in den letzten Wochen einiges für Nina recherchiert habe, wäre es hilfreich für mich, besser Bescheid zu wissen.«

Matthews war nicht gerade begeistert von der Idee. »Ms Wren erzählte mir, Sie beide hätten sie in Pritchetts Auftrag aufgespürt, und nachdem er dann an die Öffentlichkeit gegangen ist, seien Sie beide zu ihr gekommen und hätten ihr aus reiner Herzensgüte Ihre kostenlosen Dienste angeboten ...«

»Das würde ich auch niemandem abkaufen«, räumte Duane ein. »Aber ich kann Ihnen ein paar Telefonnummern von Leuten geben, bei denen Sie Referenzen über mich einholen können.«

Jetzt erst merkte ich, dass Matthews den Rowes misstraute. Beinahe hätte ich ihn angeschrien: *Aber die beiden tun doch alles, um mir zu helfen! Was machen Sie da eigentlich, verdammt noch mal? Hören Sie mit dieser dämlichen Fragerei auf und SUCHEN SIE ENDLICH MEINEN SOHN! Meinen armen Hayden, mein Gott, was muss er für eine Angst ausstehen.* Ich begann zu zittern, und Carolyn bat die beiden, uns ein Weilchen allein zu lassen.

Das Zittern ging schneller vorbei, als ich erwartet hatte. Carolyn hielt mir eine Schachtel Papiertaschentücher hin, die sie aus Beasleys Schreibtischschubladen hervorgekramt hatte, aber ich konnte nicht weinen. »Wenn ihm irgendwas zustößt, ist es aus mit mir«, sagte ich.

Carolyn versuchte nicht, mich mit den üblichen schalen Floskeln zu trösten. »Ich weiß«, sagte sie nur.

Ein paar Minuten darauf kam Matthews ins Büro zurück. Duane, Thomas Beasley und ein uniformierter Beamte folgten ihm. »Ma'am, wenn Sie nichts dagegen einzuwenden haben, dass wir die Rowes an der Untersuchung beteiligen, bin ich ebenfalls damit einverstanden. Ich kann die Informationen, die sie zusammengetragen haben, gut gebrauchen.«

»Ich möchte, dass die beiden hierbleiben dürfen.«

»Gut. Mr Beasley, würden Sie bitte den Film aus der Überwachungskamera noch einmal für uns ablaufen lassen? Vielleicht fällt Ms Wren ja irgendetwas auf, wenn sie den Täter sieht.«

»Sie hatten nur die Überwachungskamera laufen?«, fragte ich bestürzt. »Als ich letzte Woche zu meinem Gespräch mit Mr Beasley hierher kam, musste ich mich fast einer Leibesvisitation unterziehen. Wie konnte denn überhaupt jemand in das Unterrichtszimmer eindringen?«

Beasley sah plötzlich krank aus. »Die Sicherheitsleute sind nur während der regulären Schulzeiten da.«

Keiner verzog eine Miene, so als handele es sich nur

um eine Frage der Kosteneinsparung. Aber ich wusste es besser. Ich erinnerte mich nur zu gut daran, dass es vor gar nicht so langer Zeit die Kinder selbst waren, vor denen alle Angst gehabt hatten. Unsere eigenen Kinder.

<3>

Beasley gab etwas in den Computer ein und drehte den Bildschirm dann so, dass wir alle ihn sehen konnten. Ich merkte, dass ich die Hand vor den Mund geschlagen hatte, und nahm meine ganze Kraft zusammen, um sie von dort wieder wegzunehmen. Carolyn fragte Matthews, ob ich mir das wirklich ansehen müsste.

»Es ist ihre eigene Entscheidung«, erwiderte der Detective. »Aber die Kamera war nur auf den Korridor ausgerichtet. Aus dem Unterrichtszimmer, wo die Tat begangen wurde, gibt es keine Bilder.«

Dennoch hielt Carolyn mir während des Films die Hand. Alle drängten sich vor den Schreibtisch des stellvertretenden Schulleiters und sahen ernst und nachdenklich auf den Bildschirm. Doch wir waren unruhig, strichen uns übers Kinn oder traten nervös von einem Bein aufs andere. Beasley und Matthews hatten die Aufzeichnung schon gesehen, doch uns andere überkam jenes schreckliche Gefühl, das sich immer einstellt, wenn man Katastrophen im Fernsehen fast hautnah miterlebt. Wie damals die Bilder aus der Highschool von Columbine, von dem blutüberströmten Kind, das aus dem Fenster stürzte zum Beispiel; Panik in U-Bahn-Stationen; Flugzeugkollisionen in Echtzeit. Mit jenem Teil meines Verstandes, der sich von dem Geschehen distanziert hatte, begriff ich, dass diese Aufzeichnung wahrscheinlich früher oder später im Internet zu sehen sein würde, wo gestörte Menschen sie sich immer wieder anschauen würden, nicht um bei der Suche nach meinem Sohn zu helfen, sondern um sich einen Kick zu verschaffen. Wovon dem einen schlecht wurde, turnte den anderen erst richtig an.

Der Film zeigte den Schulkorridor von schräg oben, denn die Kamera war oberhalb der Eingangstür angebracht. Man sah die durch die Aufnahme etwas verzerrten Schließfachreihen entlang der Korridorwände, die in regelmäßigen Abständen von den Türen der Unterrichtszimmer unterbrochen wurden. Beasley tippte auf den Bildschirm und erklärte, Rachel Dutton habe bei der nachschulischen Betreuung immer den dritten Raum zur Linken benutzt. Hayden sei heute ihr einziger Schüler gewesen.

Wie man der LED-Zeitanzeige am linken unteren Rand des Bildschirms entnehmen konnte, betrat jemand um 15:29 den Korridor und ging unter der Kamera durch. Der Gedanke, dass die Person, die ich da auf dem Bildschirm sah, der Mensch war, der mein Kind jetzt in Geiselhaft hatte, traf mich wie ein Keulenschlag; und obwohl ich es wusste, konnte ich es nicht fassen.

Und noch viel weniger begriff ich, dass das nur zutraf, wenn Hayden überhaupt noch am Leben war.

Der Mann war mager, die Jeans waren eng um seine Taille gegürtet und an den Knien zu weit. Er trug ein Sweatshirt, dessen Kapuze er über den Kopf gezogen hatte. Da er sich von der Kamera wegbewegte, war sein Gesicht nicht zu sehen. Nachdem er an jeder Tür prüfend verharrt hatte, erreichte er die dritte Tür zur

Linken. Er trug einen Rucksack, der schwer bepackt zu sein schien. Matthews fragte mich, ob mir irgendetwas an ihm bekannt vorkäme, aber dem war nicht so.

Der Mörder öffnete die Tür erst nur einen Spaltbreit, dann schlüpfte er rasch hinein und machte sie hinter sich zu. Der Korridor lag nun still da. Nichts rührte sich. Beasley hielt die Maustaste gedrückt, und der Film lief nun im Zeitraffer ab, wie man an der rasch dahintickenden Zeitanzeige links unten sehen konnte.

»Wie lange war er da drinnen?«, fragte Duane.

»Sechzehn Minuten«, antwortete Matthews. »Er muss sich ganz schön ins Zeug gelegt haben, wenn man bedenkt, dass er in dieser Zeit beide Opfer gefesselt und sich dann auch noch mit der Lehrerin befasst hat.«

»Was hat er gemacht?«, fragte ich, und alle sahen weg. »Ich meine, mit der Lehrerin?«

Den Blicken, die Matthews mit seinen Beamten wechselte, entnahm ich, dass er es mir lieber nicht sagen wollte. Beasley hatte den Kopf in die Hand gestützt und starrte wortlos auf seinen Computer. Duane gab Matthews zu bedenken, dass ich es ohnehin bald in der Zeitung lesen würde. Matthews schien noch immer nicht überzeugt zu sein, doch er setzte eine ausdruckslose Miene auf und sagte: »Wir gehen davon aus, dass er Ms Dutton kurz nach seinem Eindringen die Kehle durchgeschnitten hat. Zu diesem Zeitpunkt waren auch noch andere Lehrer in dem Gebäude, aber keiner hat einen Hilfeschrei gehört, daher muss alles sehr schnell gegangen sein. Dann verstümmelte er sie auf ähnliche Weise, wie Ihr Mann es früher mit seinen Opfern getan hat.«

»Mein Ex-Mann«, hörte ich mich selbst fast automatisch sagen. Schon wieder würgte es mich. Ich erinnerte mich an Ms Duttons Blick und daran, wie mitfühlend und geduldig sie gewesen war, als sie nach der Prügelei mit Ashton Hale die Partei meines Sohns ergriffen hatte. Sie hatte mir direkt ins Gesicht gesehen und ihre Hilfe angeboten.

»Er hat ihre …?« Ich brachte es einfach nicht heraus. Meine Stimme versagte mitten im Wort den Dienst.

»Davon gehen wir aus, ja«, antwortete Matthews.

»Hat er sie durch irgendein anderes Objekt ersetzt?«

Nach kurzem Zögern antwortete Matthews: »Vermutlich handelt es sich um Pflanzensamen. Die gerichtsmedizinische Untersuchung wird Genaueres ergeben.«

»Mein Gott«, entfuhr es Beasley. »Ms Wren, ich weiß, dass sie alles getan hat, um Hayden zu schützen.«

»Davon bin ich überzeugt.«

In den Augen des stellvertretenden Schulleiters standen Tränen, und er wischte sie ärgerlich mit dem Unterarm weg und entschuldigte sich. Alle versicherten ihm, dass es in Ordnung sei, und er wandte sich wieder dem Computer zu und nahm den Finger von der Maustaste. Der Film lief nun wieder in Echtzeit ab: 15.45 Uhr. Die Tür des Klassenzimmers ging auf. Die Person kam heraus, sie trug eine große, dunkle Sonnenbrille und hatte ein Halstuch vor Mund und Nase gebunden. Unter der Kapuze war so nur ein winziger Streifen Haut zu sehen. Das Sweatshirt war vorne blutdurchtränkt und auch die langen Ärmel waren voller Blut. Die Hände des Mannes waren ebenfalls blutig; gewiss war es nicht einfach für ihn gewesen, meinen Sohn festzuhalten, der sich heftig gewehrt haben musste. Ich merkte, dass Carolyn meine Hand fest drückte, spürte es aber nicht richtig, denn es war, als wäre mein Körper vollkommen taub. Haydens Handgelenke und Fußknöchel schienen mit Klebeband gefesselt zu sein. Ein weiterer Streifen klebte über seinem Mund, und in diesem Moment hatte ich den Eindruck, selbst den bitteren Klebstoff auf meinen Lippen zu schmecken und das beengende, ziepende Band zu spüren. Doch mein Sohn kämpfte, meine Güte, er versuchte mit aller Kraft, sich dem Griff des Mörders zu entwinden. Einen Moment lang schaffte er es, und er fiel auf den Boden. Ich zuckte zusammen, als wäre ich selbst auf die glänzenden Bodenfliesen gefallen. Doch der Mörder riss meinen Sohn am T-Shirt wieder hoch, und es schien, als zischte er eine Warnung oder Drohung durch seinen Mundschutz. Danach verhielt Hayden sich ruhiger.

Der Mund des Mörders bewegte sich immer noch, als er unter der Kamera hindurchging, doch jetzt hatte er das Gesicht gehoben, als wendete er sich unmittelbar an jeden, der die Kameraaufnahme sehen mochte. Als wendete er sich direkt an mich.

Haydens Augen quollen fast aus den Höhlen und waren so weit aufgerissen, dass sie sein ganzes Gesicht über diesem gemeinen Streifen Klebeband ausfüllten. In seinen Augen stand so viel Angst, wie ich es noch nie bei ihm gesehen hatte, so viel Angst, dass ich sie kaum noch erkannte. Auch er starrte in die Kamera, als sie darunter hindurchgingen, und dann verschwanden die beiden aus dem Bild und waren weg.

»Ich bin mir sicher, dass das hart für Sie war, Ms Wren«, sagte Matthews. »Aber ich muss wissen, ob Ihnen irgendetwas an der Verdachtsperson bekannt vorgekommen ist? Haben Sie irgendetwas an ihm erkannt?«

Ich schüttelte den Kopf. Zu sprechen wagte ich nicht. Ich wusste, dass ich in nächster Zeit einen klaren Kopf brauchte, und ich wollte nicht, dass irgendjemand im Raum meinte, mich schonen zu müssen. Ich würde alles tun, alles was ich konnte, alles was in meiner Macht stand. Mir lief immer wieder dasselbe Stoßgebet durch den Kopf, eine Art Mantra, zu dem ich sofort zurückkehrte, wenn ich nicht gerade eine neue Information verarbeiten musste: *Bitte mach, dass ihm nichts passiert, lieber Gott, mein Gott, ich tue alles, was du willst, aber mach, dass ich ihn zurückbekomme, mach, dass er sicher nach Hause kommt.*

Randys Opfer hatten vermutlich auch gebetet. Jeder Einzelne von ihnen hatte vermutlich genau dasselbe erfleht wie ich jetzt.

Ich bat Matthews, mich die Kameraaufzeichnung ein weiteres Mal sehen zu lassen.

17. Kapitel

<1>

Wir trafen Pritchett beim Dinner im Restaurant des Hilton an. Er war in Gesellschaft eines Mannes mittleren Alters und einer jüngeren Frau. Außer den dreien war fast niemand im Saal; die Lichter waren gedimmt, die Tische leer, und ein einsamer Kellner fegte den Boden in der Nähe des Kücheneingangs. Pritchett blickte auf, als wir näher kamen. Ich marschierte energisch vor Duane und Carolyn her, während Matthews und zwei uniformierte Beamte mich mühsam zurückhalten wollten. Pritchett stand auf und sah mir entgegen.

»Ich habe die Sache in den Nachrichten gesehen«, kam er mir zuvor und zeigte auf einen Fernseher, der über der menschenleeren Theke angebracht war. Er sah geringschätzig an den Polizisten in Uniform vorbei und wandte sich an Matthews. »Ich habe nicht das Geringste mit der Sache zu tun. Es lag nicht in meiner Absicht, dass so etwas geschieht.«

Aus seinem finster verzogenen Mund und dem streitbaren Verhalten schloss ich sofort zweierlei: Er war höchstwahrscheinlich nicht für Haydens Entführung verantwortlich, aber er war sich so sicher wie eh und je, dass ich an der Ermordung seiner Tochter mitschuldig war.

Ich ließ mich nicht zurückhalten. »Sie haben meinen Sohn bedroht, damals in der ersten Nacht, als Sie mir gefolgt sind«, sagte ich. Ich merkte erst, dass ich es zwischen zusammengebissenen Zähnen hervorzischte, als Duane meinen Arm ergriff. Ich war tatsächlich kurz davor, mich auf Pritchett zu stürzen, der bleich, aber entschlossen wirkte.

Matthews ermahnte mich, mich zu beherrschen, wenn ich nicht von ihm vor die Tür gesetzt werden wollte. Dann fragte er Pritchett, wo er sich den Nachmittag über aufgehalten habe. Nun erst stellte Pritchett die beiden Leute vor, die mit ihm am Tisch saßen. Sie erhoben sich gleichzeitig und – so unwahrscheinlich das auch klingen mag – lächelten höflich, als sie dem Detective die Hand schüttelten. »Elliot Talese und Denise Sanders«, sagte Pritchett. »Zwei Angestellte meiner Firma, die gekommen sind, um sich wegen einer bevorstehenden Markteinführung mit mir zu beraten. Wir haben den ganzen Tag über verschiedene Telekonferenzen geführt.«

»Sie haben Ihre Firma verkauft«, bemerkte Duane scharf.

»Ich bin noch immer im Vorstand«, schoss Pritchett zurück. Er musterte Duane einen Moment lang forschend und nickte, als er ihn erkannte. »Mir ist zu Ohren gekommen, dass Sie und Ihre Frau inzwischen Mrs Mosley unterstützen. Nicht die geringste Gefahr eines Interessenkonflikts, ganz klar.« Er ließ ihn ebenso geringschätzig abblitzen wie zuvor die beiden Streifenpolizisten und wandte sich wieder an den Detective.

»Schauen Sie, es war ursprünglich gar nicht geplant, dass Mr Talese und Ms Sanders hierher kommen. Es gab ein kurzfristiges Problem, und die Firma hat mir erst vorgestern mitgeteilt, dass die beiden mich hier aufsuchen. Sie können gerne die entsprechenden Leute anrufen und das überprüfen.«

Talese und Sanders wirkten beide nur zu bereit, seine Darstellung zu bestätigen, und Matthews schickte sie an einen anderen Tisch, damit die Polizisten ihre Aussage aufnehmen konnten. Matthews erklärte Pritchett, er werde seine Telefongespräche überprüfen lassen und nachforschen, mit wem er sich seit seiner Ankunft in der Stadt persönlich getroffen habe.

»Kein Problem«, erwiderte Pritchett. »Ich werde veranlassen, dass Ihnen vom Hotel alle Informationen über die von meinem Hotelzimmer aus getätigten Anrufe zur Verfügung gestellt werden.« Er wandte sich noch immer ausschließlich an Matthews, da er zu Recht davon ausging, dass es von der Einschätzung des Detectives abhing, ob dies hier nur eine kurzfristige Unannehmlichkeit blieb oder sich zu einem langwierigen Problem auswachsen würde. Aber dennoch schoss sein Blick immer wieder zu mir hinüber. »Ich könnte niemals einem Kind etwas antun. Nicht nach dem, was meinem eigenen Kind zugestoßen ist.« Und dann, als könnte er es einfach nicht unterdrücken: »Jetzt wissen Sie wenigstens endlich, was für ein Gefühl das ist.«

»Diesen Satz haben Sie wohl lange geübt«, schnaubte Duane.

»Seit meine Tochter vor neun Jahren abgeschlachtet wurde, gehen mir ständig solche Sätze im Kopf herum«, erwiderte Pritchett mit gekränkter Würde. »Das heißt aber noch lange nicht, dass ich Mrs Mosleys Sohn etwas antun würde.«

Carolyn beschimpfte ihn als Drecksack. »Jedenfalls haben Sie die beiden mit Ihrer bescheuerten Rufmordkampagne persönlich gefährdet. Auch wenn Sie vielleicht nicht selbst der Täter waren, wäre das hier nie geschehen, wenn Sie nicht dafür gesorgt hätten, dass Ninas Gesicht in den Medien herumgereicht wurde.«

»In diesem Fall werden Sie sicherlich zu Ihrem Teil der Verantwortung stehen, Mrs Rowe«, erwiderte Pritchett lächelnd.

Matthews sagte, wir sollten besser draußen warten.

»Ich bin okay«, entgegnete ich betont ruhig.

Duane zog einen Scheck aus der Hosentasche, zerriss ihn in vier Teile und warf ihn auf Pritchetts Teller mit dem Knoblauchbrot und den Pasta-Resten. »Das hier ist unser Anteil an der Verantwortung. Ihr Honorar dafür, dass wir Nina für Sie aufgespürt haben. Ich trage diesen Wisch schon die ganze Zeit mit mir herum, weil ich auf eine Gelegenheit hoffte, ihn vor Ihren Augen zerreißen zu können. Seit dem Moment, als Sie an die Öffentlichkeit gegangen sind, weiß ich, dass ich an diesem dreckigen Spielchen nicht beteiligt sein möchte. Und wenn ich nun mit daran schuld bin, dass ein Kind Schaden erleidet, wenn Sie mich da mit hineingezogen haben ...« Er bemerkte Matthews' warnenden Blick und riss sich zusammen. »Was auch immer Sie tun, es wird Ihnen Ihre Tochter nicht zurückbringen«, endete er nüchtern.

»Und Ihr theatralischer Wutanfall bringt Mrs Mosleys Sohn ebenso wenig zurück«, erwiderte Pritchett. »Falls Sie mit Ihrem Honorar nicht einverstanden sind, sollten Sie das mit McClellan Associates diskutieren.

Die haben Sie engagiert, nicht ich persönlich. Aber das dürfte Ihnen wohl bekannt sein.«

Matthews setzte sich auf den Stuhl, auf dem Talese gesessen hatte. Er zog ein gefaltetes Stück Papier aus der Hosentasche. Es war der Zeitungsausschnitt, der in der Nacht, in der Pritchett mich im Supermarkt angemacht hatte, unter meinen Scheibenwischer geklemmt worden war: der Artikel über die Ermordung einer Frau in Tennessee. Vor unserem Aufbruch aus der Schule hatte Carolyn das Papier dem Detective mit einigen Erläuterungen übergeben. Matthews hielt Pritchett den Artikel so lange hin, bis der ihn erkannt hatte, und fragte ihn dann, warum er mir diesen Zeitungsausschnitt ans Auto gesteckt habe.

»Diesen Artikel habe ich einige Wochen, bevor ich Mrs Mosleys Aufenthaltsort herausfand, anonym zugeschickt bekommen«, antwortete Pritchett. Er nannte mich penetrant bei meinem ehemaligen Namen, als wollte er mich dazu provozieren, ihn zu korrigieren, doch diese Befriedigung gönnte ich ihm nicht. »Ehrlich gesagt glaube ich, dass Mrs Mosley selbst mir den Artikel geschickt hat, vielleicht als Warnung, denn die Leute, die den Auftrag hatten, sie zu finden …«, er hielt inne und maß die beiden Rowes einen nach dem anderen mit einem bösen Blick, »… hatten sie in einem Anfall von Gefühlsduselei darauf aufmerksam gemacht, dass sie ihre Identität und ihren Aufenthaltsort nicht mehr lange würde geheim halten können.«

Ich wusste nicht, ob ich weinen oder lachen sollte. »Ich kann verstehen, wenn Sie immer noch der Meinung sind, ich wäre an Randys Verbrechen beteiligt gewesen. Ich kann nichts tun, um Sie von dieser Überzeugung abzubringen. Aber Sie können doch wohl unmöglich glauben, dass ich meinen eigenen Sohn habe entführen lassen. Warum sollte ich denn so etwas tun?«

Darauf wusste Pritchett keine Antwort, was deutlich sichtbar war. Doch er bewahrte die Fassung, auch wenn ihn das diesmal beträchtliche Mühe zu kosten schien. Seine Lippen wurden schmal und er zog die Mundwinkel nach unten. Es war, als wenn er innerlich explodierte, und da er nicht weiterwusste, suchte er Zuflucht bei seinen alten Anschuldigungen: »Warum waren da diese gefälschten Dokumente?« Das war das Einzige, was ihm einfiel. »Da draußen in dem Schuppen, wo er seine Trophäen aufbewahrte, diese ganzen Ausweispapiere, die auf Sie ausgestellt waren, diese gefälschten Führerscheine und Reisepässe. Und Ihre DNA …«

»Weil Randy verrückt war, Mr Pritchett«, erwiderte ich ohne die geringste Hoffnung, dass er es je begreifen würde. Ich hätte ihm das am liebsten durch ein Megaphon ins Gesicht geschrien. Es ihm so laut ins Gesicht gebrüllt, dass er gezwungen gewesen wäre, Vernunft anzunehmen. »Er war geistesgestört. Er hat mich fast wahnsinnig gemacht, und bei Ihnen scheint ihm das ja gelungen zu sein. Mag sein, dass es gerecht ist, wenn ich für das, was Carrie zugestoßen ist, büßen muss, aber mein Sohn hat das nicht verdient, er ist vollkommen unschuldig. Darum bitte, falls Sie etwas wissen, was uns weiterhelfen könnte, ich bitte Sie *inständig*, sagen Sie es uns. Ich flehe Sie an.«

Doch er sah mir nicht mehr in die Augen. Stattdessen bat er Matthews um einen offiziellen Termin am nächsten Vormittag, an dem er zur Wache kommen und seine Aussage machen könne. Matthews bat ihn, sich schon für den Abend bereitzuhalten. Pritchett rief seinen Taschenträger Talese und bat ihn, mit Los Angeles zu telefonieren. »Geben Sie dort Bescheid, dass ich hier einen Rechtsvertreter brauche«, forderte er ihn auf.

Mein Zorn verrauchte, als ich beobachtete, wie er mit gefalteten Händen und leerem Blick an mir vorbeistarrte. Als er es schließlich schaffte, einen Kellner herbeizuwinken und ein Glas Whisky zu bestellen, war unübersehbar, dass er ein gebrochener Mann war.

<2>

Wieder daheim stand ich unschlüssig oben im Flur vor Haydens Zimmertür und brachte es nicht fertig, über die Schwelle zu treten. Matthews hatte dafür gesorgt, dass mein Haus rund um die Uhr überwacht wurde, und er hatte ein paar Techniker geschickt, die eine Fangschaltung an meinem Telefon einrichteten. Ich unterschrieb Formulare, in denen ich der Polizei das Recht einräumte, bei allen Anrufen, die übers Festnetz oder auf meinem Handy eingingen, den Anrufer zurückzuverfolgen. Carolyn hatte sich nur kurz frisch gemacht und ihre Handtasche ins Gästezimmer gestellt, bevor sie sich hinters Telefon klemmte. Ich hörte, wie sie unten auf ihrer Computertastatur tippte und Abflugzeiten vor sich hin murmelte. Duane war nach Hause gefahren, um seine Sachen zu packen. Er würde noch heute Abend fliegen oder spätestens morgen früh, falls er vorher keinen Flug bekam. Ich sagte den beiden, dass ich nicht wisse, wie ich sie für ihre Bemühungen bezahlen solle, doch sie winkten nur ab. Sie waren am

Rotieren, und ich hatte das Gefühl, in einem Spiel, in dem es für mich um alles ging, nur eine Zuschauerin am Spielfeldrand zu sein.

Lane Dockerys Heimatstadt, Duanes erstes Reiseziel, war in Detroit. Er hatte mit Dockerys Schwester Jeanine besprochen, dass sie alle Unterlagen, die für uns von Interesse sein könnten, für ihn heraussuchen würde. Nach wenigen Stunden Aufenthalt wollte Duane dann weiter in Richtung Westen. Falls Randy einverstanden war, wollte er sich persönlich mit meinem Ex-Mann treffen.

»Die Beamten im Gefängnis haben Randy verhört und gemeint, Haydens Entführung hätte Randy ziemlich getroffen«, hörte ich Carolyn leise hinter mir sagen. Ich schrak furchtbar zusammen, und sie legte mir beruhigend die Hand auf den Arm. »Ich wollte dich nicht erschrecken. Ich habe versucht, keinen Lärm zu machen, um dich nicht zu wecken, falls du schläfst.«

Als ich über diese absurde Vorstellung lachte, meinte sie, früher oder später müsse ich mich ausruhen. Aber ich hörte den Fernseher unten; die Zweiundzwanzig-Uhr-Nachrichten hatten mit einem Bericht über den Vorfall in der Schule begonnen und kamen jetzt zu Haydens Entführung. Wieder und wieder wurde der Mini-Van beschrieben, der ungefähr zum Zeitpunkt des Verbrechens in einer absolut chaotischen Weise von der Schule aus losgebraust war. CNN hatte die Nachricht aufgegriffen, die nun vermutlich im gesamten südöstlichen Sendegebiet ausgestrahlt wurde, und die Personenbeschreibung des Amber-Alert-Suchsystems lief inzwischen in regelmäßigen Abständen unter dem Fernsehbild aller möglichen Sitcoms, Reality-Shows und Basketballspiele. Ich fragte mich, ob die Leute vor den Fernsehern dieses Nachrichtenband wohl genauso ausblendeten, wie ich es sonst tat?

»Wenn es nicht Pritchett war, war es Randy«, sagte ich. »Ich weiß nicht, wie er es getan hat, und ich habe keine Ahnung, wer sein Komplize ist, aber er muss da mit drinhängen. Ich denke an diese Briefe, von denen der Gefängnisdirektor von San Quentin dir erzählt hat. Vielleicht war Randy nicht nur hinter Pritchett und Dockery her.«

»Ich glaube, du hast recht«, stimmte Carolyn zu. »Wir überprüfen die Leute, mit denen Randy im Gefängnis zusammen war, und zwar bis zum Beginn seiner Haftzeit. Das Postfach, an das Randy seine Briefe geschickt hat, wird jetzt polizeilich überwacht. Wenn wir eine Verbindung zu dem Artikel finden könnten, der Pritchett angeblich anonym zugeschickt wurde und den er dir unter den Scheibenwischer geklemmt hat ... Matthews sagt, seine Gerichtsmediziner konnten an dem Papier keine verwertbaren Spuren finden. Doch jener Unbekannte, der das Mädchen in Tennessee ermordet hat, ist vermutlich derselbe Täter, der nun deinen Sohn in seiner Gewalt hält. Wir haben von den dortigen Beamten erfahren, dass das Opfer in Tennessee auf die gleiche Art wie Haydens Lehrerin Rachel Dutton ermordet und verstümmelt wurde.«

»Und auf die gleiche Art wie Randys andere Opfer. Mein Ex-Mann hat jemanden gefunden, der ihn kopiert«, sagte ich kopfschüttelnd. »Einen Partner, der seine Verbrechen vollendet. Ich kann ja verstehen, wenn jemand mir etwas antun will, aber Hayden ...«

»Versuch gar nicht erst, den Entführer zu verstehen. Nur jemand, der im Kopf so krank ist wie Randy, könnte sich vorstellen, wie er tickt. Die Polizei geht dieser Spur nach, und die Leute von San Quentin und wir arbeiten auch daran. Aber es müssen einige richterliche Vollmachten eingeholt und Strategien erarbeitet werden … Ich weiß, dass das für dich im Moment nur bescheuert klingt, aber ich sage es dir, damit du verstehst, dass das alles ein bisschen Zeit braucht.«

Ich starrte in das dunkle Zimmer meines Sohns. Sein Bett war halbwegs gemacht, zumindest war die Decke zurechtgezogen. Wenn ich heute Nacht überhaupt irgendwo Schlaf finden würde, dann hier, auf Haydens kleiner Matratze unter dem Poster der Backyardagins-Hinterhofzwerge und seinem Abschlusszeugnis der ersten Klasse, das ich letztes Jahr trotz seines Protestes gerahmt und aufgehängt hatte. Plötzlich musste ich an die ermordete Rachel Dutton denken. *War sie verheiratet gewesen? Hatte sie einen Freund gehabt, oder vielleicht eine Freundin?* Mir wurde klar, dass ich nicht das Geringste über sie wusste, nicht einmal ihr Alter. Ich stellte mir vor, wie bei jemandem das Telefon läutete oder die Polizei leise an eine Haustür klopfte.

»Ich weiß jetzt, was Pritchett heute Abend gemeint hat«, flüsterte ich.

»Wovon sprichst du?«

»Als er sagte: ›Jetzt wissen Sie wenigstens, was für ein Gefühl das ist.‹ Da hat er recht gehabt. Die ganze Zeit habe ich mir eingebildet, ich hätte einiges durchgemacht, weil Randy mich getäuscht hat und ich mich zu einem gewissen Grad – ob nun mehr oder weniger spielt inzwischen nicht einmal mehr eine Rolle – auch bereitwillig täuschen ließ. Deshalb dachte ich, ich hätte etwas vom Leid der wahren Opfer begriffen und könnte ihren

Schmerz nachfühlen. Aber das war totaler Quatsch, Carolyn, in Wahrheit hatte ich keinen Schimmer.«

Carolyn wollte etwas sagen, aber ich schnitt ihr das Wort ab. »Nein. Ich habe eine gewisse Mitschuld, eine gewisse Verantwortung, doch die ganze Zeit, in der ich mich mit meinen Schuldgefühlen herumschlug, habe ich das Wesentliche übersehen. Pritchett wollte mir sagen, dass ich jetzt weiß, wie es sich anfühlt, *keine Verantwortung* zu haben und etwas nur vollkommen passiv zu erleiden. Das ist schlimmer, weil ich die Situation durch nichts beeinflussen und keinerlei Kontrolle ausüben kann. Ich bin hilflos. Und mit diesem Gefühl totaler Hilflosigkeit mussten Pritchett und all die anderen die ganze Zeit leben.«

»Tröstet dich diese Erkenntnis? Oder hilft sie dir, Hayden zurückzubekommen?«

»Ich weiß nicht.«

»Nein, sie hilft dir nicht, und das weißt du *genau*. Also vergiss das Ganze, und konzentriere dich auf das, was du tun *kannst*. Wenn du nicht schlafen kannst, komm runter und hilf mir, Randys Verhandlungsprotokoll durchzugehen. Ich habe damals, als wir herausfinden wollten, wie Pritchett Randy im Gefängnis nachstellen konnte, einen Bericht über seine Aktivitäten angefordert. Vielleicht steht ja etwas darin, was uns weiterhilft.«

Also folgte ich ihr nach unten, doch ich fühlte mich wie eine Schlafwandlerin. Ich konnte die Worte zwar lesen, verstand aber nicht mehr von dem Text, als wenn er in einer Fremdsprache verfasst gewesen wäre.

Und die ganze Zeit tickte eine Uhr in meinem Kopf. All diese Sekunden, die nutzlos verstrichen, während die Verantwortlichen damit beschäftigt waren, richterliche Vollmachten einzuholen und Abläufe zu organisieren.

18. Kapitel

»Ich weiß selbst nicht genau, nach welchen Kriterien ich sie ausgewählt habe. Ich kann Ihnen sagen, dass es nicht nur um ihr Aussehen ging, auch wenn es natürlich eine Rolle spielte. Es war eher ein Gefühl aus dem Bauch, so als ob man quer durch einen Raum hindurch den Blick eines Unbekannten trifft und sofort eine Anziehung spürt, diese Art sinnliches Aufblitzen, nur dass es in meinem Fall einseitig war. Soweit ich vermute … Ich sah sie immer in Gruppen von Menschen, und es war, als stächen sie deutlicher heraus, als zeichneten sie sich klarer ab. Ja, mir kam es fast vor, als ständen sie im Scheinwerferlicht.«

Im Gerichtssaal herrschte Totenstille, nur der Klang von Randys Stimme war zu hören. Seine Pflichtverteidiger hatten auf Schuldunfähigkeit wegen geistiger Unzurechnungsfähigkeit plädiert und eindeutig erklärt, dass Randy sich vor Gericht nicht selbst äußern dürfe. Randy hatte jedoch während seines Krankenhausaufenthalts und der Genesung von den Schusswunden, die Todd Cline ihm beigebracht hatte, bei der Polizei ein ausführliches und wohl auch einigermaßen umfassendes Geständnis abgelegt.

Anfangs war die Diagnose der Ärzte ungünstig gewesen; Randy hatte einen beträchtlichen Teil der Milz verloren, und ein Lungenflügel war kollabiert. Er hatte Angst gehabt, sterben zu müssen, ohne sich mit seinen Untaten je vor einem größeren Publikum brüsten zu können. Obwohl seine Stimme auf der Digitalaufzeichnung heiser klang und er oft Pausen machte, um etwas zu trinken oder sich zu räuspern, waren seine Worte klar zu verstehen.

Die Staatsanwaltschaft spielte im Laufe des Gerichtsverfahrens regelmäßig Ausschnitte des Geständnisses ab, und für den Tag, an dem ich als Zeugin vorgeladen war, hatten sie diesen kleinen Leckerbissen ausgewählt. Das Gerät war zu laut gestellt und die Stimme hallte an den schmucklosen, gelb gestrichenen Wänden des Gerichtsaals Nr. 3 scheppernd wider. Es war der Saal der Richterin Rita Oliver, einer stattlichen Frau mit grau meliertem Haar und scharfen blauen Augen. Sie achtete streng auf Ordnung und Disziplin. Es kam selten vor, dass Angehörige der Opfer die Fassung verloren, aber sollte es doch passieren, ließ Oliver sie rasch aus dem Zuschauerbereich führen. Suggestivfragen ließ sie weder der Verteidigung noch der Staatsanwaltschaft durchgehen, und sogar Randy, an den sie sich während der Verhandlung mehrmals unmittelbar wandte, schien ihr widerwillig Respekt zu zollen. Anthony Turnbull, der leitende Staatsanwalt, ein kleiner, gut aussehender Mann Anfang sechzig, der meistens Krawatten trug und sehr tüchtig, aber auch ein wenig ausgebrannt wirkte, hatte mich darauf vorbereitet, dass ich genau wie die Geschworenen, die Reporter und die im Gerichtssaal versammelten Angehörigen von diesen Aufnahmen erschüttert sein würde; denn genau das wollte die Staatsanwaltschaft mit dem Abspielen des Geständnisses ja bezwecken. Die Männer und Frauen auf den Geschworenenbänken lauschten mit hochgezogenen Schultern und gesenktem Blick. An meinem Platz im Zeugenstand konnte ich nichts anderes tun, als mit gesenktem Kopf auf meine Hände zu starren, während die Aufnahme ablief.

Nur ein einziges Mal hatte ich Randys Blick aufgefangen, und da hatte er mich angestarrt wie ein hungriges Tier. Einer seiner Pflichtverteidiger, ein enorm gestresst wirkender Lockenschopf mit Bierbauch namens Allan Beyer, war in der Woche vorher zu mir nach Hause gekommen und hatte einen Anzug aus Randys Kleiderschrank abgeholt, damit dieser nicht in seiner Gefängniskluft vor Gericht erscheinen musste. Eigentlich hatte ich Randys Kleidung und seine persönlichen Dinge verbrennen oder wegwerfen wollen, doch der Staatsanwalt hatte mir nahegelegt, sie aufzubewahren, da es denkbar sei, dass man die Sachen später doch noch einmal auf irgendwelche Beweisstücke hin durchforsten müsse. Also hatten Mom und ich alles in die Garage gebracht und diese gut abgeschlossen.

Doch Randy sah trotz des sauberen, gebügelten Hemdes und der Krawatte irgendwie heruntergekommen aus; er hatte sich das Haar wachsen lassen und trug einen Mehrtagebart, und er wirkte deutlich aggressiver in diesem Outfit.

Seine Stimme klang auf dem Band heiter und angeregt, fast so als unterhielte er sich bei einem Cocktail mit Freunden. »Wenn ich sie erst einmal entdeckt hatte, wenn dieser Zündfunke übergesprungen war, war die Tat im Grunde schon so gut wie begangen. Ich folgte ihnen sofort in sicherem Abstand und sog dabei jedes Detail in mich auf: die Art, wie sie gingen, was für Kleider sie trugen oder wie sie sich gegenüber anderen Passanten verhielten. Sie wissen schon, ob sie höflich oder grob waren, ob sie der Kellnerin Trinkgeld gaben und so. Daraus kann man eine Menge über einen Menschen erfahren, ohne auch nur ein Wort mit ihm gesprochen zu haben. Wenn es eine Frau war – und normalerweise war es eine Frau –, achtete ich auf ihre Frisur und die Marke der Schuhe, die sie trug. Ich versuchte, ihre Kleidergröße zu schätzen. All diese Dinge eben.«

Nun war die Stimme des Detectives zu hören, der das Geständnis aufgezeichnet hatte: »Und was, wenn sie in ein Auto stiegen?«

»Ich hielt mich bereit, ihnen zu folgen. Ich meine, verstehen Sie, diese Art des Anvisierens fand fast immer in einer Bar oder einem Restaurant statt, manchmal auch am Flughafen. Wenn man die Menschen so beobachtet wie ich, erkennt man, dass sie gleich aufbrechen wollen, und so war ich dann immer längst startbereit. Die Wagen mietete ich über die Firma, denn normalerweise war ich ja dienstlich unterwegs. Außer bei meinen ersten Opfern, wie zum Beispiel bei der Familie Renault.«

»Und Daphne Snyder. Sie kam auch aus El Ray«, merkte einer der Vernehmungsexperten beiläufig an.

Es folgte eine lange Pause. »Ja, sie war anders«, sagte Randy endlich, und es war nicht zu unterscheiden, ob in seiner Stimme ein Hauch von Bedauern oder Wehmut lag. »Sie war diejenige, die dann ja meinen Untergang eingeleitet hat. Ihre Eltern müssen riesig stolz auf sie sein.«

Daphne Snyders Eltern befanden sich ebenfalls im

Gerichtssaal. Ich kannte ihre Gesichter aus der Zeitung und war nicht die Einzige, die jetzt zu ihnen hinübersah. Einige Reporter starrten sie unverhohlen an. Mr Snyder fixierte Randys Hinterkopf, als könnte er diesen durch reine Willenskraft in Flammen aufgehen lassen. Mrs Snyder, die so aussah, als hätte sie in den fünf Monaten seit dem Verbrechen kein Auge mehr zugetan, stand von ihrem Platz am Ende der Bankreihe auf und ging steten Schrittes nach draußen, ohne sich ein einziges Mal umzuschauen. Einen Augenblick später folgte ihr Mann.

»Aber fast alle anderen habe ich in weit entfernten Städten gefunden«, murmelte Randy erinnerungsselig. »Das war ja einer der Gründe, warum es so unendlich lange gedauert hat, bis ihr Bullen mich endlich gefasst habt. Die meisten Serienmörder schlagen in einem Umkreis von ein oder zwei Stunden von zu Hause zu, was der Polizei nur zu gut bekannt ist. In der Zeitung hab ich gelesen, dass ihr schon einen FBI-Profiler in die Fahndung eingebunden hattet. Lerne ich den auch noch kennen?«

»Wenn Sie uns noch mehr erzählen«, stachelte einer der Detectives ihn an.

Randy lachte. Er merkte, dass man ihn bei Laune halten wollte, und er genoss es. »Also, ich würde ihn wirklich gerne kennenlernen. Ich würde gerne hören, was für einen Eindruck er von mir hat. Aber zurück zum Thema. Ich muss beruflich sehr viel reisen und ich dachte, dass es nahezu unmöglich sein dürfte, die Spur eines Täters zu finden, der seine Opfer völlig unsystematisch auswählt. Die meisten Täter verraten sich zum Beispiel dadurch, dass ihre Opfer sich ähneln, oder dass sie nur Nutten umbringen oder so etwas. Aber meine

Opfer hatten keine sichtbaren Gemeinsamkeiten. Wenn ich diese Menschen sah, fühlte ich mich zu ihnen hingezogen, und dann wusste ich, dass sie die Nächsten sein würden. Ich folgte ihnen nach Hause, und die Jagd war eröffnet. Ich nutzte dazu die Nächte nach den Besprechungen und Konferenzen, und während die anderen Wichser sich an der Hotelbar volllaufen ließen oder versuchten, einen Begleitservice zu finden, der nicht nur die letzten Schlampen im Angebot hatte, machte ich mich an meine Nachforschungen.

Ich kundschaftete die Umgebung ihres Zuhauses aus und versuchte, einen Überblick über die Gegend zu bekommen. Heutzutage kann man sich die Fluchtwege ja im Internet suchen, aber ich verwendete normalerweise gedruckte Straßenkarten.« Sowohl in Randys firmeneigenem Notebook als auch in seinem Computer, der im Gartenhäuschen stand, hatte man Wegbeschreibungen zu den Wohnorten seiner jüngsten Opfer gefunden. Auf demselben PC hatte man auch festgestellt, dass er sich wie besessen auf einer Reihe von unappetitlichen Websites herumgetrieben hatte, die sich mit Autopsien und chirurgischen Details beschäftigten oder mit Sadomaso-Praktiken und ekelerregenden Sammlungen von Nahaufnahmen anonymer Augenpaare. »Ich beobachtete das Haus, brachte in Erfahrung, wie der Alltag der Familie ablief, und verschaffte mir einen Überblick darüber, wann die einzelnen Familienmitglieder kamen und gingen oder wie lange sie abends aufblieben. Dann besorgte ich meine Ausrüstung, Sie wissen schon, mein Werkzeug, all diese Gegenstände, die ich nicht im Flugzeug mitnehmen konnte. Ich bin sicher, dass ihr Typen mittlerweile genaustens Bescheid wisst über all die schönen Gerätschaften, die meine Frau zu Hause in meinem Gartenhaus gefunden hat, aber unterwegs konnte man sich auch immer mühelos Messer, Klebebandrollen und andere notwendige Dinge besorgen. Das hat mir irgendwie großen Spaß gemacht. Später ließ sich immer leicht ein Teich oder ein Bach finden, wo ich das Zeug wieder loswerden konnte. Ich habe niemals alles im selben Laden gekauft, sodass ihr auch keine Chance hattet, über die Quittungen eine Spur zu finden.

Und dann, wenn meine letzte oder vorletzte Nacht in der Stadt angebrochen war, vollendete ich mein Kunstwerk – als das habe ich es nämlich immer verstanden, wissen Sie, als etwas wie die Premiere eines Konzerts oder eines Theaterstücks.

Ich wusste, dass ich mich eines Tages zu meinem Werk bekennen würde, und ich wollte, dass es jedes Mal etwas ganz Besonderes war, jede Tat sollte ihre spezielle Note haben. Wenn ich mein Kunstwerk vollbracht hatte, kehrte ich ins Hotel zurück und vernichtete alle Spuren. In neunzig Prozent der Fälle saß ich schon wenige Stunden später im Flugzeug nach Hause, um in die Arme meiner liebenden Frau zurückzukehren, und keiner hatte die geringste Ahnung.«

»Aber Sie hatten immer denselben Modus Operandi«, hakte ein Detective nach. »Das Entfernen der Augen und ihr Ersatz durch irgendwelche Objekte, die in die Augenhöhlen platziert wurden. Amtlicherseits war in allen Bundesstaaten bekannt, dass wir es mit einem Serienmörder zu tun hatten. Früher oder später hätten wir Ihren Anreiseweg nachvollzogen und herausbekommen, dass dort, wo diese Verbrechen stattgefunden hatten, immer dieselbe Person an- und abgeflogen war.«

»Das sagen Sie so«, höhnte Randy, und seine Überheblichkeit war selbst auf dem Digitalgerät unüberhörbar. »Aber ›früher oder später‹ kam nie. Die zuständigen Behörden haben sich niemals kurzgeschlossen, um ihre Daten abzugleichen. Ihr hättet mich nie erwischt, wenn meine Frau euch nicht angerufen hätte.«

Meine Handflächen waren nass geschwitzt. Ich versuchte, sie am Stuhl abzuwischen, doch der hatte einen Lederbezug, sodass ich sie an meinem Kleid trocken reiben musste. Turnbull und seine Leute von der Staatsanwaltschaft hatten mich beraten, wie ich mich kleiden sollte – im Gegensatz zu Hinweisen zu meiner Zeugenaussage war das nicht verboten. Ich trug eine strenge, marineblaue Bluse und einen passenden Rock. Der Staatsanwalt und der Kollege, der ihn beim Umgang mit den Geschworenen beriet, hatten mir zu einem Auftritt als ›Ehefrau, die tief verletzt wurde, aber Haltung bewahrt‹, geraten.

»Nun, diese Menschen, die …«, aus dem Lautsprecher im Gerichtssaal ertönte einen Moment lang das Rascheln von Unterlagen, »… für Sie im Scheinwerferlicht standen, wie Sie das eben nannten. Die lebten also immer in Einfamilienhäusern in diesen Vorstadtsiedlungen?«

»Nein, nicht alle. Carrie Pritchett zum Beispiel nicht. Sie lebte in einer Wohnung, was die Sache riskanter machte, da jeder, der von der anderen Seite über den Hof hinunterblickte, zufällig beobachten konnte, wie ich die Tür aufbrach.«

Von den Zuschauerbänken hörte man einen unterdrückten Schluchzer. In der dritten Reihe entdeckte ich das verzerrte Gesicht eines Mannes, das ich schon einmal in einer Nachrichtensendung gesehen hatte. Es war

Carrie Pritchetts Vater, der angeblich ein Vermögen mit dem Catering von Glamour-Events in Hollywood gemacht hatte. Richterin Oliver sah ihn mahnend an. Pritchett hatte die Hand vor den Mund gelegt, schluchzte aber noch ein paar Mal auf, bevor er sich wieder im Griff hatte. Er musste meinen Blick gespürt haben, denn als er schließlich wieder aufblickte, starrte er mir genau in die Augen. Es war der harte Blick eines gramgebeugten Mannes. Ich kam mir indiskret vor und schaute schnell weg, wobei mir bewusst war, dass ich mir nicht einmal ansatzweise vorstellen konnte, wie sehr dieser Mann unter dem litt, was Randy ihm angetan hatte.

Anthony Turnbull stand auf und drückte die Stopp-Taste. Er blickte so bedeutsam, als wolle er dem Moment eine historische Dimension verleihen und als könne er mit seiner feierlichen Kleidung und dem betonten Ernst die Gewichtigkeit der vergangenen und zukünftigen amerikanischen Rechtsgelehrsamkeit zur Schau stellen. Sein leises Lispeln schien seinen Worten noch mehr Nachdruck zu verleihen. Er sprach mich mit meinem Ehenamen an, obwohl ich schon rechtskräftig geschieden war; dadurch wollte die Staatsanwaltschaft den Geschworenen zu verstehen geben, wie sehr ich im persönlichsten Bereich verletzt und betrogen worden war. »Mrs Mosley, Sie haben gehört, was Ihr Mann über die Rückkehr zu Ihnen nach Hause berichtet hat. Hat er bei der Heimkehr von einer dieser Geschäftsreisen, die er, wie wir heute wissen, mit seinen Morden verbunden hat, irgendwann bedrückt oder verwirrt gewirkt?«

»Nein, Sir.«

»Ist Ihnen aufgefallen, dass er irgendwie erschüttert oder emotional aufgewühlt gewesen wäre?«

»Nicht, dass ich mich erinnern könnte.«

Turnbull wandte sich an die Geschworenen. »Und doch möchte die Verteidigung Sie glauben machen, Mr Mosley sei geistesgestört und in seiner Urteilsfähigkeit so stark beeinträchtigt, dass er Recht nicht von Unrecht unterscheiden kann. Ich möchte die Geschworenen bitten, angemessen abzuwägen, ob ein Mensch, der seine Verbrechen bis hin zum Auskundschaften der Wohnumgebung der Opfer genaustens geplant hat, ob ein Mensch, der seine Fluchtwege äußerst sorgfältig vorausberechnet hat – ob ein solcher Mensch sich wirklich in einer geistigen Verfassung befunden haben kann, die einen Freispruch wegen Unzurechnungsfähigkeit rechtfertigen würde. Die Staatsanwaltschaft vertritt die Auffassung, die auch durch Mrs Mosleys Zeugenaussage unterstützt wird, dass Mr Mosley keineswegs geistesgestört war, sondern es sich hier um einen Killer der übelsten Sorte handelt, der im Vollbesitz seiner geistigen Kräfte gehandelt hat. Nur jemand mit einem scharfen Verstand, der seine Verbrechen eiskalt plante, konnte seine Taten auf diese Weise begehen und sich anschließend so perfekt unauffällig verhalten, dass nicht einmal seine Ehefrau, die Tisch und Bett mit ihm teilte, den geringsten Verdacht schöpfte.«

Ich dachte an Randys Kratzwunden und seine Ausreden. Ich erinnerte mich an all die Geschenke, die er mir zu Beginn unserer Beziehung gemacht hatte, die goldene Halskette, die CDs, die er für mich zusammengestellt hatte, und die Wochenendausflüge, zu denen er mich eingeladen hatte. Die Skizze, die er von mir angefertigt und mir bei unserem dritten Treffen geschenkt hatte: wie unfertig mein Gesicht da gewirkt hatte, wie hilfsbedürftig, das Porträt einer Sehnsucht, die vielleicht nie erfüllt werden würde. Schon damals hatte er versucht, mich zu kontrollieren, mein Selbstbild zu beschädigen und mir zu vermitteln, dass ich allein nicht mit dem Leben klarkommen würde. Ich dachte daran, wie er manchmal nachts im Schlaf geschrien hatte. Ich erinnerte mich daran, wie er mir stundenlang konzentriert zugehört hatte, so als sei ich der einzige interessante Mensch auf der Welt.

Turnbull verschränkte nachdenklich die Arme vor der Brust. »In den letzten Tagen konnten wir anhand der Zeugenaussagen nachweisen, dass Mr Mosley praktisch jeden getäuscht hat, mit dem er zu tun hatte. Sie haben die Aussagen seiner Kollegen gehört, die nicht die geringste Ahnung davon hatten, was in ihm ablief. Sie haben gehört, wie er sich eine komplette Lebensgeschichte erfunden hat. Er behauptete, in Waisenhäusern und Pflegefamilien groß geworden und von Heimpersonal und verschiedenen Pflegeeltern misshandelt worden zu sein. In Wirklichkeit aber zeigen die Unterlagen, wie wir gesehen haben, dass die Mutter zwar gelegentlich ausfallend gewesen sein mag und der leibliche Vater sich seit dem dritten Lebensjahr nicht mehr um seinen Sohn gekümmert hat, dass der Junge aber erst im Alter von vierzehn Jahren in staatliche Obhut gegeben wurde. Er lebte nur bei einer einzigen Pflegefamilie, in der man sich, der allgemeinen Ansicht nach, um ihn kümmerte wie um ein eigenes Kind, bis die Pflegeeltern beim Brand ihres Hauses ums Leben kamen – damals war der Angeklagte siebzehn Jahre alt.«

»Einspruch«, rief Beyer, der erste Verteidiger. »Das ist eine unzulässige Unterstellung. Mr Mosley ist nicht wegen des Todes seiner Pflegeeltern angeklagt, außerdem weiß die Staatsanwaltschaft genau, dass bei dem genannten Vorfall niemals eine Straftat vermutet oder geahndet wurde.«

»Einspruch stattgegeben. Mr Turnbull, sprechen Sie bitte zur Sache.« Richterin Oliver, die in ihrem Talar eine stattliche und eindrucksvolle Figur abgab und offensichtlich vollkommen unparteiisch blieb, wandte sich an die Geschworenen: »Lassen Sie diese Unterstellung der Staatsanwaltschaft zur Todesursache von Mr Mosleys Pflegeeltern bitte außer Acht.«

Turnbull runzelte die Stirn. Er hätte offensichtlich gerne noch weitergeredet, setzte sich aber wieder hin und drückte die Wiedergabetaste des Abspielgeräts. Er hatte wenig zu verlieren, wenn er Randy das Reden überließ.

Und Randy redete! Detailliert schilderte er die Ermordung von Keith und Leslie Hughes, die Anfang Januar des Jahres 1999 erstochen und entstellt in ihrem Haus in Houston, Texas, aufgefunden worden waren. »Sie schliefen, und ich hatte Keith und Leslie die Handfesseln angelegt, bevor sie überhaupt aufwachten. Ich würde sagen, na, so etwa drei Stunden hat das damals gedauert. Ich ließ sie erst ausbluten. Das war die Szene mit den Weihnachtsbaumleuchten, nicht wahr?«

Einer der Männer, die ihn befragten, stimmte zu. Ja, Randy habe nach dem Entfernen der Augäpfel kleine, bunte Weihnachtsbaumleuchten in die leeren Höhlen eingelassen. Turnbulls beigeordnete Staatsanwältin, eine dunkelhaarige Frau Mitte vierzig namens Gladys Meisenheimer, teilte Fotos vom Tatort aus, während die Aufnahme weiterlief. Die Geschworenen reichten die glänzenden Bilder nach einem kurzen Blick an ihre Nachbarn weiter.

Mir fiel ein, dass eine ganze Lichterkette gefehlt hatte, als ich in jenem Jahr den Weihnachtsschmuck zusammenpackte. Randy war schon so auf seine bevorstehende Geschäftsreise fixiert gewesen, dass wir Silvester zu Hause verbracht hatten, damit er sich vorher ausruhen konnte. Ich sah Randy an und erkannte, dass er sich ebenfalls erinnerte. Lautlos formte er die Worte »Ich liebe dich« mit seinen Lippen.

Das Ganze war ein Scheingefecht, und praktisch jeder, der sich im Gerichtssaal befand, wusste es. Randy war die Todesspritze schon so gut wie sicher, doch dies hier war für ihn die Gelegenheit, noch einen unendlich kostbaren Moment länger im Rampenlicht zu stehen. So konnte er all die Aufmerksamkeit genießen, die entsetzten Gesichter der Geschworenen und das Aufstöhnen und die unkontrollierten Schluchzer, die immer wieder von den Angehörigen der Opfer auf den Zuschauerbänken zu hören waren. Trotz allem, was ich inzwischen über Randy wusste, hatte ich die wahre Tiefe seines Sadismus bis zu diesem Moment nie richtig begriffen.

Nach der Schilderung des Mordes an den Hughes schaltete Turnbull das Wiedergabegerät aus. Erneut trat er vor den Zeugenstand und sprach mich freundlich und rücksichtsvoll an: »Nina, ich weiß, dass es Menschen gibt, die vermutet haben, dass Sie in diese Taten verstrickt waren oder Ihren Mann zumindest gedeckt haben. Daher muss ich Sie fragen, ob Sie jemals den geringsten Verdacht hegten, dass Ihr Mann etwas mit diesen abstoßenden Verbrechen zu tun haben könnte. Gab es irgendwelche Hinweise darauf, dass Sie Ihr Heim mit einem Unmenschen teilten?«

Über die Antwort auf diese Frage hatte ich schon ziemlich lange nachgedacht. Ich setzte zum Sprechen an, hüstelte dann aber, räusperte mich und sagte: »Nein. Schlimmstenfalls haben ich manchmal gedacht, er könnte eine Affäre haben, aber nur, weil er gelegentlich so distanziert wirkte, aber ich sagte mir, dass Männer in der Ehe früher oder später immer so werden. Er war ja nie für längere Zeit weg, außer wenn er auf Geschäftsreisen ging. Er hatte seinen besonderen Raum im Keller und dann später, im zweiten Haus, das Gartenhäuschen, aber ich war niemals dort drinnen und habe nie etwas gesehen, das mich auf den Verdacht gebracht hätte, er … könnte … könnte diese Dinge machen, die er getan hat.«

»Seine Fassade hat also niemals einen Riss bekommen?«

Die Verteidigung erhob Einspruch, weil es sich um eine Suggestivfrage handelte, und die Richterin schlug dem Staatsanwalt vor, seine Frage umzuformulieren.

Turnbull zuckte die Achseln. »Ich ziehe die Frage ganz zurück, wenn das die Verteidigung glücklich macht. Kommen wir zur letzten Frage, Nina, und hier wird ein einfaches Ja oder Nein genügen. Vor dem allerletzten Wochenende, an dem Sie und Ihr Mann noch Tisch und Bett teilten, dem Wochenende also, an dem er mit Daphne Snyders Blut an den Kleidern nach Hause kam, war Ihnen da jemals der Gedanke gekommen, dass er ein Serienmörder sein könnte?«

Und niemals war mir eine Lüge leichter gefallen.

19. Kapitel

<1>

Carolyn weckte mich um zehn. Ich konnte kaum glauben, dass ich überhaupt geschlafen hatte, aber bei meinem letzten Blick auf die Uhr war es kurz vor vier Uhr morgens gewesen.

»Ist er tot?«, war meine erste Frage.

Carolyn schüttelte den Kopf. »Nein, aber Duane ist am Telefon und wollte, dass du mithörst, was er an Neuigkeiten zu berichten hat. Jeanine Dockery hat ihn am Flughafen abgeholt, und mittlerweile haben sie ein paar Stunden über den Unterlagen gesessen.«

Ich trug noch immer die Kleidung vom Vortag und spülte auf dem Weg nach unten meinen Mund mit etwas Mundwasser aus. Carolyn war mit ihren Sachen vom Wohnzimmer in die Küche umgezogen, um die Kaffeekanne in Reichweite zu haben. Ich blinzelte geblendet in die Sonnenstrahlen, die durch die Jalousie fielen, während Carolyn den Lautsprecher des Telefons einschaltete. »Schatz? Sie ist jetzt da.«

»Nina. Wie geht's? Hältst du durch?« Duane bemühte sich, wach und munter zu klingen, doch ich konnte die Müdigkeit in seiner Stimme hören, als ich mich über die Spüle beugte und das Mundwasser ausspuckte. Er hatte garantiert noch weniger geschlafen als ich.

»Was habt ihr herausgefunden?«

»Also, Jeanine hatte die Aufzeichnungen schon halbwegs chronologisch geordnet. Zumindest glaubt sie das, und ich stimme ihr zu, auch wenn Mr Dockery ein ganz eigenes System hat, weswegen es schwer zu beurteilen ist. Auf jeden Fall wissen wir aber, dass er tatsächlich an einem Buch über Randys Fall gearbeitet hat. Anscheinend hat die Geschichte ihn in all den Jahren nicht losgelassen, und er hat einen Ordner mit Zeitungsausschnitten über die von Randy eingelegten Berufungen und deren Ablehnung angelegt. Anscheinend geht Dockery davon aus, dass Randys Zeit bald abgelaufen ist und dass mit seiner Hinrichtung einige gesetzliche Bestimmungen hinfällig wären, die ihn bisher am Schreiben und Veröffentlichen der Story gehindert haben. Sein erster Impuls war, dich aufzuspüren, denn, so wörtlich in einer seiner frühesten Notizen: ›Ohne den Blickwinkel der Ex-Frau des Mörders ist die ganze Story nur ein weiterer PK, und davon ist der Markt längst satt.‹«

»›PK‹ bedeutet Polizeikrimi«, kam eine andere Stimme aus dem Hörer, »und sat. steht für saturiert.« Die Stimme klang barsch und rau, als gehörte sie jemandem, der sein Leben lang geraucht hat und von Moralpredigten über diese Untugend die Nase gestrichen voll hat.

»Das ist Jeanine«, erklärte Duane.

»Danke für Ihre Hilfe«, sagte ich.

»Finden Sie meinen Bruder.«

Duane versprach, dass wir unser Bestes tun würden. »Dockery war also überzeugt, dass die Geschichte ohne

Ninas Beitrag nicht zu erzählen sei. Aber die Suche nach dir verlief ergebnislos, Nina.«

»Er hat uns ja auch nicht engagiert«, witzelte Carolyn und schlug sich dann sofort die Hand vor den Mund. Ich wusste, was ihr durch den Kopf schoss: Hätten die beiden es nicht geschafft, mich aufzuspüren, wäre mein Sohn vielleicht nicht entführt worden. Sie legte mir die andere Hand auf den Arm und sagte: »Vergiss es einfach!«

»Stattdessen hat er dann Randy aufgesucht. Anscheinend gab es mindestens ein persönliches Treffen zwischen den beiden. Wir haben einen entsprechenden Eintrag in Dockerys Terminkalender gefunden, und die Behörden in Kalifornien haben es uns bestätigt. Randy hat meine Bitte um ein Gespräch übrigens abgelehnt. Aber er sagt, dass er mit dir reden würde, Nina.«

»Meinst du, dass er weiß, wer Hayden entführt hat?«

»Er streitet noch immer ab, irgendetwas mit der Sache zu tun zu haben. Ich bin mir da wirklich unschlüssig. Möglich, dass er hinter der ganzen Sache steckt und es ihm einen Kick verschafft, dich zu quälen. Oder er weiß wirklich nichts, möchte unser Interesse aber als Mittel nutzen, um dich zu einem Gespräch mit ihm zu nötigen und sich daran zu weiden, wie aufgewühlt deine Stimme klingt. Wenn man sein psychologisches Profil bedenkt, würde ich sofort jede Wette darauf eingehen, dass das sehr befriedigend für ihn wäre. Nur in einem bin ich mir ziemlich sicher, nämlich dass er uns nicht helfen wird, Hayden zu finden.« Duane wirkte von keiner seiner Theorien sonderlich überzeugt. Es klang eher so, als fühlte er sich wider besseres Wissen genötigt, alle Optionen aufzuzeigen.

»Wenn auch nur die geringste Möglichkeit besteht, dass es uns weiterhilft, rede ich mit ihm.«

Carolyn sah aus, als fühle sie sich bei diesem Gedanken ziemlich unwohl, aber das war mir egal. Wenn Randy sich das Vergnügen machen wollte, mich psychisch durch die Mangel zu drehen, war das nur ein kleiner Preis dafür, vielleicht einen Hinweis zu erhalten, der mir helfen würde, meinen Sohn zurückzubekommen. Und vielleicht hatte ich selbst ja auch noch ein Wörtchen mit Randy zu reden.

»Carolyn, du hast die Telefonnummer des Gefängnisses. Wenn ihr wirklich wollt, ruft nachher dort an. Aber erst solltet ihr mich zu Ende anhören, weil wir noch einen anderen Hinweis haben, dem nachzugehen sich lohnt. In Mr Dockerys Notizen über sein Gespräch mit Randy steht, dass Randy ihm den Rat gegeben hat, einen Mann namens Carson Beckman aufzusuchen. Wisst ihr noch, wer das war?«

Carolyn suchte eine Datei in ihrem Computer, da sie sich dunkel daran erinnerte, den Namen schon einmal gehört zu haben. Aber ich brauchte keine Erinnerungshilfen. »Carson Beckman ist der einzige Überlebende von Randys Überfällen«, sagte ich.

»Eigentlich gibt es sogar zwei Überlebende. Damals, als Randys Gesicht nach seiner Verhaftung ständig im Fernsehen zu sehen war, identifizierte eine Frau namens Patricia Lineberger ihn eindeutig als den Mann, der sie fünfzehn Jahre zuvor tätlich angegriffen hatte. Damals hatte er vermutlich noch keinen Mord begangen, und der FBI-Profiler, der Randy später befragte, ging davon aus, dass das sein erster, noch unausgereifter Mordversuch gewesen war. Patricia befand sich damals auf dem

Heimweg von einer Kneipe, die in der Nähe des Hauses seiner Pflegeeltern lag, und er versuchte, sie ins Auto zu zerren. Sie konnte entkommen, hatte den Übergriff aber doch als so bedrohlich empfunden, dass sie Anzeige erstattete. Mit Carson sah die Sache dann allerdings ganz anders aus. Bei seinem zweitletzten Gewaltverbrechen, etwa ein Jahr, bevor Nina die Polizei rief, tötete Randy die anderen drei Mitglieder von Carsons Familie. Damals war Carson vierzehn und überlebte, weil er sich im Gästezimmer versteckt hielt.«

»Ich erinnere mich an seine Aussage im Zeugenstand. Etwas Schrecklicheres habe ich noch selten erlebt«, sagte ich und spürte, wie mir wieder der Schweiß ausbrach. »Das war an einem der seltenen Tage, an denen ich selbst im Gericht war. Der arme Junge.«

»Ich habe den Eindruck, dass es auch später mit ihm nie mehr aufwärts ging«, sagte Duane. »Randy hatte Dockery nahegelegt, Carson aufzusuchen, weil – ich zitiere jetzt noch einmal aus Dockerys Notizen: ›RRM hatte das Gefühl, CB und er selbst seien durch die Parallele einer kaputten Kindheit miteinander verbunden. Es klang so, als sei CB ihm wichtig.‹ Dockery überlegt sogar, dass die beiden, Opfer und Täter, nach Randys Verurteilung miteinander Kontakt aufgenommen haben könnten.«

Ich wurde plötzlich ganz ruhig. »CB? Lautete so nicht die Unterschrift unter den Briefen, die den Gefängnisdirektor von San Quentin beunruhigt hatten?«

Carolyn starrte mich mit offenem Mund an. »›CB Taylor‹.«

»Wo hält Carson Beckman sich jetzt auf?«, fragte ich.

»Das wissen wir nicht. Nach dem Mord an Carsons Familie hat sein Onkel väterlicherseits die Vormundschaft übernommen. Dockery hat in seinem Kalender einen Termin mit diesem Onkel stehen, und der lag Jeanine zufolge nur wenige Wochen vor dem Verschwinden ihres Bruders.«

»Genau zwei Wochen«, bestätigte Jeanines Stimme aus dem Hintergrund.

»Seit einer halben Stunde versuche ich immer wieder, Carsons Onkel telefonisch zu erreichen, doch bisher leider erfolglos. Ich habe ihm eine Nachricht auf Band gesprochen. Aber ich bin euch ein gutes Stück voraus, denn ich habe unmittelbar vor meinem Anruf bei euch schon mit Matthews telefoniert.«

Ich schüttelte den Kopf. »Warum sollte denn jemand, dem Randy so wehgetan hat …? Warum sollte der denn überhaupt mit ihm reden wollen?«

»Das wissen wir nicht«, antwortete Duane. »Hört mal, ein Flug nach Kalifornien ist für mich sinnlos, wenn Randy nicht zu einem Treffen mit mir bereit ist. Aber Beckmans Onkel wohnt in der Nähe von Chicago, und Ms Dockery hat angeboten, mich heute Nachmittag dort hinzufahren.«

Wieder war die rauchige Stimme zu hören: »Schon seit Wochen versuche ich, mit ihnen in Kontakt zu kommen, doch sie wollten nicht mit mir reden. Aber ich hab so das Gefühl, dass sie entgegenkommender wären, wenn sie wüssten, was mit Ihrem Jungen passiert ist.«

Carolyn sagte den beiden, sie sollten ihre Zeit nicht länger am Telefon verschwenden und sich endlich auf den Weg machen.

<2>

Der Nachmittag war eine Qual. Die Polizei wollte nicht, dass ich das Haus verließ, damit ich zur Stelle war, falls Haydens Entführer versuchen sollte, Kontakt mit mir aufzunehmen. Matthews rief uns nach seinem Gespräch mit Duane an und warnte uns vor voreiligen Schlussfolgerungen. »Selbst wenn dieser Carson Beckman irgendwie in die Sache verwickelt sein sollte, weiß derzeit anscheinend niemand, wo er sich aufhält. Wir konnten seine Spur bis zu einer Wohnung verfolgen, in der er bis letzten November gewohnt hat, aber der Verwalter sagte, die Wohnung sei geräumt worden und eine neue Adresse ist nicht bekannt. Das neueste Foto von ihm, das ich auftreiben konnte, ist auch schon beinahe acht Jahre alt. Damals war er noch ein Jugendlicher, während er jetzt erwachsen ist und wahrscheinlich ganz anders aussieht. Duane sagte, er wird versuchen, ein aktuelleres Foto von Carsons Onkel zu bekommen und es mir zuzufaxen.«

Abgesehen von diesem Anruf war es unglaublich ruhig. Niemand rief an und niemand schickte mir oder Carolyn irgendwelche E-Mails. Ich tigerte durch die Wohnung und versuchte, etwas zu essen, schaffte es aber nur, ein halbes Sandwich herunterzuwürgen. In meinem Kopf stieg immer wieder dieses Bild auf, wie Hayden unter der Kamera im Schulkorridor hinausgeschleppt worden war, und ich sah ständig seine schreckgeweiteten, flehenden Augen vor mir. Und jetzt wurde er schon seit beinahe vierundzwanzig Stunden vermisst und befand sich in den Händen eines Mannes, der Rachel Dutton die Kehle durchgeschnitten hatte.

Eines Mannes, der sich diese perverse Vorliebe für die Augen seiner Opfer von meinem Ex-Mann abgeschaut hatte.

Carolyn versuchte, mich abzulenken. Zuerst sprach sie über Belanglosigkeiten, doch als sie am Tonfall meiner Antworten hörte, dass ich nur so tat, als würde ich zuhören, fing sie an, alle möglichen Vermutungen anzustellen. Vielleicht war Carson ja der Entführer; vielleicht war er ein armer Bursche, der durch die Ermordung seiner Familie noch immer traumatisiert war; vielleicht war Carson aber inzwischen auch selbst schon tot. Ich sah aus dem Fenster, während Carolyn redete. Auf der anderen Seite der Straße stand ein Polizeifahrzeug, und ab und zu klopfte ein Polizist an meine Wohnungstür und fragte nach, ob alles in Ordnung sei. Ich war hin- und hergerissen zwischen dem Wunsch, sie ins Haus zu bitten, damit sie nicht draußen in der Kälte sitzen mussten, und der Wut auf sie, weil sie Hayden nicht fanden. Schließlich war es ihre Aufgabe, ihn zu suchen, doch statt draußen durchs Gebüsch zu streifen und jeden Zentimeter nach ihm abzusuchen, hockten sie einfach da und warteten. Es machte mich rasend.

Ich hoffte immer noch, dass sie diesmal vielleicht doch erfolgreich wären, vielleicht indem sie Haydens Foto herumzeigten, Leute informierten und mit möglichen Zeugen sprachen. Vielleicht würde auch jemand das Auto und Haydens Entführer am Steuer erkennen und die Polizei anrufen. Vielleicht würde ja ein Verkehrspolizist durch einen glücklichen Zufall auf mein Kind stoßen, und gleich würde der Anruf kommen, dass Hayden gerettet war.

Das Auto wurde dann tatsächlich gesichtet. Die Polizei fand es weniger als vier Straßenkreuzungen von Haydens Schule entfernt, verlassen in einem Parkhaus neben einem ausgedehnten Bürokomplex. Von den dortigen Überwachungskameras war es weniger als zwanzig Minuten nach dem gestrigen Überfall im Vorbeifahren aufgenommen worden. Allerdings war das Gesicht des Fahrers bislang auf keinem der entsprechenden Filmausschnitte zu sehen gewesen. Matthews rief uns an und teilte uns diese Neuigkeit mit, bevor sie ein paar Minuten später auch schon auf Channel 41 als Schlagzeile unter den Seifenopern durchlief.

»Vermutlich stand dort schon ein weiteres Fahrzeug bereit. Wir befragen jetzt in dieser Gegend die Leute, aber bisher noch ergebnislos.« Matthews klang müde und mutlos. »Haben Sie schon mit Ihrem Ex-Mann geredet?«

»Sofort nach unserem Gespräch rufe ich in San Quentin an.«

20. Kapitel

Als Carson Beckman während Randys Gerichtsverhandlung in den Zeugenstand trat, wusste ich sofort, dass ich mich bei der Skizze, die im Gartenhäuschen an die Schranktür geheftet war, geirrt hatte. Sie war kein Porträt eines heranwachsenden Haydens gewesen und sollte auch nicht Randy als Jugendlichen darstellen. Nein, vielmehr war dieser Junge gemeint gewesen: Er hatte genau diesen schmalen, verkniffenen Mund, dieselben Pausbacken und die leeren Augen. Selbst der Topfschnitt des dünnen, stumpfen Haars war genau getroffen, nur dass man jetzt auch seine schmutzig blonde Farbe erkennen konnte. Randy hatte mit seiner Skizze diesen Jungen hier porträtiert, so wie er damals vor vielen Jahren eine Zeichnung von mir gemacht hatte. Allein durch diese Tatsache empfand ich ein unangenehmes Gefühl von Verwandtschaft mit diesem Jungen.

Alle im Gerichtssaal wussten, was ihm zugestoßen war, und erwarteten ein gebrochenes Kind. Tatsächlich aber war er vor kurzem sechzehn geworden und wirkte mit seiner krummen Haltung eher wie ein verlegener, linkischer Erwachsener als wie ein Jugendlicher. Carson trug Anzug und Krawatte, die offensichtlich ein oder zwei Größen zu klein für ihn waren (immer, wenn er schluckte, versetzte sein Adamsapfel den ganzen Kragen in Bewegung), setzte sich auf den für den Zeugen vorgesehenen Stuhl und beantwortete die Fragen des Verteidigers mit monotoner Stimme. Als er vollkommen ausdruckslos und ohne irgendwelche sichtbaren Emotionen in kurzen, knappen Sätzen berichtete, wie Randy alle Angehörigen seiner engeren Familie ermordet hatte, wirkte sein Auftritt fast surreal.

»Wann ist Ihnen in jener Nacht zum ersten Mal aufgefallen, dass irgendetwas nicht stimmte?«, fragte Allan Beyer. Der Strafverteidiger blieb am Tisch des Angeklagten sitzen, und so musste Carson jedes Mal, wenn er in Beyers Richtung blickte, zwangsläufig auch Randy sehen. Von meinem Platz auf den Zuschauerbänken fragte ich mich, ob man mir im Zeugenstand auch angesehen hatte, wie unerträglich ich es gefunden hatte, Randy anzuschauen. Carson jedenfalls starrte fast die ganze Zeit ins Leere, die Augen auf einen imaginären Punkt oberhalb der Notausgangsschilder über den Gerichtssaaltüren geheftet.

Beyer war der Jüngere von Randys Verteidigern, der von den Geschworenen mit etwas mehr Wohlwollen betrachtet wurde. Sein älterer Kollege, Gavin Plummer, war ein finster blickender Kahlkopf, der zu überflüssig langatmigen Ausführungen und rhetorischen Glanzleistungen neigte, die das Publikum auf den Bänken die Augen verdrehen ließ und die ihm mehr als einmal Richterschelte eintrugen. Beyer hatte schon seit Beginn des Tages den größten Teil der Befragungen durchgeführt. Jetzt wartete er eine ganze Minute ab, müßig seinen ergrauten Bart zwirbelnd, bevor er die Frage wiederholte.

Carson schien fast zu lächeln, als er sich auf seinem Platz wand, und ich nahm an, dass er mit Beruhigungsmitteln vollgepumpt war. Ich selbst hatte seit Randys Verhaftung mindestens eine Xanax pro Tag genommen.

»Als Dana mich weckte«, antwortete Carson freundlich.

»Und was sagte Ihre Schwester da?«

»Sie sagte, jemand wäre im Haus.«

Mehr rückte der Junge nicht heraus, aber diesmal ließ Beyer kein ausgedehntes Schweigen zu. »Woher wusste sie das?«

»Sie hatte Mom schreien gehört, nur ein einziges Mal. Das war wohl, bevor er ihr den Mund zugeklebt hat.«

»Er?«

»Mr Mosley.«

Ich wartete darauf, wieder als Zeugin aufgerufen zu werden, im Rahmen eines »zweiten Kreuzverhörs«, wie die Anwälte das genannt hatten. In einer Änderung des Protokolls, die ich als absolut widerwärtig empfand, gegen die ich aber, wie Turnbull und die anderen Vertreter der Staatsanwaltschaft mir erklärten, nichts ausrichten konnte, hatten die Strafverteidiger mich noch einmal als Zeugin einberufen lassen. Wieder sollte es um die Frage gehen, ob Randy zum Zeitpunkt seiner Taten zurechnungsfähig gewesen sei. Wir wussten nichts Genaues, aber Turnbull hegte den Verdacht, die Verteidigung werde damit argumentieren, dass Randy, als er mir den Schlüssel zu seinem Gartenhäuschen überließ, genau gewusst hätte, wie ich auf das Vorgefundene reagieren würde – nämlich indem ich Maßnahmen ergriff, die seinen Blutorgien ein Ende setzen würden –, was darauf hinauslief, dass er gefasst, verurteilt und hingerichtet werden *wollte*. Und das, so Turnbulls Theorie, werde zweifelsfrei beweisen, dass Randys Denken völlig irrational war. »Ein verzweifelter letzter Versuch, ihn vor der Todesspritze zu bewahren«, fasste Turnbull die Sache zusammen. »Originell, aber nicht völlig aus der Luft gegriffen.«

Schlimmer als das, was sie mir antaten, war jedoch, dass sie aus demselben Grund auch diesen einsamen einzigen Überlebenden von Randys Taten noch einmal vorluden. Es war eindeutig festgestellt und schriftlich festgehalten worden, dass Carson nicht freiwillig erschienen war, doch Beyer und sein abstoßender Miesepeter von Partner hatten sich auf irgendeinen uralten Präzedenzfall berufen, und Richterin Oliver hatte Carsons erneuter Zeugenaussage widerwillig zugestimmt.

Und nun rutschte Carson also unruhig auf seinem Stuhl im Zeugenstand hin und her, seine Augen irgendwo ins Leere gerichtet. Auf seinem Kinn spross ein Archipel von Aknepickeln, und sein Haar hing zerzaust und strähnig herab. Sein Teint war so fahl, als hätte er ganze Monate allein in seinem Zimmer verbracht und das Haus höchstens verlassen, um zur Schule zu gehen. Seine Tante und sein Onkel väterlicherseits, die die gesetzliche Vormundschaft übernommen hatten, saßen nicht weit von mir auf den Zuschauerbänken, doch ich merkte, dass ich ihnen nicht in die Augen sehen konnte.

Beyer legte die Fingerspitzen zusammen und beugte sich über das Verteidigerpult: »Was hat Dana dir gesagt?«

»Sie sagte, wir sollten durch den Flur laufen und uns im Gästezimmer verstecken«, antwortete Carson. Als hätte jemand einen Schalter umgelegt, wurde er plötzlich lebhaft, und es sprudelte nur so aus ihm heraus: »Sie meinte, wir sollten aus dem Fenster klettern. Aber wir waren im zweiten Stock, und ich glaube nicht, dass sie klar denken konnte. Ich hatte Angst, darum lief ich ihr nach, und als wir im Flur waren, hörten wir, dass im Zimmer unserer Eltern irgendwas passierte, aber weil die Tür geschlossen war, konnten wir nichts sehen. Als wir beim Gästezimmer ankamen, hörten wir, wie die Tür vom Zimmer unserer Eltern aufging, und dann hat jemand Dana beim Namen gerufen. Es war weder Moms noch Dads Stimme. Ich konnte mich nicht umschauen, weil Dana mich vor sich herschob, und als ich im Zimmer war, schlug sie die Tür hinter mir zu. Und dann hab ich sie erst wieder gesehen, als alles vorbei war.«

Es war totenstill im Gerichtssaal, nichts war zu hören als das Geräusch von Carsons hastigen Atemzügen. Richterin Oliver fragte, ob er fortfahren oder ob er nicht lieber eine Pause einlegen wolle. Doch Carson schüttelte knapp den Kopf und warf ihr ein reizendes und unter den gegebenen Umständen vollkommen deplatziert wirkendes Lächeln zu. »Ich würde es lieber hinter mich bringen«, erklärte er.

Beyer fuhr in seinem Kreuzverhör fort und Carson erzählte: Wie er zu große Angst gehabt habe, sich zu bewegen oder das Licht anzumachen, und sich einfach im Dunkeln lauschend ins Gästezimmer gekauert habe. Nach dem Zuschlagen der Tür habe seine Schwester nur ein einziges Mal aufgeschrien, dann habe er sie nicht mehr gehört. Carson schilderte die Geräusche eines Kampfes. »Es war etwas … Feuchtes zu hören«, sagte er. »Wie wenn jemand durch eine Pfütze geht. Und jemand, der mit der Hand gegen die Wand oder vielleicht auch den Boden schlägt, ich weiß nicht.« Nur die wenigsten im Gerichtssaal konnten ihm in die Augen sehen, während er diese Dinge erzählte, aber ich schaute zu ihm hinüber. Ich konnte einfach nicht wegsehen. Ein Flackern wie von einer sexuellen Erregung, eine Art ungesunde Faszination, die ich auf das tiefe Trauma zurückführte, das er erfahren hatte, huschte über sein Gesicht, bevor seine Züge wieder ausdruckslos wurden.

»Wie lange waren Sie da drinnen?«, fragte Beyer.

»Die Polizei hat mir hinterher gesagt, es wäre über eine Stunde gewesen, aber ich selbst weiß es nicht. Ich hatte keine Uhr um.«

»Wann haben Sie das Gästezimmer wieder verlassen?«

»Nachdem er mir gesagt hatte, dass ich gehen könnte.«

Beyer musste nicht von seinem Pult aufblicken, um zu spüren, wie elektrisiert plötzlich alle im Saal aufhorchten; die Spannung war fühlbar. »Wer hat Ihnen das gesagt? Mr Mosley?«

Carson nickte, beugte sich dann dichter zum Mikrophon des Zeugenstands und sagte: »Ja.«

»Dann wusste er also, dass Sie sich da drinnen versteckt hielten?«

Carson war totenbleich geworden, und einen Moment lang dachte ich, er würde in Ohnmacht fallen und vom Stuhl kippen. Doch er blieb sitzen, das Gesicht wie erstarrt, und als er redete, bewegten seine Lippen sich kaum: »Ich saß auf dem Boden, mit dem Rücken gegen die Tür, damit er nicht so leicht hereinkommen konnte. Mir war klar, dass ich nun wohl sterben würde. Ich hörte, wie jemand aus dem Zimmer meiner Eltern trat und durch den Flur ging, und ich hatte die Hände auf den Mund gelegt. Daran erinnere ich mich, dass ich alles tat, damit er mich nicht atmen hören konnte. Dann war alles still, und ich dachte schon, er wäre weg und ich sollte abhauen oder zu Dana und Mom und Dad gehen, um ihnen zu helfen, aber ich hatte zu große Angst. Ich war eben viel zu feige.«

»Keiner macht dir den Vorwurf, dass du irgendetwas hättest tun können, um das Schicksal deiner Familie abzuwenden, mein Junge«, sagte Beyer. »Du konntest nichts dafür. Du solltest dankbar sein, dass du noch am Leben bist.«

»Das sollte man meinen, nicht wahr?«, fuhr Carson ihn plötzlich böse an. Wir beobachteten ihn inzwischen alle mit gespannter Aufmerksamkeit, während er dem gönnerhaften Strafverteidiger einen wütenden Blick zuwarf und danach zu Randy hinübersah. »Er wusste die ganze Zeit, wo ich mich versteckt hielt. Er wusste es. Er stand vor der Tür, genau hinter mir, und fing einfach an zu reden, als wäre es ein ganz normales Gespräch. Er sagte: ›Ich weiß, dass es in dieser Familie noch einen Jungen gibt, aber anscheinend kann ich ihn nirgends finden. Ich werde auch bald einen Sohn haben. Meine Frau weiß es zwar noch nicht, aber ich glaube, dass es ein Junge sein wird, das spüre ich.‹ In diesem Moment muss ich irgendein Geräusch gemacht haben, denn er machte ›psst‹, und dann sagte er mir, ich solle vor dem Herauskommen noch fünf Minuten warten. Er trug mir auf, nicht nach meinen Eltern oder meiner Schwester zu sehen, sondern direkt nach unten zu gehen und die Polizei zu rufen. Dann ging er, und ich wartete und machte es genau so, wie er es mir gesagt hatte.«

Beyer wandte sich wieder den Geschworenen zu. »In all den Jahren, in denen Mr Mosley seine schrecklichen Verbrechen begangen hat, hat er niemals zuvor jemanden überleben lassen. Vor dem Verlassen des Beckman-Hauses hat er sogar mit Carson geredet, obwohl ihm vollkommen klar war, dass Carson seine Stimme würde identifizieren können, was er dann ja auch anderthalb Jahre später getan hat. Wir möchten Sie bitten abzuwägen, ob dies das Verhalten eines geistig gesunden Menschen ist, der mit vollem Verstand in seinem eigenen Interesse handelt, oder eher das Verhalten eines Geistesgestörten, dessen Verwirrung sich daran festmachen lässt, dass er alles tat, um gefasst zu werden.« Randy sah, dass sein Verteidiger es dabei bewenden lassen wollte, und flüsterte ihm energisch etwas zu. Offensichtlich widerstrebend erfüllte der Strafverteidiger die Bitte seines Klienten. Er wandte sich erneut dem Zeugenstand zu: »Noch eine einzige weitere Frage, junger Mann, und dann lassen wir Sie gehen. Hätten Sie denn irgendeine andere Erklärung dafür, dass Mr Mosley Sie nach der Ermordung Ihrer Familie verschont hat? Könnten Sie sich irgendeinen anderen Grund denken, warum er Sie am Leben gelassen hat, außer dass er wahnsinnig war?«

Die Richterin sah Turnbull in Erwartung eines Einspruchs an. Der Staatsanwalt war sogar schon aufgestanden, doch nun sagte Randy selbst etwas, und zwar direkt zu Carson Beckman, der bleich und reglos im Zeugenstand saß. »Er weiß es«, sagte Randy.

Carson starrte ihn an, als könne er ihn durch seinen

Blick auslöschen. Seine Stimme war stählern. »Nein, ich weiß es nicht.«

Richterin Oliver forderte Randy auf, den Mund zu halten, wenn er nicht unter Eid genommen werden wolle. Beyer und sein Partner blickten finster, und Beyer legte die Hand auf Randys Arm. Aber Randy sah Carson noch immer unverwandt an, und diesmal formte er die Worte lautlos mit den Lippen, so wie er es getan hatte, als ich im Zeugenstand gewesen war: »Doch. Du weißt es.«

Turnbull und seine Kollegen führten mich durch einen Hinterausgang aus dem Gericht, damit ich nicht durch die vor der Haupttreppe postierten Reporter laufen und ihre Fragen aushalten musste. Der Ausgang führte in ein Parkhaus, das den Zeugen und dem Gerichtspersonal vorbehalten war; es war ein kalter, düsterer Betonbau, der wohl auch im psychisch gesündesten Menschen Verfolgungswahn oder klaustrophobische Panik auslösen konnte. Turnbull versprach mir, dass ich nun nicht mehr vor Gericht erscheinen müsse, es sei denn, ich wolle bei der Urteilsverkündung zugegen sein, die er irgendwann in der folgenden Woche erwarte.

»Besteht die Möglichkeit, dass auf nicht schuldig befunden wird?«, fragte ich.

»Diese Möglichkeit besteht immer«, antwortete Turnbull und zupfte nervös an seiner Fliege. »Aber ich nehme an, dass die Geschworenen die Argumentation der Verteidigung durchschauen werden und es nicht zu einem Freispruch wegen Unzurechnungsfähigkeit kommt. Das, was die Gegenseite heute mit diesem Jungen angestellt hat, war ganz schön hart, und normalerweise kommt ein solches Vorgehen bei den Geschworenen nicht besonders gut an.«

»Dann brauche ich nicht zu kommen«, erwiderte ich.

Ich stand schon bei meinem Wagen, als ich hörte, wie hinter uns eine der Türen zum Parkdeck geöffnet wurde. Ich sah mich um und entdeckte Carson Beckman, der von seinem Onkel und seiner Tante flankiert den Mittelgang zwischen den geparkten Autos entlanglief. Ich hatte wirklich die Absicht gehabt, in meinen Wagen zu steigen und so schnell wie möglich nach Hause zu fahren, aber als ich Carson dort so klein und verloren zwischen seinen älteren Verwandten sah, überkam es mich irgendwie, und ich konnte nicht anders.

Sie blieben bei einem großen, silberfarbenen SUV stehen, und Carson hatte schon eine der Hintertüren geöffnet, als ich auf zwei oder drei Meter an ihn herantrat und mich räusperte. Er und sein Onkel drehten sich um. Der Onkel war ein distinguierter, gestresst wirkender Mann mit schneeweißem Haar, der einen Dreiteiler trug. Beide starrten mich an. »Bitte entschuldigen Sie die Störung«, sagte ich, meine Stimme zitterte, aber ich war fest entschlossen, zu sagen, was ich zu sagen hatte. »Ich bin Nina Sarbaines, ehemals Nina Mosley. Könnte ich vielleicht einmal kurz mit dir sprechen, Carson? Es dauert nur eine Minute.«

Der Onkel schien eingreifen und mich höflich bitten zu wollen, den Jungen in Ruhe zu lassen – ich merkte schon, wie er sich die passenden Sätze zurechtlegte –, aber Carson nickte und entfernte sich rasch ein Stück weit von dem Paar. Ich folgte ihm, und als er sich umdrehte, streckte ich unwillkürlich die Hand aus und legte sie ihm auf den Arm. Er zuckte zusammen und ich nahm die Hand wieder weg.

»Ich wollte dir nur sagen, wie leid es mir tut«, sprudelte es aus mir heraus. Natürlich wollte ich noch mehr sagen, aber es schnürte mir die Kehle zusammen und ich konnte nicht weitersprechen. Ich hatte ihm sagen wollen, wie sehr mir bewusst war, dass mein Mann ihm etwas Unersetzbares geraubt hatte. Und ich wollte ihm sagen, dass meine Lage zwar gewiss nicht mit seiner zu vergleichen sei, dass Randy aber auch mir viel genommen habe.

Er sah mich einen Moment lang neugierig an, nicht verärgert, aber auch nicht getröstet. Nach einer Pause, die so lange dauerte, dass ich befürchtete, einen Fehler gemacht zu haben, als ich ihn so impulsiv ansprach, sagte er mit leiser, hohl klingender Stimme: »Ich empfinde nicht das Richtige. Ich empfinde nicht das, was ich fühlen sollte.« So als hätte es ihn erschüttert, dass er Probleme damit hatte, emotional angemessen zu reagieren. »Irgendwas stimmt nicht mit mir.«

»Sag das nicht«, bat ich. »Denk das nicht mal. Genau das würde Randy gefallen, und nach allem, was er uns angetan hat, dürfen wir ihm diese zusätzliche Befriedigung nicht auch noch verschaffen.« Ich fand keine guten Worte, um das auszudrücken, was ich ihm eigentlich sagen wollte, nämlich dass ich wusste, was es bedeutete, etwas so Monströses und Schreckliches mit sich herumzutragen: dass es wie ein kalter Stein in der Brust war, ein Schockzustand, der niemals endete. Aber plötzlich kam es mir wie eine totale Vermessenheit vor, dass ich ihn so unentschuldbar dreist angesprochen hatte, und mir fiel nichts mehr ein.

»Irgendwann geht es dir wieder besser«, brachte ich heraus und spürte selbst, wie leer und falsch sich diese Floskel anhörte. Wie herablassend ich mit meinem Versuch wirken musste, diesen jungen Mann zu belehren, dessen ganze Familie ausgelöscht worden war, während ich unbekümmert so getan hatte, als wäre alles in Ordnung. Ich wollte ihm das Gefühl einer Befreiung vermitteln, einer Erlösung von einer schweren Last, jenes Gefühl, nach dem ich selbst mich verzweifelt sehnte, von dem ich mir aber damals in Wirklichkeit noch gar keinen Begriff machen konnte. Innerlich schrie ich, dass doch auch ich um etwas betrogen worden war, aber natürlich war ihm viel mehr geraubt worden als mir. »Keiner kann dir sagen, wie du zu trauern hast«, endete ich schließlich lahm. »Es kommt von selbst, wenn du reif dafür bist und den Entschluss gefasst hast, dass du nun bereit dazu bist.«

»Aber ich *will* ja gar nicht bereit sein«, antwortete er, und jetzt lag wieder diese Angst und Unsicherheit in seiner Stimme, die auch im Zeugenstand einen Moment lang aufgeflackert war. Es war, als flehe er mich um etwas an, als sollte ich ihm die Versicherung geben, dass er schließlich doch noch die angemessenen Gefühle empfinden werde, wenn es ihm erst gelungen sei, in Kontakt mit sich selber zu treten und den Zugang zu irgendwelchen existentiellen Gefühlen zu finden, die sich ihm ständig entzogen.

Jetzt erst, viel zu spät, begriff ich, dass ich ihm absolut nichts zu geben hatte, weder einen Trost noch eine Entschuldigung, die irgendeine Bedeutung hatte. Sein Onkel kam quer durch das Parkhaus auf uns zu, und ich war fast dankbar für diesen Vorwand, mich von

Carson und seiner Verzweiflung entfernen zu dürfen. Ich drückte ihm ein weiteres Mal die kalte, schlaffe Hand und kehrte dann hastig zu meinem Wagen zurück. Ich schaffte es nicht, mich noch einmal nach ihm umzuschauen.

21. Kapitel

<1>

Einige Stunden nach unserem Gespräch mit Duane hielt Matthews' Wagen vor dem Haus. Er hatte zwar die Sirene nicht an, doch an dem Tempo, mit dem er über den Bürgersteig zur Tür eilte, erkannten Carolyn und ich schon, dass er uns dringend sprechen musste. Ich hielt ihm die Tür auf, und er nickte uns beim Hereinkommen einen Gruß zu.

»Wir müssen miteinander reden«, sagte er und warf eine Aktentasche auf die Couch. Sofort fing er an, darin herumzukramen, und holte stoßweise Unterlagen hervor, gescannte Fotos und offizielle Berichte, die er zu Stapeln sortierte, während Carolyn und ich nervöse Blicke wechselten. Schließlich klappte Matthews sein Notebook auf und stellte es neben Carolyns.

»Konnten Sie schon mit Ihrem Ex-Mann sprechen?«, fragte er.

»Die Leute im Gefängnis sagten, sie würden mich heute Nachmittag zurückrufen. Wir warten noch immer darauf. Carolyn meint, dass sie vielleicht erst selbst noch versuchen wollen, etwas aus ihm herauszubekommen. Gibt es irgendetwas Neues über meinen Sohn?«

Matthews schüttelte den Kopf. »Tut mir leid. Aber in den letzten Stunden habe ich fast pausenlos mit Duane und verschiedenen Polizeibehörden im Umkreis von Detroit telefoniert. Duane lässt sich dafür entschuldigen, dass er Sie nicht mehr angerufen hat, aber er hielt es für schneller und effizienter, diese Informationen erst an uns zu schicken. Wir erhalten laufend E-Mails mit Infomaterial von ihm. Dazu komme ich gleich noch einmal, aber erst einmal möchte ich, dass Nina das hier sieht ...« Er verstummte und blätterte seine Unterlagen durch, bis er das Gesuchte fand und hochhielt. Es war die grob gekörnte Kopie eines Fotos, die offensichtlich gefaxt oder eingescannt worden war. Ich erkannte Carson Beckman an seinem schmalen Mund und den dunklen Augen, aber auf diesem Foto sah er ganz anders aus als der Junge, dem ich damals vor Gericht begegnet war. Sein Gesicht wirkte noch erschöpfter und die rundlichen Wangen waren verschwunden, so als hätte die Haut ihre Spannung verloren und wäre zu einer schlaffen Maske zusammengefallen. Irgendwie erinnerte sein Gesichtsausdruck an ein in die Enge getriebenes Tier, das plötzlich vor einem unüberwindbaren Hindernis steht. Er trug drei Ohrringe im rechten Ohr und zwei im linken, und ein ungepflegtes Unterlippenbärtchen verstärkte den allgemeinen Eindruck von Verwahrlosung. »Haben Sie ihn vor kurzem irgendwo gesehen?«, fragte Matthews.

Ich schüttelte unsicher den Kopf. »Ich glaube nicht. Aber vollkommen ausschließen kann ich es auch nicht.«

Matthews sprach aufgeregt auf uns ein, so als wüsste er, dass er sich ohnehin vergebens bemühte, die wesentlichen Fakten knapp und präzise auf den Punkt zu bringen. »Das Foto stammt von Carsons Dienstausweis bei seinem letzten Arbeitgeber, einem Zustelldienst, für den er bis vor einem halben Jahr tätig war. Das Foto ist älter als ein Jahr, also hat sich Carsons Aussehen seit damals vermutlich noch einmal geändert. Wir haben der Polizeibehörde von Memphis, Tennessee, eine Kopie geschickt, und von dort kam nun der Bescheid, dass das Foto den Täterbeschreibungen entspricht, die Zeugen im Zusammenhang mit dem Mord an Julie Craven gemacht haben.« Matthews zog ein anderes Foto hervor, diesmal eins von einer jungen Frau im College-Alter. Er reichte es mir herüber und beobachtete, wie mir vor Bestürzung der Mund offen stehen blieb.

»Mein Gott«, entfuhr es mir.

»Sieht ihr ziemlich ähnlich, nicht wahr«, stimmte der Detective mir zu.

»Wem?«, fragte Carolyn.

Ich legte das Foto aus der zitternden Hand. »Der Lehrerin meines Sohns. Rachel Dutton.«

»Das muss noch nicht unbedingt etwas zu bedeuten haben«, warnte Matthews. Er schien seine Unterlagen endlich in der richtigen Ordnung zu haben und holte tief Luft, bevor er fortfuhr. »Aber Triebtäter wählen gerade auch bei ihren ersten Taten oft Opfer aus, die eine gewisse körperliche Ähnlichkeit haben. Daher ist dies hier unter Einbeziehung all der Fakten, die wir in den letzten Stunden herausgefunden haben, derzeit unsere heißeste Spur. Nun gut. Nach dem Mord an Carsons Familie wird der Junge also der Vormundschaft seines Onkels väterlicherseits übergeben, eines Mannes namens Joe Beckman und seiner Frau Laurie.«

»Duane wollte sie aufsuchen«, sagte Carolyn.

»Von dort hat er mich auch angerufen. Anscheinend versuchte Lane Dockerys Schwester schon die ganze Zeit seit dem Verschwinden ihres Bruders, Carsons Onkel und Tante zu kontaktieren, doch diese haben sich immer geweigert, mit ihr zu reden. Ob das daran liegt, dass ihr Gespräch mit Dockery nicht gut verlief, oder ob Carson sie gebeten hat, mit niemandem darüber zu reden, wissen wir nicht. Doch als Duane ihnen von Hayden erzählte, waren sie bereit zu reden. Carson hat nach dem Mord einige Jahre bei Onkel und Tante gelebt und ist dann vor zwei Jahren in eine Wohnung auf der anderen Seite der Stadt gezogen. Erst vor sechs Wochen, als der Immobilienverwalter die beiden Beckmans anrief und ihnen mitteilte, dass die Wohnung ihres Neffen wegen Mietrückstands geräumt werden müsse, haben sie erfahren, dass er nicht mehr dort wohnte. Es waren ein paar Umzugskartons da, und Onkel und Tante, die für die Miete gebürgt hatten, nahmen die Kartons mit und lagerten sie zu Hause in ihrer Garage ein. Sie erklären, seitdem keinen Kontakt mit ihrem Neffen gehabt zu haben.

Einen Teil dieser Geschichte hat Duane selbst von den beiden erfahren, und ich bin der Sache mithilfe der Polizei vor Ort weiter nachgegangen. Die restlichen Unterlagen hier stammen aber direkt aus Carsons Kartons.« Er hob einen Stapel handschriftlicher Seiten hoch. Ich schluckte, als ich die Schrift erkannte. »Jeanine Dockery hat zwischen den Sachen in Carsons Kartons die Uhr ihres Bruders erkannt. Lane Dockerys Initialen sind in die Uhr eingraviert. Bis zu diesem Punkt hatten Carsons Onkel und Tante sich eher zurückgehalten, doch als Dockerys Schwester sie nach dem Fund der Uhr ziemlich bedrängte, fing die Tante an zu reden, während der Onkel den Mund hielt und seinen Rechtsanwalt anrief. Duane konnte Joe Beckman dann aber davon überzeugen, dass es ihm später gewiss besser gehen würde, wenn er jetzt aufhören würde, unsere Ermittlungen zu behindern, und uns endlich helfen würde. Die beiden redeten also, und es hörte sich an, als wären die armen Leute mit ihrer Weisheit schon lange am Ende.«

Ich legte Matthews die Hand auf den Arm und konnte die Hitze seiner Haut und das Hämmern seines Pulses fühlen. »Erzählen Sie alles von Anfang an.«

Der Detective holte noch einmal tief Luft und sagte: »Okay, schon gut. Im Prinzip hatte Carson die ganze Zeit, in der er bei Onkel und Tante lebte, Probleme.«

»Was nach dem, was ihm zugestoßen ist, auch nicht verwunderlich sein dürfte«, meinte Carolyn.

»Stimmt. Aber wenn man schon so lange in diesem Beruf tätig ist wie ich, fällt einem irgendwann zwangsläufig auf, wie oft das Opfer zum Täter wird. Tut mir leid, aber so ist das Leben. Denken Sie nur an Charles Pritchett. Duane hat gesagt, die Tante habe immer wieder betont, dass Carson während der ganzen Zeit, in der er bei ihnen lebte, fast durchgehend zu irgendwelchen Therapeuten ging, und dass sie wirklich alles für ihn getan hätten, was man von ihnen erwarten könne. Ihre eigenen Kinder waren schon längst erwachsen und hatten eigene Familien gegründet, und plötzlich hatten die beiden dann wieder einen Jugendlichen im Haus, einen sehr schwierigen Teenager. Wenn ihre eigenen Kinder im Urlaub oder zu Feiertagen oder so zu Besuch kamen, hätten auch sie versucht, Carson näherzukommen, aber je mehr sie sich bemüht hätten, ihn als Familienmitglied zu behandeln, desto stärker hätte er sich zurückgezogen. Schließlich arrangierten sie sich mehr oder weniger damit, dass sie dem Neffen, den sie weiterhin als Fremden empfanden, einfach Unterkunft, Essen und Taschengeld boten. Sie deuteten Probleme mit Schule und Polizei an, wollten sich aber laut Duane nicht näher darüber auslassen. Deswegen habe ich unsere Kollegen dort unten angerufen. Carson ist inzwischen so alt, dass sein Jugendstrafenregister gelöscht sein sollte, aber da wird, wie ich von uns selbst weiß, manchmal ein bisschen geschlampt, und so hab ich einfach einmal auf den Busch geklopft. Ich bekam jemanden aus der Datenabteilung an die Strippe, habe erklärt, dass das Leben eines Kindes gefährdet ist, und da hat der Kollege gefunden, was ich brauchte.«

Matthews zog ein paar Papiere hervor und ließ uns einen Blick darauf werfen. Es waren offizielle Polizeiberichte. In einem davon ging es um einen Fall leichterer Körperverletzung bei einer jungen Frau. Carson wurde als Tatverdächtiger benannt. »Damals war er sechzehn«, berichtete Matthews. »Das war nur wenige Monate nach seiner Zeugenaussage in Randys Verhandlung. Er ist über ein Mädchen in der Schule hergefallen. Sie wurde zwar nicht ernstlich verletzt, war aber doch so verängstigt, dass sie und ihre Eltern Carson bei der Polizei anzeigten und die Schule ihm Schulverbot erteilte. In diesem Fall berücksichtigte der Richter aber Carsons Vergangenheit und setzte das Urteil zur Bewährung aus, sodass Carson seinen Highschoolabschluss an einer Privatschule machen konnte.« Matthews zeigte uns einen weiteren amtlichen Bericht. »Das hier kam nicht bis vor Gericht, aber Carson wurde als Verdächtiger verhört, als in der Nachbarschaft von Carsons Onkel ein Spanner sein Unwesen trieb. Mir scheint, dass wir hier mehr als genug Hinweise dafür haben, dass dieser junge Mann ernste Probleme hat.«

Ich blätterte die Unterlagen durch und stieß auf eine Seite, die mir vorher schon ins Auge gefallen war. Ich hielt Matthews das Blatt hin und fragte: »Und was ist mit den Briefen?«

Er nickte. »Sie sind von Randy. Es gibt eine ganze Reihe davon, und es sieht so aus, als hätte Carson fast alle aufgehoben, was den Gedanken nahelegt, dass er wollte, dass sie irgendwann gefunden werden. Randy und Carson haben schon seit Jahren Kontakt. Deswegen habe ich Sie auch gefragt, ob Sie schon mit Randy gesprochen haben.«

Carolyn schüttelte den Kopf. »Warum hat Carson Beckman denn ausgerechnet mit dem Mörder seiner Familie korrespondiert?«

»Er war psychisch labil«, erwiderte Matthews achselzuckend. »Mit Sicherheit kann ich das natürlich nicht wissen, und wir haben hier ja nur Randys Teil der Korrespondenz. Ich glaube, Sie haben recht mit Ihrer Vermutung, dass die Gefängnisbehörde in Kalifornien erst einmal versucht, selbst etwas aus Randy herauszubekommen. Ich habe schon mit den Leuten dort telefoniert. Sie haben Randys Zelle durchsucht, aber nichts gefunden. Er weiß, dass sie seine Post lesen, das wissen alle Gefangenen, also nehme ich an, dass er Carsons Briefe immer gleich weggeworfen oder sie zumindest beiseitegeschafft hat, bevor diese Geschichte hier losging.« Matthews sah mir in die Augen. »Wir müssen San

Quentin noch einmal anrufen und dafür sorgen, dass Sie sofort mit Randy verbunden werden.«

»Noch nicht«, entgegnete ich. »Erst muss ich den Rest über Carson hören. Carson läuft frei herum und Randy nicht.«

»Nun, wie schon gesagt, er hat seinen Highschoolabschluss gemacht und dann öfter den Job gewechselt, die Stadt aber nicht verlassen. Außerhalb der Schule scheint er nicht viel unternommen zu haben, aber das kommt bei Jugendlichen ja öfter vor. Bisher konnten wir keine Freunde oder Bekannte von ihm ermitteln, und so befragt die Polizei von Detroit jetzt erst einmal die Kollegen an seinem letzten Arbeitsplatz. Bis zu Dockerys Interview hat er gelegentlich seinen Onkel und seine Tante besucht, aber danach hat er sich nicht mehr blicken lassen. Sie hatten nichts mehr von ihm gehört, bis der Immobilienverwalter sie aufforderte, seine Sachen abzuholen.«

Matthews breitete verschiedene Papiere vor mir aus. Es waren Kopien von Randys Briefen an Carson. »Wir haben die Briefe so gut wie möglich chronologisch geordnet. Der erste wurde wohl vor zwei Jahren kurz nach Neujahr geschrieben. Randy bezieht sich auf Carsons ›Entscheidung‹, was sich, wie Duane und ich vermuten, auf eine Art innere Stimme bezog, die Carson nötigte, Kontakt mit Randy aufzunehmen. Carson muss damals gerade einundzwanzig geworden sein, und die meisten schweren psychischen Krankheiten kommen um das zwanzigste Lebensjahr herum zum Ausbruch. Dann gibt es da noch Folgendes: Randy schreibt: ›Du sagst, dass du versucht hast, all das hinter dir zurückzulassen, dass die Träume dir aber keine Ruhe lassen. Du sagst, dass sie einfach immer wiederkehren und dass Dr. Vale und ihre Medikamente dir auch nicht helfen. Du solltest dich einmal fragen, warum du ausgerechnet zu *mir*‹ – Randy hat das Wort selbst hervorgehoben – ›Kontakt suchst. In deinem Inneren kennst du die Antworten schon, die du suchst – du musst nur den Mut finden, ihnen ins Gesicht zu sehen. Ich kann dir die Antworten nicht geben, dir aber jede Hilfe anbieten, die in meiner Macht steht – so viel schulde ich dir zumindest. Ein paar Regeln solltest du jedoch beherzigen: Gewiss ist dir bekannt, dass alle hier eingehenden oder ausgehenden Briefe geöffnet und gelesen werden. Ich kann auch nicht mehr tun, als dir eine Art Landkarte an die Hand zu geben, die dir bei der Suche nach deinen eigenen Antworten hilft. Vorläufig gebe ich dir erst einmal den Rat, deine Medikamente nicht weiter einzunehmen. Medikamente betäuben die Seele und verschleiern die Wahrheit.‹«

»Jesus«, stöhnte Carolyn.

Matthews zeigte uns weitere Briefe. »Ist Ihnen aufgefallen, wie Randy Carson nach den ersten Monaten anredet?« Wir schauten auf die erste Zeile: *Mein Sohn.* Mir fiel ein, wie Randy anfangs versucht hatte, vom Gefängnis aus Kontakt mit uns aufzunehmen, wie er Briefe an Hayden geschickt hatte. Mir wurde schlecht, und ich wäre am liebsten im Boden versunken.

»Ihr Code war nicht sehr raffiniert«, fuhr Matthews fort, »aber das war auch nicht nötig. Ohne besondere Genehmigung dürfen die Angestellten, die die Post der Gefangenen kontrollieren, diese nur auf offensichtliche Hinweise auf kriminelle Aktivitäten hin untersuchen. Der Wärter schöpfte erst Verdacht, als Randy nach Pritchetts Mordversuch in einem Brief das ›Haus des Caterers‹ erwähnte. Wenn man bedenkt, dass die Chancen, in den nächsten Jahren irgendwelche Häuser zu kaufen, sowohl für Randy als auch für Carson ziemlich schlecht waren, steht in diesen Briefen wirklich enorm viel über Immobilien. Randy schreibt: ›Mein Vorschlag ist, dass du mit etwas Älterem anfängst. Zum Beispiel mit einem renovierungsbedürftigen Haus, an dem sonst niemand Interesse hat. Das birgt ein deutlich geringeres Risiko, da solche Häuser oft in Einzellage stehen, abseits der dichter bewohnten Viertel. Ich weiß, dass das nicht so attraktiv oder romantisch ist wie das, was du als *Traumhaus* oder *Idealwohnung* bezeichnest, aber ich rate dir wirklich dringend, mit etwas Einfachem anzufangen. Sonst wird dein Traumhaus zu etwas, was dir vollkommen über den Kopf wächst.‹ Randy gibt Carson dann den Rat, sich die Umgebung vorher genau anzuschauen. Er legt ihm ans Herz, sich ›unbedingt vorher ein Bild von den anderen Käufern zu machen, die eventuell auch Interesse an der Immobilie haben könnten.‹ Er weist ihn an, ›Sichtlinien‹ zu beachten. Wir vermuten, dass er damit Familienmitglieder oder Nachbarn meint.«

»Er gibt ihm Tipps darüber, wie man jemanden beschattet«, bemerkte ich.

»Klingt so. Kurz darauf kann man dann die ersten Hinweise auf das ›Haus des Caterers‹ finden. Und zwar ausgerechnet kurz nach dem misslungenen Mordanschlag auf Randy.«

»Randy hat Carson auf Pritchett angesetzt?«

Matthews sah uns an. »Ganz sicher können wir uns da natürlich nicht sein, oder? Aber dieser Job war offensichtlich nichts für Carson, und in seinen letzten

Briefen klingt Randy ziemlich genervt. Zum Beispiel in diesem hier: ›Auch wenn du mir seitenweise abgehobenes Zeug darüber schreibst, wie gut es mit dem Haus in Tennessee gelaufen sei und dass dein erstes Haus gleich schon das beste sei, sodass du gar nicht mehr umziehen möchtest, wissen wir doch beide, dass es so nicht funktionieren kann. Wenn du jemals ein echtes Vermögen haben möchtest, musst du dir einen richtigen Bestand aufbauen.‹«

»Dann war es Randy«, stimmte Carolyn zu. »Er muss Carson hergeschickt haben, nachdem Pritchett deine Identität aufgedeckt hat.«

»Der letzte Brief, den wir haben, stammt tatsächlich aus der Zeit unmittelbar nach Lane Dockerys Besuch bei Carson, also kurz bevor Carson von der Bildfläche verschwand. Randy schreibt: ›Du siehst also, dass ich die richtigen Kaufobjekte für dich habe. Das *Haus des Schriftstellers*‹ – die Hervorhebung stammt dieses Mal von mir – ›eröffnet dir vollkommen neue Wege zum Reichtum. Von nun an verbindet uns nicht nur die gemeinsame Vergangenheit, sondern auch eine lebendige Gegenwart und eine vorhersehbare Zukunft. Du bist jetzt mein verlängerter Arm.‹«

Beide sahen mich an, als Matthews den letzten Brief auf den Tisch fallen ließ. Ich biss die Zähne zusammen und bat Matthews, im Gefängnis anzurufen, damit die Dinge endlich ins Rollen kamen.

<2>

Diese Stimme.

Es war erstaunlich; gleich, als ich ihn am Telefon hörte, kam es mir so vor, als hätte ich diese Stimme jeden Tag in meinem Hinterkopf gehört, seit ich Randy bei seinem unerträglichen Auftritt vor Gericht zum letzten Mal gesehen hatte. Dabei war ich mir vorher so sicher gewesen, dass ich die Erinnerung an diese Stimme gänzlich gelöscht hatte. Nachdem der Gefängnisaufseher uns darüber belehrt hatte, dass unser Gespräch aufgezeichnet wurde, hatte ich Randys Stimme unmittelbar im Ohr, so als befänden wir uns im selben Raum.

»Nina? Bist du es?«

Der Lautsprecher des Telefons war eingeschaltet, und Matthews und Carolyn beugten sich über meine Schulter. Der Detective hatte mir eingetrichtert, was ich sagen sollte; ich sollte die Gefühle von Hass und Angst, die ich mit Sicherheit empfinden würde, zurückhalten, um Randy das Gefühl zu vermitteln, dass er die Situation vollkommen im Griff habe, und um ihm so möglichst viel Informationen zu entlocken.

Ich sagte mir immer wieder, dass Haydens Leben für mich wichtiger war als alles andere. »Hallo, Randy. Ja, ich bin's«, antwortete ich.

»Meine Güte, deine Stimme klingt schrecklich. Ich kann spüren, wie du die Tränen zurückhältst und versuchst, stark zu sein. Ich hab Studien gelesen, dass die Unterdrückung starker Gefühle Krebs auslösen kann. Der Körper erstickt einfach an all diesen nicht ausgelebten Emotionen und vergiftet sich selbst. Du solltest deine Gefühle zulassen, wenigstens einmal im

Leben.« Seine Schadenfreude klang aufgesetzt, und ich versuchte auszukosten, dass es ihm nicht gelang, mich so zu verspotten, wie er es offensichtlich liebend gerne getan hätte. Aber ich spürte meinen rasenden Puls in den Ohren.

»Randy, du weißt, warum ich dich anrufe. Unser Sohn ist entführt worden. Ich muss erfahren, was du darüber weißt.«

»Immer mit der Ruhe«, sagte er, und jetzt troff seine Stimme vor offenem Hohn. »Seit sechs Jahren habe ich nicht mehr mit dir gesprochen, und wahrscheinlich werde ich auch nie wieder Gelegenheit dazu haben. Also kommt es jetzt darauf an. Und du wirst nun erst einmal *mir* zuhören.«

Bestürzt registrierte ich die Verzweiflung in *seiner* Stimme. Hatte er in all den Jahren nächtelang wach gelegen, sich dieses Gespräch immer wieder vorgestellt und sich ausgemalt, wie er mir noch mehr Schmerz zufügen konnte? Falls ja, würde ich ihn bereitwillig hinnehmen. Schmerz war unwichtig geworden. »Ich hör dir zu, Randy.«

»Du und bestimmt noch ein ganzes Zimmer voller Polizisten dazu.« Er schien sich wieder zu fangen, und seine Stimme wurde ruhiger. »Ich habe dich zum letzten Mal im Gericht gesehen, wo du diese Show der vollkommen ahnungslosen Ehefrau abgezogen hast, die von der Wahrheit vollkommen überrumpelt worden sei. Ich muss dich einfach fragen, ob sie dir das eingetrichtert hatten?«

»Nein. Sie dürfen ihre Zeugen nicht vorbereiten.«

Er schnaubte höhnisch. »Na, wenn du es sagst. Aber langweile mich bitte nicht, Nina, weil es hier ohnehin schon todlangweilig ist. Ich hab nichts, um mir die Zeit zu vertreiben, außer den Gedanken an dich und das, was du durchmachen musst, erzähl mir also bitte davon.«

»Ich sterbe«, erklärte ich so schlicht wie möglich.

»Ah, na endlich«, erwiderte er. »Endlich kommt die Stunde der Wahrheit. Du bist nicht dumm, Nina. Das warst du nie. Du wusstest einiges über mich, und zwar lange, bevor ich dir den Schlüssel schenkte.«

»Er kam mir nicht wie ein Geschenk vor, Randy, sondern wie ein Fluch. Es kam mir so vor, als hättest du mir von Anfang an mit deinen Lügen und deinem geheimen Leben nur wehtun wollen. Und als du mir damit keine Schmerzen mehr zufügen konntest, hast du es mit der Wahrheit getan. Du bist ein Sadist, Randy, und es stimmt schon, dass ich das irgendwo in meinem tiefsten Innern auch wusste. Aber ich wollte und konnte einfach nicht glauben, dass der Mann, mit dem ich zusammenlebte, ein solches Monster war.«

Unwillkürlich stieg die Erinnerung in mir auf, wie ich damals in jener Nacht auf seiner Couch zusammengebrochen war und ihm eine halbe Stunde lang von meinem ehemaligen Freund Brad vorgeheult hatte. Es war unerträglich melodramatisch gewesen, eine grauenhafte Szene, und das, obwohl Randy und ich damals erst ein paar Monate zusammen gewesen waren. Aber er hatte sich zu mir gesetzt, mir die Schultern massiert und mir zärtlich die Tränen von den Wangen gewischt. Ich war so glücklich gewesen, als er gesagt hatte: »Ich bin für dich da«, denn damit hatte er gezeigt, dass er mich trotz seines Wissens, dass ich ihn niemals so lieben würde wie jenen Schatten aus meiner Vergangenheit, bedingungslos akzeptierte und liebte. Und ich war dahingeschmolzen, denn damals dachte ich, ich bräuchte jemanden, der für mich da war; ich konnte mir einfach nicht vorstellen, mein Leben ganz allein zu meistern.

»Das, was wir als wahr akzeptieren müssen, passt uns nicht immer in den Kram«, sagte er jetzt. »Ich weiß, dass du mir nicht glauben wirst, aber ich habe dich niemals gehasst. Ich hatte auch nie die Absicht, dich zu quälen. Ich habe mich nie einem Menschen näher gefühlt als dir. Ich hatte sogar mehr als einmal, schon vor der Geschichte mit dem Snyder-Mädchen, daran gedacht, dir alles zu beichten.« Sein Tonfall wurde schwärmerisch. »Du kannst es dir gar nicht vorstellen, wie unglaublich das Gefühl ist, wenn ein anderer Mensch dir vollkommen ausgeliefert ist, und ...«

»Ich will es mir gar nicht vorstellen. Wo ist Carson Beckman?«

»Aha, allmählich wird sie wach!« Randy lachte und musste dann husten. Gleich darauf hatte er sich wieder im Griff und entschuldigte sich. »Tut mir leid, außer Rauchen gibt es hier nicht viel zu tun, und so rauche ich wie ein Schlot. Na schön, da unser Gespräch aufgezeichnet wird, will ich ganz offen zu dir sein, okay? Ich möchte, dass du meine Worte wieder und wieder hören und sie bis ins kleinste Detail auf verborgene Botschaften hin abklopfen kannst. Aber ich sage dir jetzt schon, dass du vergebens suchen wirst. Ich habe ohnehin kaum noch Chancen auf ein Berufungsverfahren, und ich bin mir ziemlich sicher, dass selbst die Softies, die diesen Staat regieren, nach dieser Geschichte dafür sorgen werden, dass meine Hinrichtung nicht weiter hinausgezögert wird. Ich möchte also nicht, dass irgendwelche Lügen zwischen uns stehen, Nina, und du wirst bald genug schmerzlich erfahren müssen, dass alles, was ich hier sage, die Wahrheit ist. Ich weiß, dass du jetzt leidest, aber vielleicht wird schon bald die Stunde kommen, in der du dir den Luxus der jetzigen Ungewissheit sehnlichst zurückwünschst. Denn manchmal ist es schlimmer, das Ende zu kennen. Ich werde dir jetzt die Wahrheit sagen, Nina. Also stell deine Fragen.«

»Wo ist Carson Beckman?«, wiederholte ich.

»Ich habe nicht die geringste Ahnung. Ich habe schon seit ein paar Wochen nicht mehr mit ihm telefoniert oder gemailt. Seit du das erste Mal in den Nachrichten aufgetaucht bist, hatten wir keinen Kontakt mehr. Ursprünglich sollte Carson Pritchett aufs Korn nehmen, aber leider ist er ein Junge mit begrenzten Fähigkeiten, der seine Erfahrung überschätzt, und er hat sich nie wirklich weiterentwickelt. Alles, was er geschafft hat, war, dem alten Trottel einen Zeitungsartikel zu schicken, um mit seiner ersten Heldentat anzugeben und Pritchett damit aus der Fassung zu bringen. Ich fand das eine ganz nette Geste, aber gewiss nicht die Art Rache, die ich mir gewünscht hatte. Doch dann hat Pritchett dich gefunden, und damit hatte ich das große Los gezogen. Mir ist klar, dass du und deine Freunde von der Polizei vielleicht denkt, ich hätte Carson irgendeinem teuflischen Bann unterworfen, ihn einer Gehirnwäsche unterzogen oder so ein Scheiß, aber ich kann euch versichern, dass der junge Mann vollkommen unabhängig von mir agiert. Ich habe ihn nicht zu dem gemacht, was er ist. Ich habe ihn nur erkannt.«

»Und was ist er?«

»Er ist natürlich genau das, was ich bin. Ein geborener Mörder, ein Soziopath oder wie auch immer du ihn nennen willst. Du kannst dir gar nicht vorstellen, wie sehr es mich erschüttert hatte, ausgerechnet auf ihn zu treffen. Ich hatte immer an ein gottloses Universum geglaubt, eine Welt ohne Sinn und Ziel, in der jeder auf sich selbst gestellt ist. Aber nachdem ich Carson kennengelernt hatte, änderte sich das, weil mir klar war, wie unglaublich es war, dass ich unter allen potentiellen Opfern ausgerechnet auf ihn gestoßen war … Das konnte man nicht einfach als Zufall abtun, oder?

Als Erstes sah ich seine Mutter und seine Schwester, die die Ashland Avenue entlanggingen, und ich sah sie beide in diesem speziellen Scheinwerferlicht. Das war mir noch nie zuvor passiert, gleich zwei Menschen auf einmal, die gezeichnet waren, aber damals hielt ich es einfach für Zufall, Glück oder eine veränderte Sinneswahrnehmung. Ich folgte ihnen und kundschaftete ihr Haus auf die übliche Weise aus. Und am zweiten Tag, als ich ihr Haus beschattete, Shit, ich werde es niemals vergessen … Es war ein klarer Tag, und die Luft war frisch und kalt. Keiner war zu Hause, als der kleine Carson vom Schulbus daheim abgesetzt wurde. Zehn Minuten später schlich er sich aus der Hintertür und hielt dabei etwas in den Armen, als wäre es das größte Geheimnis der Welt. Es war ein grob gewebter Sack, und er sah aus, als wären Kartoffeln darin. Carson legte ihn hinten im Garten ab, und ich beobachtete, wie er wieder ins Haus zurückkehrte, eine Schaufel holte und hinten auf dem Grundstück ein tiefes Loch aushob. Er arbeitete ganz in meiner Nähe, dass ich Angst hatte, entdeckt zu werden, doch er war total in seine Tätigkeit versunken. Es war offensichtlich, dass er hier kein geliebtes Haustier beerdigte – das erkannte man an der Art, wie er sich immer wieder nach dem Haus umsah, um sicherzugehen, dass ihn keiner überraschte, solange er noch draußen beschäftigt war. Bäume schirmten ihn vor den Blicken der Nachbarn ab, und ich malte mir aus, wie ich diesen Sichtschutz für mein späteres Eindringen nutzen würde. Als Carson mit dem Loch fertig war, kippte er den Sack aus, und eine zerstückelte Katze fiel heraus. Ich konnte dabei Carsons Gesicht beobachten. In Erinnerung versunken starrte er auf sein Werk, und ich merkte, dass die Bilder, die dabei in ihm aufstiegen, ihn sichtbar erregten. Er knüllte den Sack zusammen, schaufelte das Loch wieder zu und ging ins Haus, ohne sich noch einmal umzublicken.

Mir stockte fast der Atem. Ich hatte ihn auf den ersten Blick erkannt.«

»Und deswegen hast du ihn am Leben gelassen?«

»Ja, natürlich. Ein Hellseher bin ich ja nun nicht – und ich hatte nie damit gerechnet, dass er später Kontakt zu mir aufnehmen würde. Ich wollte einfach nur, dass er ungehindert und frei seinen Weg machen konnte, und der Gedanke, dass ich ihm mit dem, was ich seiner armen, ahnungslosen Familie angetan hatte, einen Schubs in die richtige Richtung gegeben haben dürfte, machte mir Freude. Was ich ihnen angetan hatte, würde wahrscheinlich sogar einen ganz normalen Menschen irgendwann zu Extremen treiben. Bei Carson tat es das sicher.« Das erklärte Randy so gelassen und selbstverständlich, als wäre es das Fazit einer wissenschaftlichen Überlegung. »Als er dann Kontakt zu mir aufnahm, dachte ich anfangs nur an eine Art Unterricht, eine Art Lehrer-Schüler-Verhältnis. Vielleicht könnte ich ihm ja einige Erfahrungen weitergeben, die ihn davor bewahren würden, dieselben Fehler zu machen wie ich. Ich gebe gerne zu, dass mich das anturnte, aber bis zu Pritchetts unprofessionellem Mordanschlag auf mich hatte ich wirklich nicht die Absicht, ihn als verlängerten Arm einzusetzen. Dazu kam es erst einige Monate nach unserem ersten Kontakt. Wieder betrachtete ich es als Zeichen einer höheren Macht, dass mir dieses Werkzeug in die Hand gegeben wurde, so stumpf und ungeschliffen es auch sein mochte. Ich war der Meinung, der Junge könne durchaus brauchbar sein, doch leider war er in vielerlei Hinsicht zu unberechenbar, um ihn aus der Ferne lenken zu können. Sollte es ihm jemals gelingen, seine Gefühle besser in den Griff zu bekommen, wird er mich in den Schatten stellen. Aber so, wie es derzeit aussieht, ist sein Verhalten einfach nicht einzuschätzen. Ich hatte mir ehrlich gesagt gewünscht, dass er euch beide auf der Stelle umbringt. Ich weiß nicht, was diese Entführungsgeschichte soll. Vielleicht sind dem Jungen irgendwelche Hollywood-Szenen zu Kopf gestiegen und er glaubt, man würde mit ihm verhandeln.«

Ich ertrug die mir von Matthews auferlegte Zurückhaltung nicht länger. »Mein Gott, Randy, Hayden ist auch dein Sohn.«

»Und das wird er jetzt nie mehr vergessen«, schoss Randy zurück. »Und du auch nicht.«

»Leb wohl, Randy.«

»Nina? Sollte Carson Kontakt mit dir aufnehmen, lege ich dir nahe, ihn ernst zu nehmen. Was immer aus Hayden wird, ich kann mir nicht vorstellen, dass Carson sich die Gelegenheit entgehen lässt, sich an dich ganz persönlich zu wenden. Ich denke, im Laufe unseres mehrjährigen Kontakts dürfte es mir gelungen sein, etwas von meiner Besessenheit auf ihn zu übertragen.«

»Wann hörst du endlich auf, mir wehzutun? Wann hörst du endlich damit auf, Menschen zu quälen?«

»Mein Vermächtnis wird noch über Generationen zu spüren sein. Frag nur die Angehörigen der Opfer. Und in deinem Fall wird mein Vermächtnis ganze Generationen einfach auslöschen.«

Unwillkürlich platzte ein höhnisches Lachen aus mir heraus, ein so abscheulicher Laut, wie ich ihn nie von mir erwartet hätte. »Du bist jämmerlich, Randy. Und das meine ich ernst. Hoffentlich spürst du es, wenn sie dir die Todesspritze verabreichen. Hoffentlich tut es so richtig weh.« Ich warf das Telefon hin. Carolyn legte die Arme um mich, während Matthews meinem Blick auswich.

22. Kapitel

Carolyn fuhr abends spät noch in den Supermarkt, um Lebensmittel zu kaufen. Ich war seit zwei Tagen nicht mehr aus dem Haus gegangen, und das wenige, was noch im Kühlschrank lag, sah mittlerweile ziemlich unappetitlich aus: der abgestandene Rest einer Zweiliter-Cola-Flasche, ein Rest Käseaufschnitt, ein paar Tiefkühlgerichte, Salatsauce und ein paar halb verfaulte Trauben. Während Carolyn weg war, lag ich auf der Couch und dachte über Hayden, Carson und alles andere nach. Matthews war schon vor Stunden aufgebrochen und hatte uns versprochen, sofort anzurufen, wenn es etwas Neues gab. Im Fernsehen plapperten die Darsteller einer Sitcom-Serie vor sich hin. Seltsamerweise empfand ich das eingespielte Gelächter, das mich normalerweise selbst bei meinen Lieblings-Shows ärgerte, jetzt als so beruhigend wie die Wellen am Strand eines fernen Meeres.

Dass ich eingeschlafen war, merkte ich erst, als die Haustür aufging. Carolyn stand da mit meinem Haustürschlüssel in der Hand, während ich mich blinzelnd aufsetzte. Ihr Gesicht war gerötet und sie hatte keine Einkaufstüten im Arm.

»Was ist los?«, fragte ich.

Sie blickte sich um und warf einen kurzen Blick durch die geöffnete Tür auf das am Bürgersteig parkende Polizeifahrzeug. Dann drehte sie sich wieder mir zu und machte die Tür hinter sich zu. »Ich vertraue darauf, dass du jetzt richtig reagierst«, sagte sie. »Ich möchte das, was ich jetzt tue, nicht später bereuen müssen. Das hier steckte an meiner Windschutzscheibe, als ich aus dem Laden kam.« Sie zog einen Umschlag aus der Manteltasche.

Ihre Hand zitterte, und ich merkte, dass meine ebenfalls anfing zu zittern, als ich ihr den Umschlag aus der Hand nahm. Es war ein schlichter, weißer Briefumschlag. Er sah genauso aus wie jener, den Pritchett von Carson Beckman erhalten hatte und den er mir hatte zukommen lassen. In dem Umschlag lag ein einziges Blatt, das in Blockbuchstaben mit einem Leuchtstift beschriftet war: FOLGE DER WEGBESCHREIBUNG UND SEI MORGEN UM NEUN UHR HIER. KOMM ALLEIN, NINA. WENN DU NICHT ALLEIN KOMMST, KOMMT DAS ANDERE AUCH RAUS. Hinter dem Text stand eine Wegbeschreibung mit Straßennamen und Abzweigungen nach rechts oder links, die mich, wie ich erkannte, ins Chatham County führen würde, das etwa eine halbe Stunde westlich von Cary lag. Dort befand sich eine der wenigen ländlich verbliebenen Gegenden in der Region Raleigh/Durham/Chapel Hill, ein Gebiet, in dem Dörfer, kleinere Städte und erste Industrieansiedlungen verstreut zwischen Feldern und Wiesen lagen. Es war eine der seltenen Gegenden, in der die Einwohner sich noch aufregten, wenn sich ein Wal-Mart ansiedeln wollte.

Meine Hände zitterten so schrecklich, dass ich das

Blatt nicht festhalten konnte. Ich legte es behutsam neben Carolyns Notebook auf den Tisch. Dann wandte ich mich an Carolyn. »Welches ›andere kommt auch raus‹? Was bedeutet das?«

»Ich wollte, dass du das erst einmal liest. Ich denke, genau das ist seine Absicht. Und ich finde, wir sollten uns erst einmal setzen.« Dann reichte sie mir das zusammengefaltete Blatt, das bei dem Brief gelegen hatte.

Es war der Ausdruck eines gescannten Fotos. Das Bild zeigte meinen Sohn, der mit Isolierband an den Händen und Füßen gefesselt auf einer Couch lag, deren Schottenkaro in den Siebzigerjahren modern gewesen sein mochte. Hinter ihm sah man eine nackte, kahle Wand aus grauen Betonblöcken, die sich vermutlich in einem Keller oder Souterrain befand. Ein Fenster war nirgends zu sehen. Auch Haydens Mund war immer noch mit Isolierband zugeklebt, wie schon auf dem Film der Überwachungskamera in der Schule. Nur war jetzt auch noch ein schwarzes, zerknautschtes Stück Mull mit einem weiteren grauen Isolierbandstreifen über sein linkes Auge geklebt.

»O Gott.« Ich schlug wieder die Hand vor den Mund, machte wieder dieselbe Geste wie damals vor all den Jahren in Randys Gartenhäuschen, mit der ich mich unbewusst abschotten wollte. *Haydens Augen.*

Carolyn setzte sich neben mich und löste das Foto sanft aus meinen Händen. »Wir müssen jetzt sofort nach draußen gehen und den Polizisten alles erzählen. Die werden Matthews anrufen. In einer Stunde kann er ein Spezialkommando hier haben, und noch heute Nacht bringen sie Hayden in Sicherheit.«

»Nein.« Meine Antwort kam ganz spontan und war

unumstößlich. Ich sah schon vor mir, wie sie einen Leichensack in Haydens Größe aus der Haustür irgendeiner Bruchbude trugen. In meinem Kopf liefen irgendwelche Szenen über Polizeieinsätze bei irgendwelchen Geiseldramen ab, die ich in den Abendnachrichten gesehen hatte. Sie waren selten gut ausgegangen. Und Carson war verdammt noch mal wahnsinnig, mindestens so wahnsinnig wie Randy, wenn nicht um einiges mehr. Ich nahm das Foto wieder in die Hand und hielt es Carolyn vor die Augen. »Du siehst doch, was er schon mit dem einen Auge angestellt hat. Wenn dieser Drecksack einem Kind so was antun kann, meinst du dann, es würde ihm was ausmachen, Hayden zu töten? Sieh's dir doch an!«

Carolyn versuchte es mit Argumenten. »Wenn du alleine hingehst, wird er euch beide umbringen ...«

Ich merkte, dass ich den Atem anhielt. Es war, als hätte ich seit Jahren ein lautes Donnern und Dröhnen in den Ohren gehabt, doch jetzt war alles ganz still. Still, ruhig und klar. »Vielleicht nicht«, erwiderte ich. »Vielleicht liegt ihm an mir mehr als an Hayden. Ich meine, darum geht es ihm doch, oder? Du hast ja gehört, was Randy am Telefon gesagt hat. Für ihn ist Carson ein Werkzeug, um mich endgültig zu erledigen, seine letzte Chance, mich seinem Willen zu unterwerfen. Wenn Carson auf Haydens Tod aus wäre, hätte er nicht diese Botschaft geschickt, sondern Hayden einfach ermordet und ihn irgendwo vergraben, um bei nächster Gelegenheit zurückzukommen und mich zu schnappen.«

»Vielleicht hat er ihn ja schon getötet«, warf Carolyn so sanft wie möglich ein. »Wir wissen ja nicht, von wann dieses Foto stammt und was seither passiert ist.«

»Du darfst mich nicht daran hindern, auch nur die winzigste Chance zu nutzen, wenn es um das Leben meines Sohnes geht, Carolyn. Und du wirst es nicht schaffen.«

Sie wusste genau, dass es mir ernst damit war, doch sie versuchte es ein letztes Mal. »Dann lass mich wenigstens Duane anrufen. Carson muss in der letzten halben Stunde hier in der Nähe gewesen sein. Wenn er das Haus nicht beobachtet hätte und mir zum Supermarkt gefolgt wäre, hätte er diese Nachricht nicht hinterlassen können. Vielleicht beobachtet er uns sogar in diesem Moment.«

Ich schüttelte den Kopf und hielt die Wegbeschreibung hoch. »Dann beobachtet er uns schon länger als nur die letzten paar Stunden. Er weiß, dass die Polizei hier ist. Warum glaubst du eigentlich, dass die Polizei ihn ausgerechnet jetzt schnappen kann, wo sie ihn doch die ganze Zeit nicht mal bemerkt haben?«

»Auf dem Parkplatz beim Supermarkt muss es Überwachungskameras geben. Vielleicht lässt sich herausfinden, welchen Wagen er fährt, und …«

Ich legte meine Hände auf ihre Schultern. »Carolyn, hör auf. Wenn es sein muss, werde ich eine Möglichkeit finden, sowohl dir als auch der Polizei zu entwischen. Carson verlangt kein Lösegeld oder sonst irgendwas. Er hat nicht vor, uns am Leben zu lassen. Das weiß ich. Aber du erinnerst dich doch an das, was Randy gesagt hat? Er hat gesagt, ich solle Carson ernst nehmen, und vermutlich hat er damit genau so eine Situation wie diese gemeint. Dies hier ist meine Chance, und ich brauche deine Hilfe, aber ich kann nicht das Risiko eingehen, dass irgendwer uns die Sache vermasselt. Du hast jetzt schon mehr für mich getan, als ich jemals von dir erwarten durfte, aber das hier ist das Allerwichtigste, was du je für mich tun kannst. Jetzt kannst du wiedergutmachen, dass ihr Pritchett geholfen habt, mich zu finden und damit die Katastrophe in Gang zu setzen. Hilf mir, meinen Sohn zu retten. Erzähle keinem davon. Weder Duane noch den Bullen.«

Sie senkte den Kopf. Tränen liefen über ihre Wangen, aber sie gab keinen Laut von sich. Schließlich ging sie zu ihrer kleinen Reisetasche und holte eine Handfeuerwaffe heraus, die so aussah, als wöge sie mindestens fünfzig Pfund. »Wenn du es wirklich tun willst, nimm wenigstens diese Waffe hier mit. Und ich begleite dich bis zu diesem Haus. Wenn du willst, kann ich vor der Zufahrt auf dich warten, aber ich komme mit. Darüber lasse ich nicht mit mir reden.«

»Ich möchte ja, dass du mitkommst«, versicherte ich ihr. »Aber jetzt müssen wir erst einmal die Einkaufstüten ausladen, bevor die Polizisten merken, dass etwas faul ist.«

23. Kapitel

<1>

»Wenn du die Sache wirklich durchziehen willst, bestehe ich darauf, dass du das hier trägst«, sagte Carolyn. »Duane und ich haben sie immer im Wagen liegen, um bei einer Auseinandersetzung gerüstet zu sein. Nach dieser Geschichte damals …«

Um mich davon abzubringen, auf Carsons Forderung einzugehen, hatte Carolyn mir in der Nacht bis in die blutigsten Details erzählt, wie Duanes Laufbahn als Polizist zu Ende gegangen war. Nachdem er einige Jahre Streife gefahren war, hatte man ihn damals schon zum Detective befördert. Er und sein Partner hatten einen korrupten Stadtrat verhaften wollen, doch dieser hatte einen Tipp erhalten und war vorgewarnt, als sie an seine Tür klopften. Er bat sie höflich herein und schoss dann aus einem Meter Abstand auf sie. Duanes Partner war sofort tot; Duane wurde in Brust und Kopf getroffen. Anschließend erschoss der Stadtrat sich selbst. So hatte Duane Rowe die Polizei von Reston, Virginia, mit einer vollen Pension plus Invaliditätszulage verlassen. Er nutzte das Geld als Startkapital und machte sich selbständig. Carolyn hatte ihn kennengelernt, als sie für die Lokalzeitung ein Interview über das Geschehene mit ihm führte, und der Rest ist Geschichte, wie man so sagt …

Während Carolyn die Riemen der Weste über meinen Rippen stramm zog und sie an den Seiten zuschnallte, zählte sie noch einmal die schlimmsten Details auf. Sie argumentierte mit Zahlen: In der Notaufnahme brauchte Duane fast zwanzig Blutkonserven, in einem Zeitraum von zwanzig Monaten musste er achtmal operiert werden, und während der Rehabilitationsphase musste er vier Jahre lang eine schmerzhafte Physiotherapie über sich ergehen lassen. Über der Einschussstelle im Kopf wuchs das Haar nicht mehr nach, weswegen Duane bis zum heutigen Tag praktisch immer eine Baseball-Kappe trug. Ich ließ die Arme sinken. Die schusssichere Weste war steif und unbequem, und ich sagte Carolyn, dass ich nichts tragen wollte, was Carsons Misstrauen erregen könne, doch sie ließ sich auf keinerlei Diskussionen ein. »In seinem Brief steht nicht, dass du dich nicht selbst schützen darfst«, erklärte sie zum x-ten Mal.

Es hatte wenig Sinn, sie daran zu erinnern, dass wir es hier nicht mit einem Menschen zu tun hatten, der lange darüber nachdenken würde, ob ich mich an die vorgeschriebenen Regeln gehalten hatte oder nicht, denn das wusste sie schließlich. Sie fühlte sich einfach hilflos, und sie hatte Angst, weil die Dinge nicht so liefen, wie sie es sich vorgestellt hatte. Sie hatte sich Spezialkommandos gewünscht, die sich aus Hubschraubern abseilten, und Scharfschützen, die sich in Hecken und Bäumen versteckten. Ich dagegen wollte nur eines: meinen Sohn lebendig in die Arme schließen können. Es war meine Pflicht, zu gehen, und sei es auch nur, damit

Hayden und ich zusammen waren, wenn Carson zum letzten Schlag ausholte.

Carolyn half mir, den Mantel überzuziehen, trat dann zurück und musterte mich. »Wenn er dich abtastet, weiß er sofort Bescheid.«

»Das spielt keine Rolle, weil du auf uns aufpasst.« Unbewusst war mir klar, dass ich keine Chance hatte, lebend aus dieser Sache herauszukommen. Aber Hayden war das Einzige, was zählte.

»So ist es geplant«, meinte sie seufzend. »Aber du weißt ja, dass wir im Grunde keine Ahnung haben, in was wir da hineingeraten. Jede einzelne unserer Vermutungen kann sich als falsch erweisen. Vielleicht arbeitet er mit jemandem zusammen. Im Haus könnten Fallen sein, er könnte mich sehen, wenn wir bei ihm vorfahren ...«

Ich unterbrach sie. »Du hast vollkommen recht, das alles wissen wir nicht. Und deswegen sollten wir uns jetzt an das Wenige halten, was wir tatsächlich wissen, und uns schleunigst auf den Weg machen.« Es war halb acht. Die Fahrt würde eine halbe bis eine Dreiviertelstunde dauern, und ich wollte genug Spielraum haben, falls wir in einen Stau geraten sollten oder sonst was dazwischenkam.

Carolyn trug eine Handfeuerwaffe in einem Schulterhalfter und eine zweite am Gürtel. Außerdem hatte sie ein kurzes Messer an ihrem Gürtel festgeschnallt. Ich trug den Revolver, den sie mir geliehen hatte, in der rechten Manteltasche.

Sie beugte den Kopf vor, und dann standen wir Stirn an Stirn da, während ihre Lippen sich lautlos bewegten. Und als sie »Amen« sagte, sagte ich auch »Amen«.

Einen Teil der vergangenen Nacht hatten wir damit verbracht, im Internet zu recherchieren und uns die Satellitenfotos der Immobilie anzusehen, zu der Carsons Wegbeschreibung führte. Es war ein kleines Häuschen mit zwei Hektar Grundstück, das im Prinzip noch zum Immobilienbestand einer Bank gehörte, während die Hypothek aber auf einen gewissen Abraham Locke ausgestellt war. Wir fanden seine Nummer im Telefonbuch. Carolyn notierte sie auf einem Zettel, zusammen mit einer Wegbeschreibung zu dem Haus. Sie fügte die nötigen Informationen für die Polizei hinzu, damit man uns fand, falls die Sache schiefging. Unser Plan basierte auf der Annahme, dass Mr Locke nicht mit dem Entführer unter einer Decke steckte; wahrscheinlich war er weggezogen oder verstorben. Locke war achtundsiebzig Jahre alt und seit mehr als zehn Jahren verwitwet. Sein einziges Kind war erwachsen und lebte in Florida.

Die Baupläne, die online verfügbar waren, vermittelten den Eindruck eines kleinen, gemütlichen Hauses, das allerdings wenig geeignet schien, jemanden zu verstecken. Es gab Wandschränke und einen Arbeitsraum, aber es war eben doch nur ein eingeschossiges Häuschen mit Keller. Carolyn vermutete, dass Carson Hayden im Keller versteckt hielt; das Foto war zweifellos dort aufgenommen worden. Ich stimmte ihr zu, konnte aber das Bild nie länger als ein paar Sekunden anschauen, weil mir sonst schlecht wurde. Carolyn zwang mich jedoch immer wieder hinzusehen und fragte mich, was ich sah. Wo waren mögliche Fluchtwege? Wie konnten wir in den Keller gelangen, Hayden finden und ihn da rausschaffen? Wir gingen ein Szenario nach dem anderen durch, doch alle schienen schlecht auszugehen.

Aber jetzt mussten wir los. Wir gingen in die Garage und ich schloss die Tür nicht hinter mir ab. Ich sagte Carolyn, dass ich fest vorhatte, Hayden noch vor Ablauf des Tages nach Hause zu bringen.

<2>

Carolyn hielt kurz an und stieg aus, um ein paar Worte mit den Polizisten zu wechseln, die am Straßenrand parkten. »Ich bringe den Wagen zur Werkstatt«, erklärte sie ihnen durchs Fenster und lehnte sich an den Streifenwagen. »Nina hatte schon länger einen Termin, um die Bremsen zu warten, und ich wollte sowieso mal ein bisschen Luft schnappen. Am besten stören Sie sie nicht, falls es nichts Wichtiges gibt. Ich hab sie überredet, eine Xanax zu nehmen. Die Arme muss endlich mal schlafen.«

Als wir die Siedlung hinter uns gelassen hatten, kam ich unter der Decke hervor, die mir hinter dem Rücksitz als Versteck gedient hatte. »Ich finde es schrecklich, dass du sie wegen mir anlügen musstest«, sagte ich.

»Ich auch.«

Es war ein kalter Wintermorgen, und eine graue Wolkendecke kündigte Regen oder Schneeregen an. Wie immer werktags war der Verkehr auf der Interstate ziemlich dicht. Ich sah aus dem Fenster auf die Pendler in ihren Autos, die in ihre Handys sprachen oder ein Lied aus dem Radio mitsangen. *Mein Gott, die haben keine Ahnung*, dachte ich plötzlich. *Die haben nicht die geringste Ahnung, dass ich unterwegs bin, um meinen Sohn vielleicht zum letzten Mal zu sehen.* Keiner von ihnen ahnte, dass gerade eine Frau an ihnen vorbeifuhr, die einmal genauso fröhlich und ahnungslos gewesen war wie sie, jetzt aber nur noch um das Leben des Menschen kämpfte, den sie mehr liebte als alles andere. Ich wünschte, ich hätte ihnen allen sagen können, dass sie langsamer fahren sollten – wussten sie denn nicht, wie schnell es zu einem Unfall kommen konnte, dachten sie nicht an die schrecklichen Folgen, die es haben konnte, wenn man einen Moment lang die Straße aus den Augen verlor, um nach dem Handy zu greifen oder den Sender richtig einzustellen? Ich hätte ihnen gerne gesagt, wie wichtig es war, den Menschen in ihrem Leben Halt zu geben, insbesondere den Kindern, wollte sie ermutigen, sich nicht weiter gegenseitig wegen irgendwelcher Banalitäten zu nerven, sondern sich an jedem gemeinsamen Moment zu freuen. Ich hatte nicht genug für Hayden getan, hatte ihn nicht so gut behütet wie nötig, hatte ihn da, wo er sich für etwas begeisterte, nicht wirklich gefördert, und ich konnte mich nicht mehr daran erinnern, wie seine Augen ausgesehen hatten, als er noch kleiner war, oder wie er gelacht hatte. Auf Babys und Kleinkinder achtet man noch bewusst, aber im Laufe der Zeit nimmt man das Leben mit Kindern als Selbstverständlichkeit hin, und man vergisst, dass sie älter werden und dass jeder Tag, der vergeht, die verbleibende gemeinsame Zeit verkürzt. Ach Gott, mein geliebter kleiner Sohn.

Ich betete dafür, dass es ihm gut ging. Und ich betete dafür, dass all diese Autofahrer, die in ihren brummenden Maschinen an mir vorbeibrausten und mir wie in seltsame Kästen eingesperrte Puppen vorkamen, sich noch rechtzeitig besinnen würden und dieses Entsetzen, das in mir wütete, nie am eigenen Leib erfahren mussten. Wie viele von ihnen mochten sich gerade in diesem Moment mit irgendwelchen unausgesprochenen Ängsten herumschlagen und sich mit einem unbestimmten Unbehagen Fragen über das Verhalten einer Person stellen, die ihnen nahestand? Wie gut hatten sie die Entwicklung ihrer Kinder im Blick und wie viele von diesen Autofahrern hatten selbst Geheimnisse zu verbergen? Ein Teil von mir wollte sie um ihre Naivität beneiden, andererseits hatte ich mittlerweile erkannt, dass der Impuls, die Augen vor Bedrohlichem zu verschließen, die gefährlichste aller Versuchungen war. Gerade meine Weigerung, der Wirklichkeit ins Gesicht zu sehen, hatte mich erst in meine jetzige Situation gebracht.

Sobald wir die Interstate 40 verlassen hatten und an Chapel Hill vorbei in den Bezirk Chatham fuhren, beruhigte sich der Verkehr und die Straßen verengten sich zu normalen, zweispurigen Landstraßen, die sich zwischen Wiesen und Wäldern hindurchschlängelten. Ich sah dauernd auf die Uhr. Gestern Nacht hatte es mich fast verrückt gemacht, wie langsam die Zeit verstrichen war, und jetzt schien sie nur so dahinzufliegen.

Wir folgten Carsons Wegbeschreibung bis zur Old Lystra Road. In einer Kurve stand ein altes, baufälliges Farmhaus, das vollkommen von Kudzu überwuchert war. Kaum eine Meile dahinter entdeckten wir die Grenze von Abraham Lockes Grundstück. Am Eingang eines geschotterten Zufahrtswegs stand ein beiger Metallbriefkasten unter ein paar Bäumen. Carolyn fuhr rasch daran vorbei und weiter die Straße entlang, bis wir eine Nebenstraße fanden, wo wir wenden konnten. Die Landschaft war überall von dichten Baumgruppen durchsetzt, und alle Häuser schienen ein gutes Stück von der Straße zurückgesetzt zu liegen. Ein paar Meilen entfernt fraßen sich schon die ersten städtischen Siedlungen in die ländliche Umgebung, doch an diesem Ort hier hielten die Einheimischen bisher noch die Stellung.

Was ein Problem für uns darstellte, denn wenn wir erst einmal in Lockes Zufahrt eingebogen waren, konnte man uns von der Straße aus nicht mehr gut sehen. Carolyn hielt an und wir tauschten die Plätze. Sie versteckte sich unter derselben Decke, unter der ich mich bei der Abfahrt vor den Polizisten verborgen hatte. Obgleich wir die Heizung voll aufgedreht hatten, fühlten meine Hände sich in den Handschuhen kalt und klamm an. Ich fuhr rückwärts aus unserem Wendeplatz heraus und dann langsam über die Old Lystra Road zu Lockes Zufahrt zurück. Es war zehn vor neun. Ich versicherte mir ununterbrochen, dass ich Hayden bald zurückhaben würde.

»Noch ein letztes Mal«, forderte Carolyn mich von hinten auf.

Wir waren den Plan so oft durchgegangen, dass ich es schon nicht mehr zählen konnte, aber trotzdem wiederholte ich, was sie hören wollte: »Falls Carson rauskommt, um den Wagen zu durchsuchen, und Hayden nicht bei sich hat, erschießt du ihn auf der Stelle, und wir hoffen einfach das Beste.« Ich konnte meine Skepsis über unsere unausgegorenen Pläne kaum verbergen. »Andernfalls gehe ich allein rein. Wenn ich drinnen bin, wartest du noch zehn Sekunden und kommst mir dann nach. Falls Hayden nicht bei Carson ist, werde ich laut fragen: ›Wo ist er?‹ Dann gehst du hinters Haus und suchst die Kellertür, die laut Bauplan zum Garten führt. Aber Carson wird Hayden wahrscheinlich bei sich haben, wenn er über seine Freilassung verhandeln will.«

»Das will er bestimmt nicht, sonst hätte er es in seinem Brief erwähnt.«

»Wir wissen es nicht.«

Carolyn beschloss, dass es Zeit für ein offenes Wort war. »Doch, das wissen wir. Es ist klar, dass er euch beide ermorden will. Ich werde nicht reinkommen, bis wir wissen, dass Hayden noch lebt, aber falls eine von uns beiden eine günstige Gelegenheit bekommt, Carson Beckman zu erschießen, müssen wir diese Chance wahrnehmen. Versuche nicht, ihn nur zu verwunden. Ziel genau auf seine Brust oder den Kopf. Die Brust ist wesentlich einfacher zu treffen, also ziel auf die Brust.«

Das hatte sie mir schon ein Dutzend Mal erklärt. »Und was, wenn er eine schusssichere Weste trägt?«, fragte ich.

»Dann zielst du auf seine Augen.« Ihre ausdruckslos kalte Stimme war genau das, was ich brauchte. »Hast du die Waffe entsichert?«

Ich überprüfte es zum dritten Mal. Dann sagte ich, ich sei bereit. Und in einem Leben, das nur so von Lügen, Verdrängung und freiwilliger Blindheit strotzte, war dies wohl meine größte Lüge.

<3>

Um fünf vor neun bog ich in die Zufahrt zu Lockes Haus ein, und es kam uns vor, als hörten wir jeden Schotterstein einzeln unter den Reifen knirschen. Die schmale Zufahrt machte eine leichte Rechtskurve und dann kam das Haus in Sicht. Es sah genau so aus, wie wir es uns nach dem Bauplan vorgestellt hatten; ein einstöckiges Landhaus mit Bäumen im Garten, die so dicht beim Haus standen, dass die Zweige zum Teil die verwitterten Dachschindeln streiften. Die Zufahrt endete vor einer Garage mit zwei Stellplätzen. Dort standen ein Toyota Land Cruiser und ein Lincoln Town Car. Carolyn, die noch immer hinter dem Rücksitz kauerte, fragte mich, was ich sah. Ich murmelte die Antwort, ohne die Lippen zu bewegen.

»Lane Dockery hatte einen Land Cruiser«, erinnerte sie sich.

»Dann hat Carson wohl das Nummernschild ausgewechselt.«

Ich stellte den Motor aus und versuchte zu schlucken, doch meine Kehle war so trocken, dass es nicht ging. Ich zog die Handschuhe aus, fasste in die Hosentasche und umklammerte den Pistolengriff. Hinter dem Land Cruiser führte eine Tür aus der Garage, ich konnte aber auch den gepflasterten Weg nehmen, der um die Garage herum zur Haustür führte.

»Siehst du ihn?«, fragte Carolyn.

»Nein.«

»Aber er sieht dich garantiert. Los jetzt.«

Endlich gelang es mir, mich aus meiner Erstarrung zu lösen und aus dem Wagen zu steigen. Ich spürte meinen eigenen Atem im Gesicht und einen Moment lang meinte ich, mich übergeben zu müssen. Alles war still, und nur das zeitlose, arktisch anmutende Heulen des Windes war zu hören, der hoch oben durch die Zweige fuhr, die sich leise quietschend und knarrend aneinanderrieben.

Mit steifen Schritten ging ich um die Garage herum und über den gepflasterten Weg zur Vordertür. Vor beiden Fenstern, die ich von hier aus sehen konnte, waren die Vorhänge zugezogen. Zu meiner Linken standen dichte Baumgruppen, durch die man hier und da die Straße ausmachen konnte, die in fünfzig Meter Entfernung vorbeiführte. Es waren keine Autos unterwegs.

Vor der schmucklosen Haustür hob ich die Hand, um zu klopfen, als ich von der anderen Seite deutlich eine Stimme vernahm: »Mit wem haben Sie da draußen geredet?«

»Mit mir selbst«, antwortete ich ohne zu zögern.

»Heben Sie die Hände hoch und kommen Sie rein. Ich möchte Ihre Hände sehen.« Seine Stimme zitterte, als hätte er genauso viel Angst wie ich, was ich allerdings für unmöglich hielt. Ich war so außer mir vor Angst, dass es mir vorkam, als würde ich körperlos über mir schweben und könnte mich jeden Moment in einen Schwarm von Geistern verwandeln.

Durch die Tür trat ich in einen düsteren Flur, von dem rechts ein großes Wohnzimmer abging. Die Vorhänge waren zugezogen und die Lampen brannten nicht. Das Licht war so trübe wie unter Wasser, und es dauerte einen Moment, bis meine Augen sich daran gewöhnt hatten. Der widerliche Gestank dagegen schlug mir sofort entgegen. Als ich wieder mehr als nur schemenhafte Umrisse erkennen konnte, sah ich dort, wo der Flur tiefer ins Haus führte, eine Leiche liegen; sie war in eine durchsichtige Kunststoffplane eingeschlagen, sodass keine Gesichtszüge zu erkennen waren, doch von der Größe entsprach sie einem erwachsenen Mann und nicht einem Kind. Der Rand der Plane war mit geronnenem Blut verkrustet, und zwei gelbliche Füße mit langen, gebogenen Fußnägeln ragten unten aus der Rolle heraus. Einen Moment lang fragte ich mich, wie Abraham Locke wohl gestorben war: Hatte Carson einfach an die Tür geklopft und war dann über ihn hergefallen, oder war er nachts ins Haus eingedrungen? War der alte Mann rechtzeitig aufgewacht, um das Messer zu sehen, das ihn niederstach? Und hatte er nach seinem Tod seine Augen behalten dürfen, spähten sie unter der blickdichten Plane noch in die Dunkelheit?

Ich erinnerte mich daran, wie Randy Carson in seinen Briefen den Rat gegeben hatte, sich ein altes, schwaches Opfer zu suchen, jemanden, der einsam war und nicht so schnell gefunden würde wie ein jüngerer Mensch mit mehr Beziehungen. Locke hatte wahrscheinlich nur sterben müssen, weil er ein abgelegenes Haus besaß, das gut für Carsons Pläne geeignet war.

Die Böden waren aus Holz und die Wandtapete hatte ein blassgelbes Muster, das früher, als es noch nicht so schmuddelig und vergilbt gewesen war, vielleicht einmal fröhlich gewirkt hatte. An den Stuckdecken zeichneten sich Wasserflecken ab und dichte, verfilzte Spinnweben hingen oben in den Ecken. Es war eisig hier drinnen, es kam mir kaum wärmer als draußen vor. Irgendwo in einem Zimmer des Hauses tickte laut eine Uhr.

Ich wandte mich nach rechts und sah Carson Beckman, der auf einem abgewetzten Plüsch-Schaukelstuhl vor einem offenen Kamin saß, in dem kein Feuer brannte. Er beobachtete mich fasziniert, schätzte ab, wie groß meine Angst war, und genoss es sichtlich, dass ich bei seinem Anblick leise aufschrie. Hinter ihm über dem Kamin hing ein großer, ausgestopfter Barsch, ein sich windender Fisch mit aufgerissenem Maul und gläsernen Glotzaugen. An den Wänden hingen gerahmte Familienfotos von Locke mit seiner verstorbenen Frau und seinem Kind. Sie alle trugen Kleider, die seit Ewigkeiten aus der Mode waren. Unter den Fenstern mit den zugezogenen Vorhängen stand ein Sofa, über dessen Kissen eine alte graue Decke gebreitet war. Carson hatte sich meinen Sohn mit einem Tragegeschirr vor die Brust geschnallt. Die Vorrichtung war offensichtlich improvisiert, denn Hayden war zu groß dafür, doch als Carson aufstand, sah ich, dass es funktionierte, denn der Körper meines Sohnes schwang immer mit dem seines Entführers mit. Haydens Hände waren mit Isolierband vor seinem Körper zusammengeklebt, auch über seinem Mund klebte ein Stück davon. Seine Augen waren mit einer Mullbinde abgedeckt. Die Füße waren jedoch ungefesselt. Hayden trat mit bloßen Füßen um sich, und als ich sah, wie hilflos und ausgeliefert er war, entfuhr mir unwillkürlich ein leises Stöhnen. Hayden hörte mich, begann zu zappeln und versuchte mir trotz des Knebels etwas zuzuschreien. Carson hielt eine abgesägte Schrotflinte in der Hand, die er jetzt auf mich richtete.

Ich behielt die Hände in der Luft. Carson grinste wie ein Hai, der aus den lichtlosen Tiefen des Ozeans aufsteigt, und deutete auf seine Flinte. »Hier in Illinois krieg ich so was legal gar nicht, weil ich als psychisch krank registriert bin. Aber zum Glück hatte der gute Hausbesitzer die hier in seinem Wandschrank liegen. Gestern hab ich sie ein paarmal hinten im Garten ausprobiert. Das Ding sägt glatt einen Baum durch. Mach also bloß keine Faxen.«

Ich konnte meinen Blick nicht von Hayden abwenden. Er wehrte sich wie wild, und Carson schwankte bei dem Versuch, trotz des fünfzig Pfund schweren zappelnden Kindes, das an ihm hing, das Gleichgewicht zu halten. »O Gott, mein Baby«, stöhnte ich. »Mommy ist da.«

Carson war nicht mehr der Jugendliche, den ich damals vor Gericht gesehen hatte. Und auch nicht mehr der gehetzte Einzelgänger, dessen Dienstausweis Matthews mir gezeigt hatte. Dieser Mann hier war hagerer und ausgezehrter, und er wirkte trotz seiner Größe irgendwie geschrumpft, so als würde er von innen her ausgehöhlt. Er kam mir vor, als könnte er jederzeit in zwei Teile brechen, wenn er sich nach vorne beugte. Er trug Jeans, die so weit waren, dass er fast drüber stolperte, und ungeschnürte Wanderschuhe, die ihm zu groß waren. Wahrscheinlich hatte er sie im selben Schrank gefunden wie Lockes Gewehr. Sein Gesicht, das im Schatten lag, wirkte verknittert und ausgemergelt, und es war von Falten durchzogen, die ausgeprägter waren als die doppelt so alter Männer. Unter seinen Augen lagen tiefe, schwarze Ringe. Er starrte mich an, und ein trauriges ernstes Lächeln wuchs in seinem Gesicht, so als ob sich in einer Felswand ein Spalt öffnete.

»Lass ihn gehen«, verlangte ich.

Carson zielte mit der Flinte auf mich. »Er wird so stolz auf das sein, was ich gleich tue.«

Das war der Moment, in dem ich wusste, dass er mich töten würde, und ich handelte, ohne zu denken. Ich fuhr herum und drehte mich weg von ihm. Und das war ein Fehler, denn die schusssichere Weste bedeckte Rücken und Brust, nicht aber die Seiten, an denen sie festgezurrt wurde. Der Schuss aus der Schrotflinte knallte enorm laut, aber dumpf, als ob eine Steinmauer zusammenbricht und auf einen Marmorboden fällt. Er erwischte mich voll auf Höhe der rechten Brust und ich krachte gegen die Flurwand. Meine Beine gaben nach und ich sank zu Boden. Mir stockte der Atem. Ich hörte Carson näher kommen und drehte mich auf den Rücken. Meine rechte Seite war vollkommen taub. Ich konnte den Arm nicht bewegen, und die Pistole steckte ausgerechnet in dieser Tasche. Verzweifelt rang ich nach Atem, während ein tonnenschweres Gewicht alle Luft aus meiner Lunge zu pressen schien.

Es klingelte so laut in meinen Ohren, dass ich fast nicht hören konnte, was Carson sagte, als er sich über mich beugte. Er hielt die Flinte in der Hand, deren abgefeuerter Lauf noch immer qualmte. Die Mündung des anderen Laufs war keine dreißig Zentimeter von meinem Gesicht entfernt, und ich spürte die Hitze, die dem Gewehr entströmte.

»Ich hatte vor, euch beide letzte Woche zu töten«, sagte er mit einem fast geistesabwesenden Lächeln. »Aber dann bin ich dir zur Schule gefolgt, als du Hayden abgeholt hast, und bei dieser Gelegenheit habe ich die Lehrerin gesehen. Diese Dame war *genau* mein Typ. Für mich war sie einmalig, und ich habe meine Pläne geändert. Ich wette, dein Mann war ziemlich sauer deswegen. Aber aufgeschoben ist nicht aufgehoben.«

»Mein Ex-Mann«, versuchte ich zu sagen, doch da ich nicht atmen konnte, gelang es mir nicht.

Dann musste er etwas gehört haben, was mir entgangen war, denn sein Kopf fuhr hoch und er drehte sich blitzschnell um. Er bewegte sich wirklich überraschend behände für einen Mann, der ein Kind vor der Brust festgeschnallt hatte, und feuerte den zweiten Flintenlauf durchs vordere Fenster ab. Der Vorhang wehte auseinander, die Fensterscheibe zersprang, und ich sah Carolyns Hand haltsuchend in die Höhe fahren, als sie zu Boden ging. Sie war gebückt zur Vordertür geschlichen, doch Carson hatte sie kommen gehört. Ich versuchte zu schreien, und plötzlich war es, als ob meine Lungen brannten. Hayden brüllte noch immer gegen seinen Knebel an, und Carson schlug ihn auf den Kopf, bevor er sich wieder mir zuwandte.

»Das war nicht abgemacht«, tadelte er. »Du solltest allein kommen. Aber ich hab mir schon so was gedacht. Aber die habe ich erledigt, und wenn noch jemand kommt, bin ich vorbereitet. Mein Gott, ist es nicht großartig, etwas zu *fühlen*?« Er kniete sich hin und strich mir mit der Hand übers Haar. Danach zeigte er mir die Hand. Sie war blutbeschmiert. Die Welt drehte sich um mich, und Hayden, der wild mit den Beinen strampelte, streifte mit dem Fuß meinen Arm. Ich versuchte, ihn zu packen, doch Carson stieß meine Hand weg, als er aufstand und die Schrotflinte aufklappte. Er nahm die leeren Patronen heraus und zog zwei weitere Hülsen aus seiner Hosentasche.

»Immerhin kann ich dir etwas sagen, was dich vielleicht ein wenig trösten wird«, bemerkte er. »Ich konnte deinen Jungen nicht töten. Randall hat mir gesagt, einem Kind die Augen herauszuschneiden sei etwas ganz Besonderes, weil die Kleinen besondere Dinge sehen, es sei wie eine Delikatesse. Er denkt, ich wäre genau wie er, aber das bin ich nicht. Ich könnte einem Kind so etwas nie antun. Ich hab seine Augen nicht angerührt. Ich habe sie nur verbunden, um dich hier raus zu locken.

Ich wollte ihm etwas antun, aber es ging einfach nicht. Er ist zu sehr so, wie ich damals war, bevor alles angefangen hat. Ich möchte, dass er weit weg von dir und seinem Vater ein neues Leben beginnt. Ich nehme ihn mit. Er soll mein Bruder sein.«

Ich schnappte nach Luft wie ein Fisch auf dem Trockenen, und ich musste daran denken, wie der Barsch, der da ausgestopft über dem Kamin hing, in einem Flachboot im dreckigen Bilgenwasser gelegen hatte und langsam erstickt war.

»Dein Mann ist der einzige Mensch, der je begriffen hat, wie ich bin«, erklärte Carson gelassen und drehte dabei die Patronen zwischen Daumen und Zeigefinger hin und her. »Hätte sonst jemand es kapiert, hätten sie bestimmt versucht, mich einzusperren, aber Randall versteht mich. Er weiß, was es bedeutet, vollkommen einsam zu sein und niemanden zu haben, der dich auch nur ansatzweise kennt und eine Ahnung davon hat, was in dir vorgeht. Seit meiner Kindheit wusste ich, dass irgendetwas mit mir nicht stimmte. Ich träumte davon, anderen Menschen schreckliche Dinge anzutun, obwohl ich genau wusste, dass das unrecht war. Mir war klar, dass ich niemandem davon erzählen durfte. Also hab ich halt Tiere statt Menschen gequält. Aber dann trat Randall Roberts Mosley in mein Leben, und obwohl er wieder gegangen ist, ohne mich zu töten, bin ich ihn nie wieder losgeworden. Ich habe weiter von all diesen Dingen geträumt, die ich tun wollte, aber jetzt träumte ich außerdem noch von ihm. Jahrelang habe ich mir vorgestellt, Kontakt zu ihm aufzunehmen, bevor ich es dann irgendwann wirklich tat. Diesen ersten Brief an Randall zur Post zu bringen, war das Mutigste, was ich in meinem Leben je getan habe. Als er mir dann zurückschrieb und ich begriff, dass er mich verstand, obwohl wir einen Code benutzen mussten, wurde mir klar, dass ich all die Dinge, von denen ich immer geträumt hatte, tatsächlich verwirklichen konnte. Er hat mir die Kraft gegeben, nicht mehr gegen mich selbst anzukämpfen, sondern mich so anzunehmen, wie ich bin, und endlich nach dem Gesicht zu suchen, das mich in meinen Träumen verfolgte.«

»Er ist ein Scheißkerl«, stieß ich hervor.

Carson sah mich traurig an. »Ich weiß«, sagte er. »Aber ich auch.« Er lud die Flinte und wollte den Verschluss wieder zuklappen, als Hayden erneut um sich trat und mit seinem kleinen Kinderfuß in die Lücke zwischen Lauf und Schaft geriet. Er schrie auf. Carson lachte und schob den Fuß weg. In diesem Moment ging die Haustür auf. Carson drehte sich um, als Carolyn sich bäuchlings in den Flur schob und, beide Hände um den Griff ihrer Pistole gelegt, ruhig zielte, bevor sie zweimal abfeuerte. In meinen klingelnden Ohren hörte ich die Schüsse nur wie ein leichtes Schnalzen der Lippen. Carsons Kopf krachte von einer Seite zur anderen, und Blut und Gewebe seines zu Brei zerschossenen Gesichts spritzten in alle Richtungen. Ich schrie Carolyn zu, dass sie sofort aufhören solle, weil ich mir sicher war, dass sie Hayden treffen würde. Carson krümmte sich und ging mit dem Gesicht mir zugewandt zu Boden. Hayden zappelte wie wild und Ströme von Blut ergossen sich über die beiden.

Carolyn legte ihre Waffe vorsichtig auf den dünnen Teppich und sah mich an. Ich sah, dass der Schuss ihr den Rücken aufgerissen hatte, eine große, blutige Wunde war hinten über ihrer Taille zu sehen. Beißender Qualm lag in der Luft und Carolyn sagte: »Ich hab … hab die Bullen angerufen, bevor ich aus dem Wagen gestiegen bin.«

Ich konnte nicht antworten, aber ich schaffte es irgendwie, zu Hayden und Carson hinüberzurobben. Ich zerrte an den Gurten und Klebebandstreifen, mit denen mein Sohn gefesselt war. Er schrie, als ich ihm das Band vom Mund riss. »Mommy! Mommy!« Ich fragte ihn, ob er verletzt sei, aber er schrie einfach nur weiter. Ich fingerte an den Schnallen des Geschirrs, bis ich ihn befreit hatte und er mir in die Arme stürzte. Er riss sich selbst das Band von den Augen und sah mich blinzelnd an. Ich sah das tiefe Blau seiner unversehrten Augen, und in diesem Moment verlor auch ich die Beherrschung, und ich schrie und weinte mit Hayden zusammen.

Schließlich hörte er auf zu schluchzen und brachte heraus: »M-Mom, du blutest, bist du verletzt?«

Ich sagte ihm nicht, dass das Atmen mir immer schwerer fiel. Stattdessen sah ich zu Carolyn hinüber und sagte: »Hayden? Du musst die Decke von der Couch nehmen und sie ihr auf den Rücken legen. Und sie dort so straff ziehen, wie du kannst.«

Er wollte sich nicht von mir lösen, tat aber schließlich, was ich ihm gesagt hatte. Carolyn stöhnte auf, als die Decke ihre Haut berührte, und ich fürchtete, dass es alles andere als hygienisch war, was Hayden da tat, aber es musste sein, denn sie blutete viel stärker als ich. Sie hatte keine schusssichere Weste getragen, und der Schuss war direkt durch Haut und Knochen gegangen. Jetzt sah sie mich total erschöpft an. Ich hatte das Gefühl, dass sie unter Schock stand, und ihre nächste Bemerkung beseitigte meine letzten Zweifel.

»Ich gebe dir die Weste, aber du kriegst es trotzdem hin, dass er die einzige Stelle trifft, die nicht geschützt ist«, sagte sie, als wäre sie darüber ehrlich verwundert. »Wahrscheinlich krieg ich Ärger, weil ich die Polizei nicht früher informiert habe. Ich kann dir nur raten, noch so lange am Leben zu bleiben, dass du Duane das alles erklären kannst.«

Epilog

Zwei Monate, nachdem der Staat Kalifornien Randall Roberts Mosley hingerichtet hatte, saß ich mit Jeanine Dockery im Pullen Park und sah zu, wie die Kinder im Schein der Vormittagssonne spielten. Das gleißende Licht erinnerte mich daran, wie ich Duane und Carolyn Rowe hier in diesem Park im Winter zum ersten Mal begegnet war. Seit damals hatten die Ereignisse sich überschlagen. Duane sah ich inzwischen gar nicht mehr und Caroyln nur gelegentlich. Der Presserummel nach der Carson-Beckman-Geschichte hatte es den beiden fast unmöglich gemacht, weiter die Diskretion zu gewährleisten, die ihre frühere Tätigkeit erfordert hatte. Und so hatten sie sich aus der Arbeit vor Ort zurückgezogen und leiteten stattdessen eine kleine Firma von Privatdetektiven, die überwiegend ehemalige Polizeibeamte beschäftigte, die Duane persönlich kannte. Carolyn hatte mir erzählt, dass auch Detective Matthews den Dienst bei der Polizei von Cary quittiert hatte und nun bei ihnen angestellt war.

Die Ärzte hatten mir über vierzig Schrotkugeln aus der Seite operiert. Durch der Wucht des Aufpralls waren zwei Rippen gebrochen, und ich würde nie wieder auf dieser Körperseite schlafen können. Ein Teil meiner

Leber war zerstört und später sagte man mir, dass ich verblutet wäre, wenn die Sanitäter nur ein paar Minuten später im Haus von Abraham Locke eingetroffen wären. Zu meiner Freude erfuhr ich aber, dass die Leber ein Organ ist, das sich regenerieren kann, und ich hatte wirklich Glück, denn sie heilte wieder. Ich verbrachte zwei Wochen im Krankenhaus und wurde unzählige Male von Detective Matthews und anderen Polizeibeamten verhört, die alle ziemlich sauer auf mich waren. Doch keiner war so aufgebracht wie Duane Rowe, der seitdem nicht mehr als ein paar Worte mit mir gewechselt hatte. Anfangs war er so wütend auf Carolyn, dass er sich am liebsten von ihr hätte scheiden lassen, wenn er nicht gleichzeitig so glücklich darüber gewesen wäre, dass sie noch lebte. Sie war weniger schwer verletzt worden als ich, hatte sich aber einer Reihe von Hauttransplantationen unterziehen müssen und mehrere Monate zur Genesung gebraucht.

Ich hatte alle Angebote abgelehnt, meine Geschichte in Buch- oder Filmform zu veröffentlichen, den Rowes aber meinen Segen dafür gegeben, ihrerseits ruhig irgendwelche Angebote anzunehmen. Wie ich den Zeitungen entnahm, hatten sie die Rechte an der Geschichte für eine anständige sechsstellige Summe verkauft. Und Lane Dockerys Schwester hatte ihr eigenes Buch geschrieben.

»Die beiden leisten gute Arbeit«, sagte Jeanine, als ich sie auf den neuesten Stand brachte. »Und sie haben mich bei meinem Buch nach Kräften unterstützt.« Jeanine sah besser aus, als ich sie mir damals von ihrer Telefonstimme her vorgestellt hatte. Sie war eine zierliche Achtundfünfzigjährige mit freundlichem Gesicht, haselnussbraunen Augen und kastanienbraunem Haar. Sie ging leicht gebeugt, weil sie schon früh Osteoporose bekommen hatte. Die unzähligen Fältchen, in die ihr Gesicht sich legte, wenn sie lächelte, ließen sie eher noch anziehender wirken. Doch ihre Stimme war so tief und kratzig wie eh und je, und ich genoss es, ihr zu lauschen, als sie mir von dem Zeitplan für die Veröffentlichung ihres Tatsachenberichts erzählte. Sie nannte es immer »Lanes Buch«, doch von Carolyn wusste ich, dass Jeanine es praktisch allein geschrieben hatte.

»Tut mir leid, dass ich da keine große Hilfe war«, entschuldigte ich mich. »Aber ich musste einfach so schnell wie möglich Abstand gewinnen und vergessen.«

Sie winkte ab und knabberte an ihrer Eiswaffel, wobei sie darauf achtete, ihren rosa Hosenanzug nicht zu bekleckern. Dann blickte sie zur Schaukel hinüber. »Danke, dass ich kommen und Hayden besuchen durfte«, sagte sie. »Ich musste unbedingt den Jungen kennenlernen, dessen Leben verschont geblieben ist. Ich musste mit eigenen Augen sehen, dass Lanes Tod wenigstens dazu beigetragen hat, ein Menschenleben zu retten.«

In einem von Randys letzten Briefen an Carson Beckman war von der »endgültigen Verfügung über das Grundstück des Schriftstellers« die Rede. Randy schrieb, das Panorama sei ja anscheinend wirklich großartig, aber es wäre wohl doch besser gewesen, wenn Carson »mehr Abstand zu seinen eigenen Immobilien« gewahrt hätte. Nach Carsons Tod hatten Jeanine und ein Trupp Polizisten des Bundesstaates Illinois die Gegend durchkämmt, in der Carson vor der Räumung durch den Vermieter gewohnt hatte. Sie fanden jedoch nichts. Danach nahmen sie sich die Vorstadtsiedlung vor, in der seine Tante und sein Onkel lebten. Drei Straßen von deren Haus entfernt lag ein ehemaliges Bauentwicklungsgebiet, das aufgegeben worden war, weil eine Gruppe von Umweltaktivisten den Prozess um die Bewahrung eines ufernahen Vogelschutzgebietes gewonnen hatte. Ein Teil des Landes war jedoch schon planiert, und es waren Baugruben ausgehoben worden. In einem der leeren Keller wurde Lane Dockerys Leiche zwischen Rohrteilen und herabgefallenen Ästen unter einem Haufen Betonresten gefunden. Lanes Kehle war durchgeschnitten, seine Augen ausgestochen und in den leeren Augenhöhlen steckten die aufgerollten Seiten einer seiner Verbrechensdokumentationen. Ich war sehr traurig gewesen, als ich das in der Zeitung gelesen hatte, und ich musste daran denken, wie ich Dockery früher verflucht hatte, obwohl er doch diese ganze Zeit über einfach nur eine Geschichte schreiben wollte, die er faszinierend fand.

Und viele Tausend Leserinnen und Leser teilten sein Interesse an dieser Geschichte. Jeanines Buch über den Fall Randy Mosley / Carson Beckman würde erst in zwei Wochen erscheinen, doch schon jetzt gab es so viele Vorbestellungen bei Amazon und anderen Buchhändlern, dass klar war, dass es ein Bestseller würde. Jeanine erzählte mir das ohne besonderen Stolz, sie schien mich einfach darauf vorbereiten zu wollen, dass ich wohl noch eine Weile mit der öffentlichen Aufmerksamkeit würde leben müssen. Aber obwohl ich Carolyn eben noch gesagt hatte, wie wichtig es für mich gewesen war, Abstand zu gewinnen und das Ganze erst mal vergessen zu können, war mir längst klar, dass Vergessen keine Lösung war. Ich konnte vor meiner Vergangenheit nicht davonlaufen, und das wussten wir beide.

»Dafür, was er durchgemacht hat, scheint es ihm ziemlich gut zu gehen«, meinte Jeanine, die noch immer zu Hayden hinübersah.

»Anfangs war das anders«, versicherte ich ihr. »Körperliche Verletzungen hatte er eigentlich nicht, aber er musste ein paar Tage im Krankenhaus bleiben, bis er den Schock überwunden hatte. Er hatte Albträume und wir waren beide in Therapie.« Ich wusste zwar nicht, ob die Sitzungen bei dem Psychoklempner, den das Krankenhaus empfohlen hatte, bei mir irgendetwas bewirkten, aber Hayden schienen sie zu helfen. Er ging wieder zur Schule, und den restlichen Winter über ließ ich ihn zu Hause den Unterrichtsstoff durcharbeiten, den er während seiner Entführung versäumt hatte.

»Wie hat er auf die Vollstreckung des Urteils gegen seinen Vater reagiert?«, fragte Jeanine.

»Das weiß ich ehrlich gesagt nicht genau. Es war schwer für uns beide, selbst nach all den Dingen, die Randy uns angetan hat, und diese Geschichte wird uns wahrscheinlich unser ganzes Leben lang nie völlig loslassen.«

Im diesem Augenblick war mein Sohn allerdings gerade mit Caleb McPherson und ein paar anderen Jungs bei den Schaukeln, wo sie einander abwechselnd anschubsten und viel zu wild schaukelten. Ich rief ihnen zu, sie sollten aufpassen, und Hayden schrie: »Klar, Mom!«, schaukelte aber prompt noch höher als vorher. Mir kam das ziemlich gefährlich vor, und ich knetete nervös meine Hände.

Da lehnte Jeanine Dockery sich zu mir herüber und

drückte beruhigend meine Hände. »Es ist ein gutes Zeichen, dass er keine Angst hat«, sagte sie.

Ich wollte ihr glauben. Ich wollte die Hoffnung zulassen, dass Mut und Tapferkeit in einer Welt, in der so viele Gefahren lauerten, auch ihr Gewicht hatten. Aber ich hatte die Tatsache, dass Angst einem manchmal etwas ganz Entscheidendes mitzuteilen hatte, zu lange missachtet, und ich zahlte seit Jahren den Preis dafür und würde ihn noch sehr lange zahlen. »Ich versuche gerade, eine Balance zwischen einer gesunden Vorsicht und völlig unbegründeter Panik zu finden«, erklärte ich Jeanine. »Und das ist gar nicht so einfach.«

»Darauf kannst du Gift nehmen«, antwortete sie in schroffem Ton, und wir lachten beide kurz auf. »Die meisten Menschen gehen völlig ahnungslos durch ihr Leben und kommen damit gut zurecht. Ihr beide aber, Hayden und du, ihr wisst mehr über all die Gefahren in der Welt, als man jemandem zumuten sollte. Aber Gefahr ist nicht alles. Schau dich doch um. Mach dir klar, dass du hier bist, dass du am Leben bist und dass du dich von deinen körperlichen Verletzungen erholt hast. All das ist ein Geschenk. Und dein Sohn ist ein Geschenk. Jetzt ist es an dir, etwas Gutes aus all dem zu machen, was dir geschenkt wurde. Einschließlich deiner Narben.«

Das waren die gütigsten Worte, die jemand seit Beginn dieser ganzen Geschichte zu mir gesagt hatte, und obwohl ich mir alle Mühe gab, mich zu beherrschen, brach ich in Tränen aus. Jeanine, die – wie ich mehr und mehr erkannte – ein Mensch mit wahrer Größe war, zog ein Papiertaschentuch aus ihrer Handtasche und entfernte sich mit einer höflichen Entschuldigung, während ich mir die Augen trocknete. Sie ging zu den Schaukeln, forderte Caleb auf, die Schaukel neben Hayden zu nehmen, und schubste dann beide abwechselnd an. Ich dachte, dass es wirklich gut war, dass sie die Arbeit ihres Bruders zu Ende gebracht hatte.

Mein Handy läutete, und ich fischte es aus der vorderen Hosentasche meiner Shorts. Die Nummer verriet mir, dass es – obwohl ich mir heute freigenommen hatte – jemand von Data Managers sein musste. Ich wusste, was das zu bedeuten hatte. Jim Pendergast, mein Chef, betrieb seine früher etwas halbherzige Werbung um mich seit meiner Rückkehr zur Arbeit deutlich entschiedener. Wir waren in der Mittagspause ein paarmal zusammen essen gewesen, und nun bemühte er sich schon seit längerem um eine Verabredung zum Dinner. Ich hatte ihn bisher immer mit dem Vorwand abgewiesen, es sei schwierig, einen Babysitter für Hayden zu finden, doch in Wirklichkeit war ich einfach noch nicht so weit gewesen, Hayden allein zu lassen. Als ich jetzt aber sah, wie Hayden wieder und wieder Schwung holte und in hohen Bögen der Sonne entgegenflog, als würde er gleich davonfliegen, ohne jemals zurückzublicken, sagte ich mir, dass es Zeit war, den Anruf entgegenzunehmen.

Marc Van Allen

Invisibilis

Thriller

Originalausgabe

ISBN 978-3-548-26613-8
www.ullstein-buchverlage.de

New York, 2006. Winston Seymour, Polizist kurz vor seiner Pensionierung, ermittelt in seinem letzten Fall. Dabei trifft er auf Sarah Lessing, eine junge deutsche Historikerin aus München. Sie ist auf der Flucht, denn jemand will ihren Tod. In ihrem Besitz ist nämlich ein altes Buch und das darin verborgene Geheimnis könnte die Weltgeschichte für immer verändern. Gemeinsam riskieren die beiden alles, um dem destruktiven Plan dieser unbekannten Macht ein Ende zu setzen und die Welt zu retten. Doch wie kann man seinen Feind bekämpfen, wenn man ihn nicht sieht?

UB401

ullstein